一书一世界

SoBooK

沙 发 图 书 馆

蒙田的猫

秋水散人随笔

张德明 著

图书在版编目(CIP)数据

蒙田的猫：秋水散人随笔/张德明著.—北京：北京大学出版社，2015.7
（沙发图书馆）
ISBN 978-7-301-25993-1

Ⅰ.①蒙…　Ⅱ.①张…　Ⅲ.①随笔—作品集—中国—当代　Ⅳ.①I267.1

中国版本图书馆 CIP 数据核字(2015)第 157003 号

书　　名	蒙田的猫——秋水散人随笔
著作责任者	张德明　著
责 任 编 辑	延城城
标 准 书 号	ISBN 978-7-301-25993-1
出 版 发 行	北京大学出版社
地　　址	北京市海淀区成府路 205 号　100871
网　　址	http://www.pup.cn　新浪微博:@北京大学出版社
电 子 信 箱	pkuwsz@126.com
电　　话	邮购部 62752015　发行部 62750672　编辑部 62767315
印 刷 者	北京大学印刷厂
经 销 者	新华书店
	965 毫米 × 1300 毫米　16 开本　17.5 印张　227 千字
	2015 年 7 月第 1 版　2015 年 7 月第 1 次印刷
定　　价	42.00 元

未经许可，不得以任何方式复制或抄袭本书之部分或全部内容。
版权所有，侵权必究
举报电话：010-62752024　电子信箱：fd@pup.pku.edu.cn
图书如有印装质量问题，请与出版部联系，电话：010-62756370

目 录

自 序 …………………………………………………… 1

第一辑　读与思

里尔克与《穆佐书简》 ………………………………… 3
《无限的清单》与失落的清单 ………………………… 13
"我行故我在" …………………………………………… 22
切·格瓦拉与萨德：人性光谱的两极 ………………… 26
新小说三题 ……………………………………………… 32
讲述诗歌的人 …………………………………………… 41
与贾德先生打哲学"乒乓" ……………………………… 44
迟钝的力量 ……………………………………………… 48
庄子梦蝶、蒙田玩猫与萨特呕吐 ……………………… 51
夏雨声中读木心 ………………………………………… 53
二十岁的礼物 …………………………………………… 57

第二辑　光与影

真实的光影与虚构的文字 ……………………………… 65
现代性、空间与人的命运 ……………………………… 70
《死亡诗社》：一部震撼灵魂的电影 ………………… 76
当少年遭遇熟女，文盲遭遇集权 ……………………… 79
以土著的目光反思文明 ………………………………… 81

《全蚀狂爱》的背后 ·················· 83
发现自己的特洛伊 ·················· 85
且依旧谱写心曲 ···················· 88
经典默剧《安德鲁与多莉尼》 ·········· 93
越剧《大道行吟》观感 ················ 96
剧场幻象与后台真相 ················ 99
《闻香识女人》 ····················· 102
黑泽明影评二则 ···················· 105
内心革命之路 ······················ 111

第三辑 说与听

如何做学问：六个关键词 ············· 117
亲近经典，亲近生命 ················ 121
后现代赛博空间中人的生存困境 ······· 132
百年校庆："三感"与"三愿" ············ 141
会通与契合 ························ 145
4月23日，我与莎翁有个约会 ·········· 153
木心的困难 ························ 163
半场说书的文化解读 ················ 167

第四辑 考与察

精神三变与学问三境 ················ 175
守夜人、守护人和守林人 ············· 177
信箱分类学 ························ 179
广告中的帝王梦和霸王情结 ··········· 183
抢椅子、唱双簧和变脸 ··············· 185
一条小街与一个民族 ················ 188

后现代景观中"祥林嫂"们的命运 …………………… 190
四十八小时后允许叛变 ………………………………… 193
小偷、射手、科学家与谋略家 …………………………… 195
"人"与"人物" …………………………………………… 197
春节与消尽 ……………………………………………… 199
散穗遗粒 ………………………………………………… 203

自　序

这本小书,选了我这十几年来学术工作之余的涂抹之作。有些曾刊于一些不入时下学术检索系统的杂志,更多则发表于自己的博客,用于友朋间的互相吹捧,或寂寥时的孤芳自赏,基本可以说是学院外的书写。编纂成集时,定名颇费周折,不得已从目录中摘下一词,其含义相关篇章已有解释,此处不赘。副标题"秋水散人随笔",倒是有点来历,须说明一下。

"秋水"者,散人寓居的小区秋水苑之简称也。本书的篇章大多是在此构思写就的。当初选择这小区,主要是看中它的地理位置,介于中心和市郊之间,离我工作的浙江大学不远,三个校区均能在二十分钟内骑车抵达。环境也不错,闹中取静,适于隐居。数了一下,前后阳台共有十三棵树,春来开窗皆绿,秋来桂香扑鼻。夏天随便在小区走走,就能在一些老树干上发现一只只蝉蜕,如一堆堆微型的火箭助推器。若虫已经化为知了发射升空了,蝉蜕还忠实地趴在树上,指示着矢量和方向,令人感觉造化之智慧及其设计之诡异。读书读累了,抬头看看窗外,观察自然界的生灭变化,经常会触发灵感,生出一些胡思乱想来。

我斗胆猜测,这个小区的开发商还是很有些文化的,应该背过王勃的名句"落霞与孤鹜齐飞,秋水共长天一色",或读过庄子的《秋水篇》,知道河伯与北海的对话吧?住在安静的秋水苑里,胡乱读一些古今中外之书,渐渐悟通了"安吾命,尽吾性"的道理,灵魂中多了一份敬畏、一种谦卑,于是就不再满足于做一架学术论文机器,时不时地要翻过学院的围墙,出来透口气,读些与专业无关的书,看几本经典的或流行的电影，写些稍稍轻松一点的文字，发些自以为深刻的高级牢骚，算是在学术体制之外的江湖上逍遥了一番。于是，人就慢慢地懒散起来了，写文章也随意起来了。聪明的读者自会鉴别，收入本集中的文字，无论是读书心得，还是影评、讲演，基本是随心所欲，无系统、无章法的，称之为"散人随笔"，不亦宜乎？

　　西谚有云，书有书的命运。写作的本性在于转化，将可见世界中的人、事、物转化为文字，指示思考的踪迹和理解的方向。文集的本性则在于保存，将已发之文归拢在一起，便于记忆、传播和扩散。但这两者都不只是纯个人的智力活动，而是世界与大地、个人与体制间争执和磨合的产物。本文集从构思、写作、编集、定名到付梓均印证了这一点。这是先前没想到的，也算是耳顺之后的我新获得的一种精神感悟吧？

　　北大出版社博雅诸君，尤其是张雅秋副编审和本书责编延城城，为本文集的出版付出了辛苦的劳动，借此机会表示感谢！友人任平兄乃当代书法名家，欣然命笔为拙著题写书名，尽管最后因书名更改而未能用上，本人还是要借此机会向他表示特别感谢！

2015 年 7 月 7 日于杭州秋水苑寓所

第一辑 读与思

里尔克与《穆佐书简》

一

1920年,葡萄收获的季节。里尔克随心所至,来到瑞士瓦莱山区一游。初次见到这地方,他"仿佛就被一种奇特的魔力镇住了"。因为这个山谷简直就是他喜爱的西班牙和普罗旺斯两种景色的奇异融合:"河谷如此宽阔,气势恢宏,点缀着一座座小山岗,远方是莽莽的群山,绵延不断,呈现出变幻莫测的场景。"而尤令他心动的,是穆佐古堡——那座中世纪的遗物,建于13世纪,设施和家具大多是17世纪的。在他看来,"这里的屋子透出某种农夫的诚实、某种粗犷、没有什么隐念……",迁居其中,仿佛披上一副古老的甲胄。于是,他决定留下。1921年夏,他开始隐居此地,"凝聚心神,进入最紧迫的孤独"——如他多年后写给薇罗妮卡·埃德曼的信中所说;再度拾起那一组被他视为使命的诗歌,因一战爆发而中断了十年之久的《杜伊诺哀歌》。

他对自己的创作并非没有信心,但又觉得始终把握不住工作的方向。他同时用两支笔写作,一支写诗,另一支写信,他的信比诗写得多,写得流畅,写得生动,更见真性情。因此,要进入里尔克的内心世界,我们不光得读他的诗,更应该读读他的书信。从中,我们可以看到一个天才诗人艰难的成长,他的孤独、寂寞和彷徨;他对不同的通信对象采取的不同态度;他在神性和凡俗之间的挣扎,以及在痛苦与欢乐交替中情感的起伏跌宕。当然,他的书信与诗歌之间的互文关系,更应该是我们考察的主要目的和意义所在。

二

诗是人与神性的交感，书信则是人与人之间的交流。里尔克是如何穿行在两者之间，努力使其达到平衡的呢？显然，这里需要的，不光是诗才，还需要一种江湖艺人般灵巧的跳跃、转身和腾空翻转的功夫。凭借天才诗人的直觉和自信，他知道，这些书信不会被收信者扔进字纸篓，而是会被精心保管和收藏起来，成为日后人们的研究对象。他确信，像他的诗一样，这些书信也将进入永恒。因此，他必须像写诗一样地对待写信这回事儿。

如此认真并充分地对待书信写作，与里尔克的另一态度有关，即对评论界的深刻怀疑。在回答一位仰慕者的信中，他如此写道：

> 很久以来我就不再公开谈论与我相关的书……有关我的情况，我倒是在书信中向更亲近的人倾诉得更多，我的经验告诉我，这样做的效果有时比一篇评论更可靠。

与此同时，他也拒绝参与任何诗选。因为对于诗人来说，"仅仅通过工作本身的进展和独具的良知标准，把我写出来的东西弄清"，这一点更为重要。

还有关键的一点，里尔克害怕或担心读了别人对他的评论后，会干扰或打乱他为自己规定的生活和艺术节奏，甚至进而失去自己的中心。因为他相信并确认，他已经找到了自己的中心，而"一个艺术家一旦找到了自己生机勃勃的活动中心，对他最重要的就是守住此中心，由此中心（它确实也是他的天性以及他的世界之中心）最远也只前行至他的一直被静静地向外推动的作为之内壁；他的位置不在、从不在、甚至一刻也不在观察家和评论家的近旁……"

这中心是什么,是基督教、上帝抑或耶稣?没有那么简单。里尔克对宗教的态度是独特的。在他看来,"宗教乃是某种无限简单,无限单纯的事体。它不是认识,不是情感的内涵(因为一个人探究生命之时,一切内涵从一开始就已被认可),它不是义务和放弃,也不是限制,它是在宇宙那完满的旷远里;一种心之方向"。宗教是"心之方向",这是目前为止我所看到的最明快的宗教定义。

那么这个方向具体来说是什么呢?是爱。里尔克说,"人们首先得在某处找到上帝,对他有所经验,作为如此无限、如此非常、如此神秘的实在;尔后须是畏惧,须是惊奇,须是没有呼吸,最终须是——爱,至于尔后人们将他领会为什么,这几乎已无关紧要"。

心有了方向,灵魂中有了爱,就能坚守与忍耐,就会把常人难以忍受的孤独,视为一种使命。"创造艺术是一项最朴实和最艰巨的工作,但同时也是一种命运,而作为命运,它比我们每个人都更伟大,更强悍,直到最终不可估量。"在搬进穆佐古堡后不久,里尔克在给友人的信中如是写道:

> 现在我已决心完成这些使命,哪怕最低限度的向外分心也会有所妨碍,因此我必须承受最严格的孤独。我过着离群索居的生活,怀着沉重的心情疏远了人们。
>
> 在我这古旧的楼房里(况且里面格外荒凉),我所缺少的恰是壁炉的火焰。多少个夜晚,去年在贝格城堡,我独自守着壁炉,望着炉火,望入内心和自由。

三

关于使命,还有一个原因,是诗人对自己贵族之根的探寻。无论如何,里尔克心目中,贵族具有的纯正血统和古老土地,是对抗变动不居的现代性的确定性保证,因为"这个时代过高估价自己的'新'却忽视可传承的事物"。在致哲学博士利奥波德·封·施勒策的信中,里尔克如是写道:

> 维持传统——我不是指表面的习俗,维持真正来自源头的东西……凭各自的天分聪明或盲目地延续传统,这恐怕正是我们(现已注定献身于过渡时期)最关键的使命。为完成使命作出一份自己的、比较切实的贡献。

里尔克对那些致力于家族史研究的人们给予了高度评价。在致盖奥尔格·莱因哈特的回信中,诗人赞扬他写的家族史研究论著具有"朴实而纯真的价值","从一本这样的书中,读者可以获得多少关于人的情况啊,同时怀有某种感觉,此感觉又会对个人更加沉静的本性产生决定性的影响并大有裨益";诗人强调,在此书中,"往昔之寂静拂荡而来,渗入当代之寂静,因此几乎不可怀疑,家族精神和这种意识……(不但)继续影响此书首先涉及的那些人,同时又给予告诫、启迪和安慰"。

在致豪普特曼·奥托·布劳恩的信中,里尔克说,他从童年时代就对自己家族的历史感兴趣,"是的,曾经有段时间,在我八岁或九岁时,这种兴趣已经发展为一种不可比拟的嗜好"。这是受他的伯父影响的结果,在伯父去世后留给他的遗物中,有一大捆文件,是那些受他委托的专业人员完成的家族档案资料,诗人曾带着这些资料一路辗转到巴黎,可惜,由于战争和逃离,这些档案后来被拍卖、贱价抛售了,只保留了一个带有古老的族徽"灵猩"的印章。但对自己家族史的追寻,成为诗人挥之不去的情结,始终幽灵般徘徊在其心灵深处。像许多贵族出身的作家或艺术家一样,里尔克对自己的出身非常自豪,他相信,属于他的那一支里尔克家族出现于1276年,作为克恩腾公爵们的封臣,很早就有旁系移居萨克森和波希米亚。他推想,在萨克森的一座庄园里,里尔克家族的某个旁系想必维持得更长久。"这些地方属于我们氏族的过去,就是说,也与土地和环境的无数影响一道促进了氏族的形成。""我的癖好,就是建立同最伟大最强悍的发源之物的那种联系。"

《致奥尔甫斯的十四行诗》第一部第十七首,显然是这种带有浓厚的贵族意识的使命感的产物:

> 最底下的远祖,混乱,
> 奠基一切的根,
> 隐藏了起源,
> 从不现出真形。

> 头盔与猎号,
> 银发翁的叮咛,
> 兄弟之间交恶,
> 女士犹如弦琴……

> 枝桠挤压枝桠,
> 没有一支舒心……
> 有一支!上升呵……上升……

> 但它依然崩断。
> 高处的这一段
> 把自身弯成古琴。(张德明译)

古老的家族,犹如盘根错节的老树,根基深厚,无从辨认其出身。诗人从中听出了猎人的号角和银发的祖先们的音容笑貌与爱恨情仇,每一枝都在奋力向上。而诗人所属的这一枝,虽然在高处崩断,却弯曲成了古琴,暗示了诗人目前坚守的身份。欧洲文学史上为数不少的作家、诗人和艺术家,似乎都喜欢追溯自己的家世,把自己说成是某个贵族的子孙后代。如普希金说自己的远祖来自彼得大帝的一位非洲黑奴,康拉德保留着其波兰祖先的贵族纹章。纳博科夫在《说吧,记忆!》中,追溯自己的家族在十月革命之前优越的生活条件和优雅的修养。远古的征战杀伐退化为现代的舞文弄墨,究竟是贵族世家的悲剧,还是喜剧?是作为其子遗的诗人值得炫耀的文化资本,还是"无可奈何花落去"的怀旧叹息?

四

在给友人的信中,里尔克不止一次地讲到了自己这种出于天命和家族的责任,而独自承担起的坚守与忍耐。像一位中古的骑士或修士,或者更不如说,一名自我囚禁的囚犯,诗人坚守在古堡中,拒绝世俗的诱惑和应酬。为此,他缺席了女儿的婚礼和之后外孙女的洗礼,甚至还拒绝了别人送给他的一条狗,因为他感觉到"要是我接受这样一个同伴,恐怕就连它也会引出更多的关系。面对任何有要求的动物,我都认为它是绝对有理的,其结果便是,等我发觉它耗尽我时,我又必须痛苦地抽身撤回"。

就这样,诗人一心一意坚守在古堡中,等待着天国的神恩降临,来释放他的创造能量,同"最伟大最强悍的发源之物"重建那种古老的联系——

> 我年复一年何等渺小地待在这里,枯守着我打算做或委派我做的工作。

这份"委派"的工作是什么?就是他中断了十年之久的《杜伊诺哀歌》的写作。他说,"哀歌未存在,就好比我的心残缺不全"。"穆佐的孤独"之所以"给人以期盼",就是因为它似乎在冥冥中对诗人作出了承诺,在此地完成他在此世的使命——哀歌。

> 我能至今——而且能继续——在我古老的塔楼里坚持下来,为此我得表扬自己,天天表扬自己。……我明白坚守在此是最正确的,只要还没有一股真正能承载而且可大致依赖的激流推动我在此抛锚停泊的生命之舟。

> 手持诱人的书卷,四周是那么的静,简直难以想象,于是我通常午夜过后还迟迟未眠。高高的墙垣之间有许多从未发现的空隙,一只老鼠在里面过着小日子,这也为增多那个秘密作出了一份贡献,这片大地神秘的黑夜,永远忧虑,正是靠此秘密滋养。

在给一位友人的信中,里尔克如是说:"只要本己的和最本己的东西进入那里面,就已获得无限变化和转换。我们将它提升到某种有效性可以达到的最高程度,正是为此,生命和命运才被特别托付给我们——艺术工作者。"这是在安慰、鼓励那位涉世未深的艺术学徒?还是在告诫自己,加持自己的信念?或许两者兼而有之。因为他自己年轻时,正是这样一路走过来的。

在给另一位友人的信中,他这样写道:"谁若是培养自己的感觉,使其最单纯最深切地关注世界,什么样的一切是他最终不能成为的呢?"在写完这一句之后,他紧接着又加了一句,强调说:"如此看待事情,不是最美好和最丰富的吗?"

有时,他觉得自己犹如汲水的少女,虽费尽心机,水罐依旧空空如也。但他坚信,既然最终我们最必需的就是忍耐,所以更好地学习忍耐……只要耐心地等待,奇迹就会发生,因为——

> 他是水:你只需做成纯净的碗盏
> 用两只情愿伸出的手掌,
> 然后你就跪下:他便源源不断,
> 超过你的最大容量。

里尔克激赏或赞扬的诗人、艺术家为数不多,因为他对精神质素的要求太高,一般的所谓流行艺术家入不了他的法眼,除了他的导师罗丹外,还有一位法国人是个例外,那就是象征派诗人瓦莱里。里尔克在给不同友人的信中,都谈到了他,认为瓦莱里是当代活着的诗人中最伟大的一个。关键的一点,或许说两人心有灵犀之处,就是坚守。某种程度上,瓦莱里的坚守比里尔克更持久、更深沉。整整二十五年,这位法国中学教员埋头教英语,学数学,潜心于诗艺,并最终发表了他的《海滨墓园》,一鸣惊人,令里尔克折服不已。里尔克翻译了他的这首作品,并不断向友人推荐和介绍它。在给友人多里·封·德米尔的信中,他将自己翻译的瓦莱里的诗篇《棕榈树》中的一段,附在信中,并特意加以说明,认为这首诗"对似乎踌躇无为之时的艺术忍耐,对怎样让果实成熟",道出了赞赏之辞。

> 忍耐,忍耐,忍耐,
> 忍耐于蓝天之下!
> 我们欠沉默的宿债
> 准定让我们成熟!
> 霎时信念有报答:
> 风起了,鸽子飞来,
> 某种契机显露,
> 临风的女人一倾身。
> 这场雨随即落下,
> 谁跪在雨中感恩!(林克 译)

五

终于,契机显露。命运之手叩响了穆佐古堡的大门。1922年2月

11日晚,里尔克在致玛丽·冯·图恩与塔克西斯-霍恩洛厄侯爵夫人的信中,兴奋地写道:

> 这个赐福的、神恩浩荡的日子,现在我可以向您——就我目前看来——宣告
>
> 哀歌
>
> 全部结束
>
> 十首!
>
> 写完这首,——我的手仍在颤抖!就在刚才,礼拜六,十一号,它完成了!
>
> 全部在几天里,那真是一阵无名的狂飙,一场精神风暴(像那时在杜伊诺),一切,我全身的纤维和组织,都在咯嚓作响——根本没想到进食,天知道,是谁滋养了我。
>
> 但如今它在。存在着,
>
> 阿门。
>
> 就是说我已到达那里,我挺过来了,穿越了一切。

两年后,在给汉斯·卡罗萨的信中,里尔克依旧满怀感恩地告诉这个多年来一直关注他的创作的老友:

> (哀歌中)涉及那些1912年(在1918年摧毁的杜伊诺城堡)开始的作品,在其进展和形成中,几年大战的灾难造成了既长又深的中断,于是我以为不得不放弃这项对我而言总之是最为独特的任务。后来在瑞士赐予我的庇护、安静、长久的孤独,当时我未能预见:不管怎样,这些难以言表的有利情况允许我重续哀歌之旧梦,而且如此完美,居然没有一个断片必须舍弃,每道裂痕的愈合都很平稳,强韧而又自然,在我看来,这样一种经历无异于极度的恩赐。

更令诗人欣喜的是,这突然降临的神恩同时给了他两份礼物——

让他在圆满完成了哀歌的同时，又新创作了另一部诗集《致奥尔甫斯的十四行诗》。而且，这后一份礼物来得是如此突然，令人措手不及。短短的三天，从1921年2月5日到7日，他就写下了二十六首十四行诗。而且，更令人欣喜的是，"哀歌与十四行诗始终互为奥援，当时我竟能以同样的呼吸鼓满这两面风帆：十四行诗小小的铁锈色帆布，和哀歌巨大的白色桅帆，我现在把这个看成是一种无限的神恩"。

整整十年的断裂无缝衔接，两部诗歌的同时问世，使里尔克坚定了自己的信念和使命，"我们是不可见之物的蜜蜂。我们疯狂地采集看得见的蜂蜜，贮藏在金色的蜂箱里。《哀歌》表明我们正着手于这项事业，就是这些持续不断的转换，把我们所爱的可见之物和可即之物化为我们的天性的不可见的振荡和感动，这种振荡和感动会将新的振荡频率输入宇宙的振荡频道"。至此，诗人完成了神吩咐他的、尘世的工作，可以无憾地告别这个世界了。他用地上的尘土塑造了自己的瓦罐，现在这瓦罐的碎片想起自己原本来自泥土，于是又安静地回归为尘土。

《无限的清单》与失落的清单

一

读翁贝托·艾柯的书,无论什么体裁的(什么体裁他没有尝试过?),总会有新的发现和启迪。这或许就是真正的学术大师的标志。前不久他又推出一本新著《无限的清单》,令人大跌眼镜:中文版大开本,图文并茂,洋洋洒洒四百页,涉及的文学体裁从诗歌、小说、散文到戏剧,应有尽有;图像类型从古代到现代的各种思潮、风格、流派,包罗万象。浏览一过,如入珍宝馆,如观万花筒,眼前一片灿烂,心中一片茫然,惊讶无比,却又满心喜欢。喜欢什么?喜欢人的心智面对宇宙的宏丽、世界的丰富,竭尽全力把握之、描述之、呈示之,并使之系统化和结构化的那种无限自由和开放的创造力。

全书主题只有一个:列清单。艾柯说,"寻找清单是一场很有意思的经验"。从书中得知,欧美文学史中列清单的传统可谓久矣,涉及的作家、艺术家中不乏名家大腕、经典之作,但居然就没有人想到,把这些作品中的清单串连起来,开出一个清单中的清单,为文学史和艺术史研究提供一个新的视角。正因为论题太新、涉及太广,艾柯在本书中也没有展开全面、系统、深入(按中国学术体制要求!)的研究,他只是列出分类标题,呈示相关作品,加以提纲挈领式的点评,但即便如此,其视野之开阔、思维之敏锐、分析之精到,也足以令人赞叹了。

为什么要列清单?按艾柯的说法,古人面对宇宙和人世中涌现的无限多的事物,产生了惊讶和惶惑之感,觉得自己没有本事理清它们的头绪,察知其内部的联系,恐怕挂一漏万,而只能采取列清单的方式,让自然事物在头脑中留下一点粗浅的印象,便于记忆和讲述。《荷马史诗》是古今清单的开山原型。具体例证有二,一是船名表,二是阿喀琉斯之盾。开列清单的基本方式是依违于"无所不包"和"不及备载"之间。

这两种再现方式分别体现了人类面对宇宙事物时的两种态度和经验,均可归入美学上的无限观念。第一种"无所不包"(以希腊联军的船名表为例)是说,叙述者荷马知道其所叙述的事物具备一种有限但尽善的完全性。所以他能够建构(或想象)一个封闭的形式,因为他对其所属时代的农业和战士文化有清楚的了解。他知道他的世界,他知晓那个世界的法则、其因和果,所以他能赋予它一个形式。

第二种"不及备载"则意味着,由于宇宙事物实际上是无穷无尽的,只能采取开清单的方式,列举叫得出名的宇宙属性,能列多少,就列多少,借以省掉为那些属性寻找层次或系统关系的工夫。以阿喀琉斯之盾为例,盾牌上列举的是无限宇宙中数不清的事物,囊括了天、地、神、人,其层次无比复杂,其系统互相缠绕。荷马自己心中也明白,凡人能力有限,只能乞灵于缪斯女神,以敬畏之心,尽其所能地描述一番,即使没有将其描述殆尽,听众或读者也完全能够理解其苦衷,因为这超越了作为凡人的歌者的能力。

一边是诉说舌头和嘴不够多,因此说不出一件东西;一边是尝试开列清单,尽可能将其叙说出来,哪怕不完整也比没有要好。清单承担的叙事功能不仅是实用的,也是美学的。通过歌者的叙述,听众或读者在建构自己的集体记忆和族群认同,同时也获得了相关的宇宙知识和人生经验。因此这种细述是必不可少的。另一方面,叙述者或歌手开列清单也有一种炫耀的成分在内,他在向听众或读者炫耀自己的记忆力、观察力和想象力,把别人无法记住、无法想象和可能忽略的细节,叙述得明明白白、清清楚楚。试想,当荷马弹拨着他的里拉琴,一一列数出参加特洛伊战争的船名和主将姓名时,台下的听众中若有祖辈参与过这场战争,定会异常骄傲和兴奋,或许会像当下流行歌手的粉丝团那样,大声举牌尖叫"耶!"而这种兴奋的情绪必定也会感染给盲诗人,进一步激发他的灵感和即兴的创造力,为史诗添油加醋,从而使"带翼的词句"飞翔得更轻快、更动听。我们甚至不妨猜想,《荷马史诗》中那些重复出现的套话和衍文("当黎明玫瑰的手指刚刚升起"之类),就是即兴演唱时的生动记录。

与船名表相比,阿喀琉斯之盾可以说是形式打造上的神来之笔,艺术在这里建构了一系列和谐的再现,在它所刻画的主题之间建立起一种秩序,一套阶层井然的结构,确定了物象对背景的关系。阿喀琉斯之盾只向我们呈现一个场景,没有向我们呈现别的场景。它完全没有告诉我们,出了"世界海"这个圈子,外面有些什么,它呈现的宇宙受限于它的形式。在我看来,正是形式赋予了其所呈现的宇宙以秩序和美感。借助阿喀琉斯之盾,远古的艺术家给自己和他的同类呈现了一个由天、地、神、人四重关系构成的和谐图景,这个宇宙秩序井然,赏罚分明,人生活于其中如鱼得水,如鸟翔天,生时乐享生命,死后安归冥府。

艾柯总结说:清单有两种,实用的和诗性的。前者指涉外在世界的物事,胪列出来,以供利用。这类清单由于拟定时目的明确,因此是有限的。后者指涉的并非真实世界里的对象,而是史诗(或其他诗性作品)世界里的对象。这份清单的开列者(例如荷马)可能不但着迷于那个可能世界的形式,还着迷于那些名字的声音。如果是这样的话,那么,他就是从一个以指涉对象与所指为主题的清单,进入了一种由声音和音值,亦即由能指构成的清单。于是,原本偏重于内容的清单,偏向了载体和形式,文学也渐渐摆脱了粗鄙的实用性,具备了美学的和诗性的功能。

从文艺复兴开始,列清单的动机和方式开始有所变化,新时代新事物层出不穷,人的欲望,无论是食色的还是目光的,都空前膨胀,要求得到满足,列清单便是满足贪婪的目光的一种方式,这方面最明显地体现在拉伯雷等作家身上。从这个意义上,我们不妨说,文艺复兴这个被马克思称之为"需要巨人并产生了巨人"的伟大时代,也是一个需要清单并生产了大量清单的时代。人对无限的渴求具体表征在开列的清单中涉及的事物之繁多、新异、复杂和不可胜数上。之后一路发展到20世纪,现代派作家和画家,继承了列清单的传统,又将其推向不同的面向,使之呈现出不同的样貌。在艾柯看来,乔伊斯或博尔赫斯们之所以开清单,并不是因为他们不知道如何说他们想说的事情,而是出于对过度的喜爱、骄傲,对文字的贪婪,对多元的、无限的知识——快乐的知识的贪求。开清单成为向常识挑战,在混乱中重构秩序,"将世界重新洗牌的一种方式"。发展到后现代社会,大众媒体开清单则又有另外一番考虑,其目的不是为了质疑现存的秩序,而是要重申一个信念:我们处在一个物品堆积如山的丰裕世界中,人人得而分享之,消费之,挥霍之,因此"这个宇宙就代表着有秩序的社会的仅有模型"。最后,艾柯提到了一切清单之母,也就是由WWW构成的万维网,它"带给我们最神秘、几乎是完全虚拟的晕眩",在这个无限的终极的清单中,实物与词语、所指与能指、真实与虚构之间,再也没有任何分野。

二

　　通过《无限的清单》一书,艾柯精准地抓住并描述了欧美文学艺术传统中被忽略或忽视的重要一环。他山之石,可以攻玉。我们不禁要问,中国文学中也有类似的传统吗?
　　浏览一下正统的中国文学史,恐怕会很失望,中国文学中似乎没有列清单的癖好和传统。但认真回溯和考察一下从诗经时代到唐初的文学作品,就会发现,其实中国文化传统中不乏类似欧洲那种列清单的做法。《诗经》中的赋,就是列清单。"赋,铺陈也。"就是将事物一一罗列出来,供人记忆、欣赏和玩味,孔子告诫他的弟子读诗的目的,除了兴观群怨外,还有一条就是"多识于草木鸟兽之名"。继承了《诗经》传统,在诗歌作品中大量运用铺陈手法的,自然首推屈原。众所周知,《离骚》之美,就格调而论,一在于变短句为长句,二在于文意上的缠绵往复,三则在于取材的广博,罗列了大量有关古代贤君、神灵鬼魅、香草美人、佩玉饰物的清单,呈现出灿烂纷披之美。

不言而喻,汉赋是铺陈的集大成者。汉帝国的强大,疆域的广阔,宫室的壮丽,人口的众多和新事物的涌现,无疑为汉赋的产生提供了得天独厚的条件。瞿兑之在《骈文概论》中认为,用诗人赋物的方法,加上《楚辞》的形式,便成了汉魏以后的赋。而赋的应用范围也就宽了。赋的种类,据《文选》所列,不外乎以下几种:一、都邑之属,如班固的《两都赋》、张衡的《两京赋》、左思的《三都赋》,都是有名的宏丽之作。二、宫廷之属,汉朝皇帝都喜欢提倡文学,宫廷文学尤其重赋,于是一系列的宫室赋就脱颖而出,如司马相如的《上林赋》、杨雄的《羽猎赋》《长杨赋》。三、山川之属,如木华的《海赋》、郭璞的《江赋》等。此外,还有行役之属、景物之属、物类之属、述志之属、哀伤之属、情爱之属、艺术之属等。这些作品,其篇幅、格调或有差别,但都以开清单的方式,展示了宫廷的富丽和宏伟、器物的繁多和丰富、山川景物的秀丽和奇旷。那时的中国文人仿佛刚刚睁开眼睛,面对一个新崛起的帝国,及其所统略的宏大世界,欣喜不已,于是极尽笔下之能事,开列清单,试图把眼前的景物一览无余地纳入文字中。到了齐梁之间,更形成一种抒情的赋,"用绵丽的色彩,写幽怨的情绪"。江淹的《别赋》、庾信的《哀江南赋》、鲍照的《芜城赋》等,或凝重,或轻艳,或绵密,或精细,或工稳,或佻荡,举凡山川景物、宫室内廷、器物摆设、怨女心理,均能曲尽其妙,引人入胜。

但另一方面,我们也不得不看到,这种列清单的癖好,发展到齐梁时代的骈文,出现了新的负面的倾向。如前所述,列清单有两种情况:

一种是涉及所指的,另一种只涉及能指。换言之,前者是有对应的参照物的,后者则纯粹是玩弄概念和词语。不幸的是,汉以后的中国文人落入了第二种做法,将全部心思化在了对称、对仗、排比、骈偶等这些能指层面上的造作,满足于苦心孤诣的选字炼句和摇头晃脑的击节吟诵。这或许与汉语本身的特性有关,方块字、单音节、四声调,便于整齐划一,朗朗上口,为能指式的开列清单提供了方便。随着时光的流逝,骈文这种重能指忽所指、重形式忽内容的文体终于耗尽了它的能量。唐以后,中国文化传统中的骈文传统渐渐衰落,古文运动的兴起强调了文以载道,以实用性的诉求盖倒了纯形式美的追求,于是,由《诗经》开其端、《楚辞》继其后、汉赋成其大的列清单传统也随之湮没于中国文学史,成为反衬有坚实内容的载道文学的背景材料。

不过,上面所说的基本上是精英传统中的情况,其实在后来兴起的市井俗文学中,列清单的癖好似乎还保留了一些。比如,在民间说书,以及从说书发展而来的话本小说中,我们看到了类似列清单的描述,比如对作品主人公穿着打扮的描绘,对事物尤其是食物的罗列("舌尖上的中国"之雏形)。小时候读《水浒传》《红楼梦》,碰到这种冗长的描写往往很不耐烦地跳过去了。殊不知,这正是小说家的癖好和听众(或理想的读者)的兴趣所在。作家借列举清单,展示自己的记忆力和想象力,听众或读者则借听读机会"过一把瘾"。在这方面,话本小说的讲述与欧洲的史诗吟诵有异曲同工之妙,均影响到后来书面的文学创作。

转到艺术史上,张择端的《清明上河图》无疑是中国古代艺术史中列清单的典范之作。在中国乃至世界绘画史上都是独一无二的。据百度百科,《清明上河图》以长卷形式,采用散点透视构图法,生动记录了12世纪北宋汴京的城市面貌和当时汉族社会各色人等的生活状况,描绘了当时清明时节的繁荣景象。大到广阔的原野、浩瀚的河流、高耸的城郭,细到舟车上的钉铆、摊贩上的小商品、市招上的文字,和谐地组织成统一整体。在画中有士、农、商、医、卜、僧、道、胥吏、妇女、儿童、篙师、缆夫等人物及驴、牛、骆驼等牲畜;有赶集、买卖、闲逛、饮酒、聚谈、推舟、拉车、乘轿、骑马等情节;画中大街小巷,店铺林立,酒店、茶馆、点心铺等百肆杂陈,还有城楼、河港、桥梁、货船,官府宅第和茅棚村舍密集。画家共绘了八百一十四个人物,牛、骡、驴等牲畜七十三匹,车、轿二十多辆,大小船只二十九艘。房屋、桥梁、城楼等各有特色,具有很高的历史价值和艺术价值。依我之见,仅就开列清单而论,张择端与欧洲艺术史上的一些大师如勃鲁盖尔等有得一拼。

在我国少数民族文学中,通过歌唱或吟诵罗列清单的传统更为悠久和丰富,至今绵延不绝。比如,上世纪80年代初,新疆格尔克孜族的史诗《玛纳斯》演唱者居素甫·玛玛依连续连续唱了一千三百二十天,他从春天唱到秋天,从冬天唱到夏天,唱到激烈时甚至昼夜不停,负责记录的工作人员不得不轮流值班。这样,1983年3月20日上午11时,终于唱完了最后一行,完成了人类文化史上的一部杰作。通过居素甫·玛玛依的演唱,这部长达二十三万多行的宏伟史诗《玛纳斯》才得以保存下来,流传至今(参见虎鱼网 http://www.xjtvs.com.cn/)。像《荷马史诗》及其他世界上伟大的史诗一样,《玛纳斯》中涉及的人名、地名、武器名、河流名、山脉名、天上的飞鸟名、地上的走兽名,不计其数,简直就是一部浓缩了的民族史、人类史和自然史。

三

列举上述中国文艺中的铺陈传统并非为了证明"古已有之",为国人扬眉吐气;而是为了说明"今已无之",提醒一下国人,百年来我们究竟丢失或遗忘了什么? 西谚云:上帝在细节中,魔鬼也在细节中。清单中罗列的自然和人工物品既属上帝也属魔鬼。现当代中国人接受了科学主义,不信上帝,也不怕魔鬼,所以,我们的文学想象力才那么贫乏,记忆力才那么薄弱,竟开不出几张具有繁复细节的清单。难得有看到哪位当代作家在作品中津津有味地开列清单,并怀着喜悦的心情,细细地欣赏赞叹一番。作为精英的作家如此,普通百姓更不用说了。人人都急吼吼地往前冲,疲于奔命,急于取得某种成就,根本无暇顾及身边的琐事细节。所以我们的生活才变得越来越粗糙,甚至有人断言当代中国整个社会、整个民族都出现了"粗鄙化倾向",痛心疾首之意溢于言表。

不过,也有一个例外,这就是近几年被出土文物般挖掘出来的木心先生。在我看来,木心对于中国当代文学的意义和价值就在于,他通过自己几十年如一日默默的笔耕,恢复并提升了中国当代文学的高贵性和纯粹性,这其中重要的一点是,他以精细的目光和典雅的笔触,发现并书写了中国人日常生活中的小事、琐事、遗事、往事,试图复活被遗忘的家族记忆和集体记忆。这方面我最推崇的是他最早在大陆出版的《哥伦比亚的倒影》中的《上海赋》一文。在这篇戏仿式的"赋"中,木心将中国传统文学中的铺陈手法,融合于后现代的反讽与调侃笔调,记录了民国时代上海的市井生活、细民琐事、弄堂风光、马路景观等,其所涉及的事物之繁复,气氛之生动,记忆之精准,想象之丰富,文字之到位,堪称一绝,令人叹为观止。随便摘抄一段,便可略见端倪:

  从前的上海人大半不用早餐(中午才起床),小半都在外面吃或买回去吃。平民标准国食:"大饼油条加豆浆"生化开来,未免太有"赋"体的特色,而且涉嫌诲人饕餮——粢饭、生煎包子、蟹壳黄、麻球、锅贴、擂沙圆、桂花酒酿团子、羌饼、葱油饼、麦芽塌饼、双酿团、刺毛肉团、瓜叶青团、四色甜咸汤团、油豆腐线粉、百页包线粉、肉嵌油面筋线粉、牛肉汤、牛百叶汤、原汁肉骨头鸡鸭血汤、大馄饨、小馄饨、油煎馄饨、麻辣冷馄饨、汤面、炒面、拌面、凉面、过桥排骨面、火肉粽、豆沙粽、赤豆粽、百果粽、条头糕、水晶糕、黄松糕、胡桃糕、粢饭糕、扁豆糕、绿豆糕、重阳糕、或炸或炒或汤沃的水磨年糕,还有象形的梅花、定胜、马桶、如意、腰子等糕,还有寿桃、元宝,以及老虎脚爪……

(我得承认,我一面码字,一面在流口水!)这里抄录的食料清单仅仅是整个《上海赋》中专门讲吃的一节("吃出名堂来")中的一小段,全文类似这样的清单还有许多,我特别愿意推荐给上海读者的是"弄堂风光"这一节,惜因篇幅太长且不分段落而无法摘抄。且莫小看开清单之类的"雕虫小技",它蕴含的是整整一代人、一个地方、一个族群的集体记忆啊!

艾柯的《无限的清单》,探讨的是欧洲传统中固有的,但因其太丰富、驳杂和常见,反而被人遗忘的学术主题。反观之下,我们是否可以说,追溯一下中国文学艺术传统中被遗忘或失落的清单传统,也是复兴中华文化的一条途径呢?"舌尖上的中国"已经火了一把,"眼球上的中国"是否可以再追寻一下、探索一下?比如,中国特色的铺陈与欧洲特色的清单有哪些共同点和差异性?无限的清单与无限的想象力、无边的现实主义之间是什么关系?开清单的传统在形成集体记忆,激发诗性想象力,塑造美学观、人生观和宇宙观上起到了何种作用?凡此种种,均可以也应该成为中国学者跨文化、跨学科探讨和研究的对象。我想,这,或许就是艾柯此书对我们的一点启示吧?

"我行故我在"
——读罗伯特·麦克法伦的《古道》

当越来越多的人沉溺于网络世界,试图以刷屏、网游、QQ聊天来寻求生命刺激时,也有为数不少的人选择了走出家门,以脚丈量大地,通过亲近自然来感悟人生,发现自我。如果他们知道在遥远的大洋彼岸,有一个英国人不但已经先于他们踏上了同样的征程,而且还让思想融入大地,脚印汇入古道,将行走的感悟变成了优雅的文字,他们是否会有相见恨晚之感,欲一读而后快,甚至产生一种类似的写作冲动呢?

在我看来,罗伯特·麦克法伦是当代英国旅行作家中最为年轻,最有活力和最有思想的。翻开他的行走文学三部曲之《古道》,没读上几页,你就会被他的优雅、精准,又极富想象力的文字所吸引,忍不住一口气读完。书中的每个描述和比喻——无论是对自然的观察,还是对身体感觉和心情的描述,都恰到好处,犹如一位训练有素的护士,摸准静脉,一针下去,马上就抽出一管鲜红的血来。

麦克法伦精准、优雅的文字背后其实有着一个强大的旅行写作传统。与地球上别的民族相比,英国人似乎特别好动,热衷于航海、探险、拓疆、殖民。这或许跟其祖先维京海盗的血统不无关系。对未知空间的探索癖曾造就过一个横跨欧、亚、非、美的庞大帝国,也塑造了不列颠民族整体的文化人格。尽管帝国的余晖早已淡入历史,但敢于探索、精于观察、勤于记录和乐于表述的传统却深入了每个英国人的骨髓,积淀为整个民族的集体无意识。综观英国文学史,从公元15世纪曼德维尔爵士写下他的著名的《游记》算起,几乎没有哪位英国作家不曾有过长途旅行的经历,不曾写过或真实或虚构,或散文或诗体的游记或历险记。这些作品,或叙述作者本人孤身踏入陌生异域的见闻;或记录同行者的言谈性格和奇闻轶事,感悟朝圣路上的神迹和启示;或见证不同民族和族群的风俗,为其后传教士、旅行家和外交官的进一步探索提供了丰富的第一手资料,其中有些至今依然是大英博物馆的珍品。

与其前辈作家相比,麦克法伦的《古道》一书自有其特色和亮点。作为一个生活在21世纪的当代人,作家将关注的重点放在了自然与自我这两大主题上,将步行视为联结人—地之间独一无二的中介。正如作者在题注中说——"这是一本关于人和地的书:关乎步行作为一种寻访内心世界的方式,关乎我们走过的风景塑造我们的各种微妙方式"。对生活在全球化时代的人们,这无疑是一个有力的提醒。现代高科技的迅猛发展大规模压缩了时空,给我们带来了空前的便利,但也在某种程度上使我们忘记了存在的本根——脚。从一个城市到另一个城市,我们几乎无需借助步行,便可实现无缝对接,坐飞机到机场,换乘地铁,再换乘公交或出租车到家;到旅游景点,选择方便快捷的自驾游,至多在后备箱里放上一辆折叠自行车。不知不觉间,我们和大地之间隔了一层坚硬的人工制造物。但我们认为这一切皆理所当然,是文明社会的产物。殊不知,就在脚的功能被遗忘的同时,本真的存在也正在陷入沉沦。

读麦克法伦的第一感觉就是,原来我们还有一个形而下的身体,还有脚——脚底板、脚趾、胫骨、膝盖、肩膀、小腿、大腿、背脊、肋骨、腰椎。它们与我们的血管、神经、大脑紧密相联;它们会起泡,会疼痛,会淤血,会受伤,会断裂,会流血,进而会影响我们的感觉、情绪、情感、思维和判断力。原来,存在并不如笛卡尔所说的只是头脑中的"思",而且还有身体中的"感",并不是纯粹的理性,而是微妙的感性;"我思故我在"应改为"我行故我思"。道路不是"思"出来的,而是"行"出来的。脚印就是写在大地上的文字,一个个道路之名连起来就是一首诗,甚至一部史诗,它叙述的是人类从古至今与大地对抗、妥协、默契、融合的历史。由此,麦克法伦抬高了"脚"的地位,完全颠覆了传统的旅行文学以"头"为主的传统。请看这段告白:

> 从我的脚跟到脚尖是二十九点七厘米,折合十一点七英寸。这是我步伐的单位,也是我思想的单位。

据我所知,在麦克法伦之前,还没有哪位旅行作家斗胆将自己的脚提到如此高的地位,给予如此强烈的关注。但他以自己的行走体验充分而有力地证明:脚具有这个地位当之无愧。脚给予我们方向感,让我们在胎儿时就在黑暗的子宫中摸索旋转,犹如宇航员在太空中为自己定位;脚给予我们道路,古道就是古人以自己的脚一步步丈量、踏勘出来的;脚给予我们以合作精神,每一条路都是人类默契和团队协作的产物,一个人不可能创造出一条道路来。悠远的古道与城市马路、乡村公路、高速公路互相叠加,相交,重合,形成了一张巨大的路网,而人类的历史就存在于这张网络之中,也必将在这网络上延伸、扩展,并且不断继写、改写或重写自己的历史。

《古道》中,作家多次强调了他脱下鞋子和袜子,光脚走在古道上,翻越沟壑、攀登悬崖、触摸冰雪、淤泥和沼泽时的感觉和记忆。"对于我曾经赤脚走过的地方,我的记忆如果未必是更佳的话,那至少是和我穿鞋走过的地方是不一样的。我主要能回想起它们的质地、对它们的感受、硬度、平整度和坡度———一处风景给人们触觉上的细节,而这些都经常不注意就溜走了。它们才是持久的无法磨灭的记忆,这些脚注,来自于徒步者的肌肤与大地的肌肤的亲密接触……赤脚走路,你能清晰而敏锐地感觉到风景给予你的某种意外收获。"从这个意义上说,走"出"去也就是"走"进去,走向大地也就是走向自我,感知风景也就是感知生命。于是,通过形而下的身体感知,被遗忘的存在又回来了。

借助麦克法伦的脚步,我们仿佛第一次睁开眼睛,看到了新鲜的、以往不曾见过的自然景物,恢复了因熟知而忽视、因忽视而麻木的听觉、嗅觉、触觉、味觉、动觉。全书中随处可见意象派诗歌式的句子,精准地描述了景观的样貌及其对感官、心灵的影响:"雪在街灯圆锥形橙红色光带里落下来,像炉火里的火星一般闪耀。""空气颗粒粗糙,忽隐忽现,仿佛老旧的纪实短片。""赤脚踩在滑溜溜的黏土上很舒服,而每走一步淤泥都会从脚趾缝里挤出来,油腻如同黄油。"当思想变成了知觉,景观影响了情感,人的心灵自身的物质也被改变了。作家变得更加达观、强健、活力充沛,知觉敏锐,思维活跃而想象力丰富。

全书从追随爱德华·托马斯的伊克尼尔克小道出发,经历了在英格兰觅踪,在苏格兰寻踪,在海外漫游,最终以返回英格兰为终,圆满地画了个句号,犹如一部当代版《奥德赛》。而从书中所涉及的考古学、矿物学、植物学、人类学等多学科知识来看,又好似一部包罗万象的诗性百科全书。作家从描述自己的脚码尺寸开始,最后让自己的脚印与另一只史前时代遗留下来的脚印相遇和重合。"我在那名男子的最后一只脚印那儿停下来,那个五千年前留下的脚印啊,我的道路也停在了他停止的地方。我转过头,顺着自己走来的脚印朝南看。太阳再次透过云层斜射下来,忽然间,那些填满了水的脚印变成了一面面镜子,辉映着蓝天、微微颤抖的云朵,还有朝里面观看的那个人。"

至此,作家的自我形象与远古人类的形象合为一体,而追踪古道的行程,最终则成了追寻自我起源和本真生命的旅行。

切·格瓦拉与萨德:人性光谱的两极

将萨德与切·格瓦拉两人放在一起讨论多少显得有点不伦不类。众所周知,前者是18世纪的没落贵族,用常人的眼光来看,简直就是一个大淫棍、性虐待狂、恶德败行的集大成者。后者是20世纪坚定的共产主义者,古巴革命的创始人和领袖之一,在一些西方人尤其是年轻人心目中,简直就是一个耶稣般"完美的人"(萨特语)。但我们如果换个角度,从探索人性的深度出发,就会明白,做上述对比并不是毫无意义的。在我看来,切和萨德分别代表了人性光谱的两极。一极是绝对的明亮、温暖,基本色调是紫红、红、橘黄和柠檬黄,直至过渡到令人炫目的金色的阳光;另一极是绝对的黑暗、阴冷,基本上以蓝、深蓝和深褐构成,直至过渡到地狱般深不可测的黑暗和混沌。但不能否认,切和萨德是属于同一光谱的。或者换用一句泰戈尔的话说:人就像一棵树,向天空的枝条伸展得越充分,向地底的根也就扎得越深。如果说,切代表的是向着敞亮的天空伸展的枝条,那么萨德代表的就是深入黑暗的泥土的树根。更为重要的一点相似之处是,这两个人都是作家,他们一方面以自己的身体为工具或武器,测量着、试验着人性的种种可能性极限;一方面又用精致的文字记录着自己的激情和行动。萨德在监狱中写下了不计其数的书信、戏剧、小说和哲学、伦理学专著;切在革命间歇期间写下了大量的书信、诗歌和日记。显然他们自觉地意识到,不管他们的行为如何惊世骇俗,难以为当代人所理解,他们的行动和文字,对于理解和认识丰富复杂的人性,肯定是会有价值的。

在萨德眼中,人性不过是性的别称,人性就体现在性力之中。一个人的性欲越强,性行为的方式越是多样,他的人性就越丰富完美,他也就越接近天堂般的境界。而官方,无论是革命前的封建贵族政体,还是革命后的平民共和政体,在对性的限制这一点上是别无二致的,其根本出发点是要把人驱向种种符码的牢笼,以维持和稳固自己的统治。正是为了反抗这种压抑人类性本能的政治制度和意识形态,萨德开始了他的"狂若野风般的"性欲大飨宴和胜利大逃亡。为此,萨德付出了几乎一生的代价。他在监狱中度过了十二个春秋,最初被关在樊尚堡,后来被转到了巴士底狱,最后被囚禁于沙朗通精神病院,度过残生,"他全部的生活就几乎是由屈从和不断的反抗组成"。如果我们用德勒兹的"反俄狄浦斯"理论加以分析,就可以这么说,萨德反抗的,不管其是否自觉意识到,正是那种把人通过符码化加以束缚的社会体制。在萨德的身体和文字中,性就像大自然中的能量一样,永远在流动着,寻找着自我满足的出口,性冲动可以转化为六百多种形式,是一种永远无法被符码化的流动的势能。而文明社会为了整体存在的需要,总是要以符码化的方式将其限制起来。无疑,血缘符码是人类社会最早出现的限制性的符码,它将性行为严格限制在不同血缘集团之间。中世纪采取了宗教符码的形式,将非婚姻、非生殖的性生活视为十恶之首。近代资本主义社会则以市民道德的符码形式来限制婚外性行为,而对同性恋和变态性行为的惩罚尤为严厉。萨德要反抗的,正是人的被符码化的命运。他以自己的骇人听闻的性倒错和性虐待行为突破了血缘的、伦理的、宗教的、道德的符码。他以自己的身体为试验品,将探索之根深深地扎向人性黑暗的大地。在他的狂欢式的性冲动和孤独的沉思、写作中,人的永远无法摆脱的兽性的、肉身性的一面被揭露得淋漓尽致。萨德比弗洛伊德早一百年就发现了一个真知灼见:"正是母亲的胸脯决定了我们的器官,使我们受这种或那种狂想的支配。最早看到的东西和最早听到的声音就确立了我们的机制。爱好由此产生,从此世上任何东西都无法毁灭这些爱好。"(《萨德大传》)正是通过他自己的性行为和以个体化性体验为基础创作的色情文学,现代人从萨德提供的镜子中看到了人性中根本性的兽性的、黑暗的方面,从而为探索如何克服这种黑暗面,并尽可能在不触及人类道德底线的基础上,为充分满足人性需要创造尽可能好的条件。这也就是为什么这个恶德败行者、性虐待狂引起包括拉康、福柯在内的那么多西方哲学家、社会学家、心理学家和传记作家的兴趣,并一而再、再而三地推出有关他的传记、电影和论著的原因。在这方面,让·吉利贝尔的观点也许是最有代表性的:

> 萨德的恐惧使我们回想起……我们的童年、我们的性冲动性压抑的弗洛伊德坚持的观点,同时又鼓励我们放任自己,走向我们那不可能的原始的未来……(《萨德大传》)。

在光谱的另一极,我们看到了一幅截然不同的人性图景。正如上帝似乎注定要让那个堕落的法国侯爵成为揭示人性丑恶的榜样以警示世人,而给予他远远超出常人的力必多一样,上帝也注定要让切这个未来的圣人作为显示人性美好的榜样给世人以希望,而给予他以远远超越常人的意志、毅力和自我献身精神,让这个现代世界的基督经受各种各样的磨难,以完成自己赋予他的使命。在切呱呱坠地之始,他已经患上了先天性遗传性肺部充血症,出生不久又得了哮喘病,终生受尽病痛折磨。但这一切非但没有成为他走向人性完美的障碍,反而成全了他的事业。在切看来,人性就是不断超越自我,不断脱胎换骨,走向完美,成为"新人"的过程。为了成为新人,必须不断进行革命,超越自己的局限,无论这种局限来自人的无可摆脱的沉重的肉身性,还是人灵魂中天生贪图安逸的堕性。于是我们看到,身患哮喘病的切,一次又一次穿越广袤的南美大地,为那些那些无眼的、缺鼻的、断腿的、烂足的、躺在南美丛林深处等死的麻风病人,为那些转战南北、苦于种种热病和伤痛的游击队员裹伤治病。在古巴革命战争期间,他身兼游击队的医生、军事指挥官和政治委员等数职于一身,经常忍着自身巨大的病痛,为革命事业服务,把疾病的折磨看作对自己革命意志的最好的考验。即使在革命成功,他已成为古巴革命的高层领袖之一以后,他还是要坚持参加每周一次的星期日义务劳动,钻进茂密的甘蔗林,举起长长的砍刀,汗流浃背地与昔日的战友展开激烈的竞赛;而不是装模作样地戴上白手套,种几棵树,浇几桶水,讲几句话,做仪式化的政治表演。

像萨德一样,切的生活中也经历了多次"胜利大逃亡"。十八岁时,从阿根廷那个温暖、富有、教养良好的外交官家中自我放逐,远征四千五百公里,深入南美丛林,直面苦难深重的世界,帮助那些穷苦无告的麻风病人。二十三岁时,又从自己的稳定而前途远大的职业逃离,由一位著名的医生变成一名勇敢的"美洲战士"。三十七岁时,再从一个功成名就、重权在握的"古巴革命三巨头"的显赫位置神秘离去,隐名埋姓,带领着为数不多的游击战士,为了那些陌生的、不理解他的、恐惧地生活在专制独裁统治下的刚果人、哥伦比亚人、委内瑞拉人、玻利维亚人的独立和自由,转战于蚊蝇肆虐、热病丛生的非洲和南美的丛林,直至三十九岁时在玻利维亚被俄国老大哥派出的间谍、昔日的同志和情人出卖,被捕,勇敢而平静地面对死亡。

切和萨德挑战的是当时整个主流社会的意识形态。在萨德那里,这种意识形态表现为基督教的伦理道德和新兴中产阶级的理性;他想通过他的行为艺术般的恶德败行表达出人人心中所想但人人不敢公开的深层欲望。在一封书信中他这样写道:"我的思想方式是我自己的思考结果。它源自我的生命、我的身体。我是不能改变它的。就算我能控制它的话,我也无法改变任何东西。我那受到你责备的思想方法却是我生命的唯一安慰。它减轻我在狱中的所有痛苦,它给我在这个世上提供了所有的欢乐,我对它的重视胜过自己的生命。我的苦难并非是我的思想方式造成的,而是别人的思想方式造成的。"(《萨德大传》)

如果说，萨德挑战的是宗教的和市民的符码体制对人的自然欲望的压抑和统治，那么，切要挑战的则是占据整个世界的人的奴役状态，无论这种奴役采取的是专制独裁还是自由民主的形式，无论这种奴役表现为金钱的还是权力的统治。他之所以要在古巴革命成功以后再度隐入丛林，重新开始新一轮的革命，就是因为他已经隐隐感觉到，即使在革命成功之后，人性中对物质和权力的追逐的欲望，还是无法消除的。唯有通过一次全球性的革命，把整个世界完全翻个个儿，彻底摧毁造成人性腐败堕落的外部条件，才有可能完成使普通人成为新人的使命。

这两个仿佛光明与黑暗般无法共存的人，在行为方式上却显示出某种惊人的相似性。他们几乎自我折磨般地考验着、检测着自己身体的极限。萨德通过他的一连串令人瞠目结舌的性倒错和自虐/他虐行为，测量着自己的力必多能量的强度。即使在被囚禁后，他还是想方设法通过种种途径尽可能地满足自己的欲望，试验自己的性行为的极限。切则通过他的一次又一次的革命、起义、逃亡和东山再起，考验着自己的意志、毅力和耐久力，实践着使自己成为新人，也使别人成为新人的信条和梦想。但也正是这种反抗的激情，使这两个时代的叛逆者渐渐走向自己的反面。萨德的"反俄狄浦斯"式的激情和行动固然使他在某种程度上逃脱了被符码化的命运，但同时也使他成了自己的肉身和性欲的奴隶。切的堂·吉诃德般的理想主义和献身精神，固然令人肃然起敬，油然而生"虽不能至，心向往之"的感叹，但也使他在与遍布全世界的"风车"和"羊群"的作战中，无法取得他的同志和战友的理解，成为一个孤军奋战、独往独来的勇士。因为，一个人可以使自己成为圣人，但不能要求人人都成为圣徒；更不能采取革命的方式，用制度化的手段强迫人人都成为圣徒。这一点，不但刚刚摆脱奴役的古巴革命者做不到，甚至一度被他视为革命榜样的俄国人也做不到。正因为俄国人害怕切那种古巴式共产主义"输出革命"的行为扩散到南美诸国，从而使苏联失去其可能的势力范围,克格勃才命令切昔日的战友和情人向玻利维亚政府告密,将这位最符合共产主义原则,最最激进的革命者送进了敌人的枪口。这是何等惨痛的悲剧!又是何等具有讽刺性的闹剧!切没有留下任何文字,让我们窥见他临死前有关人性的思索成果。但从一位玻利维亚摄影师拍下的三张切眉头紧锁、苦苦思索的面容中,我们可以感觉到,切似乎已经悟到了一点什么。

萨德与切,一个魔鬼,一个圣徒,但又都是人类的一份子。对他们一味指责或一味歌颂都无助于对丰富复杂的人性的深入理解,我们需要的是客观、冷静和细致的研究。我们无法像前者那样把人性之根深入到那么黑暗的境地,也无法像后者那样将人性的枝条伸展到那么开阔的天界,但无论如何,我们得承认:

向敞亮的天空伸展的枝条和向黑暗的大地伸展的根系,都是我们的肉身不可分割的组成部分。

新小说三题

1. 布托尔:《变》

本书讲的是一个男人在两个女人和两座城市之间游走的故事。

巴黎与罗马。妻子与情人。塞西尔与昂里埃特。一个是共同生活了二十年、熟悉得不能再熟悉的女人;一个是只有过几次交往,因尚不完全熟悉而带有几分陌生感的女人。

主人公——叙述者打算与巴黎女人分手,与罗马女人结合。他为罗马女人在巴黎找了一份工作。然后去罗马告诉她这一好消息。

然而,正是在巴黎—罗马的长途列车上,他的思想逐渐变了。

女人与城市一样:因熟悉而疏离,而厌倦;因厌倦而想摆脱。城市与女人一样:因距离而产生美感,因美感而产生吸引力;想缩短距离,永远厮守在一起。

然而,一旦距离消失。原先有吸引力的对象不也就会令人厌倦了?

在多少世纪中,欧洲的一切梦想就是对罗马帝国的追忆,而现在,帝国的形象已远远不能代表世界的未来,对我们每个人来说,世界已变得辽阔得多,而且也已具有完全不同的安排。

因此,当你想使自己对罗马帝国的回忆变得更为经常时,它的形象便遭到破坏,这就是为什么当塞西尔来到巴黎时,原先照耀她的天空便黯淡下来,于是她又变得和其他女人一个样子了。

这是一个悖论,无法解决的悖论——永恒的矛盾与困惑。

于是,他最终放弃了原先的打算。决定"使这两座城市保持它们实际上的地理位置"。也就是说,使这两个女人保持她们在他的情感中的地理位置。

取而代之的,是写一本书,关于这两座城市、这两个女人的书。关于他的身体从一个车站越过途中景物而到达另一车站时,在这段运动中所产生的精神上的运动的书:

> 你说,要在这本书里说明罗马在一个巴黎男人的生活中所起的作用,可以这样想象:这两座城市是重叠在一起的,它们中间有通道相连,只有某些人知道这些通道,但大概谁也不知道全部通道。因此,从此处到彼处,可能有某些意料不到的捷径或弯路,因此,从这一处到那一处的距离,从这一处到那一处的路程,将根据人们对另一座城市的认识和熟悉程度而定,因此,任何定位都是双重性的,因为,对每个人来说,罗马这个地方或多或少地影响着巴黎这个地方,它提供的或是通途,或是陷阱。

主人公这段评论城市的话,实际上隐含着对他生活中的两个女人的评论。只要把其中的"城市"这个词替换为"女人",把"罗马"和"巴黎"替换为"这个"或"那个"女人,就能看出这一点。

罗马城里蜿蜒曲折的大街小巷,众多的历史遗迹、教堂,有着丰富收藏的博物馆,正是微妙曲折的女性心理的隐喻和对照。对城市的游历对应于对女性心理的猜测、想象和分析。

小说结尾,主人公—叙述者下车,手中握着一本他临上车时买的,打算在车上看而始终没有打开过的书,而"朝着那本未来的,必然的书走去,而它的外形正被作者握在手中"。

于是,对一个男人的情感的叙述,最终变成了文本自述。关于这本书如何成形的过程的描述。身体在空间中的运动、情感在时间中的运动,最后归结为文本在时空中成形的运动。于是,我们有了一本《变》。

作家用第二人称"你"的口气叙述。给读者的感觉是主人公——叙述者在与每一个"你"对话,从而把主人公的困惑变成了每一个"你"——每一个读者(尤其是男性读者)的困惑。

如果从拉康的精神分析说角度来阐释,这本书讲述的是欲望能指不断的运动,真正的欲望对象永远在将来,在梦、回忆、想象和预感中,仿佛一个个在车窗外移动的城市。短暂停留片刻,随即倏忽而去,永远可望而不可即。

2. 罗伯-格里耶:《去年在马里安巴》

这是一部电影小说,你可把它看作一个分镜头剧本,直接拿来拍摄就是。由新小说大师阿兰·罗伯-格里耶创作,新浪漫史电影导演阿兰·雷奈执导并拍摄,被誉为新小说与新浪潮的完美结合,获1961年威尼斯电影节金奖。

梦幻般的题材,梦幻般的叙事手法。阅读需要调动你所有的想象力:想象画面、色彩、气氛、声音、音乐……内心的张力、冲动和欲望,犹如一只猛兽,静静地伏在草丛里,等待着猎物的出现。

一个富丽堂皇的假日酒店,大得就像一个世界,一个小宇宙,里面布满曲折的迷宫、不见尽头的长廊、无数大大小小的房间、客厅、巴洛克式的装饰物、楼梯、阳台,还有各种供人享乐的设施:弹子房、赌场、棋牌室……衣冠楚楚的人们在这里玩多米诺骨牌、射击、喝酒、聊天,总之,上层社会应有的一切尽在其中。

但人们的精神空虚、无聊、乏味,他们的面部表情僵硬、双目茫然,他们的行动犹如木偶,他们的声音机械而平直,仿佛是从留声机中放出来的。

一个丈夫(M)带着妻子(A)住在这儿,每天过着这种无聊而高雅的生活。我们不知道女人的内心世界如何,只看到丈夫去游乐场所后,她独自一人在房间里读书、梳头、洗澡,或去花园里散步、徜徉。

一个陌生的男子(X)来到她身边,自称与她相识。并说,一年前,在同样的时间、地点、情景中,他和她曾有过一段罗曼史,之后,她害怕了,退缩了,要求分手,但承诺一年后再与他相会,私奔。现在,他应约前来了。

但 A 不认识 X,不记得他们之间发生过任何罗曼史。她非常惊恐,非常害怕,抗拒着 X 的温柔的纠缠,但内心深处又希望这是真的。因为,的确,她已经厌倦了眼下的生活。何不将错就错,顺水推舟呢?

内心的张力反映在行动上,画面不断闪回,在过去与未来,想象与回忆,梦幻与现实之间。一会儿,画面回到一年前,X 与 A 在一起散步,X 用手指轻轻抚摸 A 的脸;一会儿,场景又闪回到现在,X 试图进入 A 的房间,遭到 A 的拒绝;一会儿,在 A 的房间门框上,出现了女的丈夫 M 的身影,他已有所怀疑或警觉,但找不到什么证据,走了。不久,同一个房间门框上,出现了 X 的身影,他进来再次提醒她,去年此时,就在这里,他们有过一段缠绵史。

与此同时,酒店里的其他人继续着自己的无聊生活,打牌,射击,玩多米诺,饮酒,聊天。

最后,子夜,女的终于下了决心,坐在前厅里,面容茫然若失,难道她希望另一个人的到来?X 按时到来,他们互相没有说话,甚至避开对方的目光,然而并没有犹豫不决的神情。传来子夜报时的第一声,A 没有动弹,听到第二声,她才拿起手提包,迈开步子。于是他们出门了。他们去了哪儿,谁也不知道,只有一点可以肯定,他们的影像淡出了画面。

他们是谁,我们一无所知。三个主角,"没有姓名,没有往事,他们之间没有联系,而只通过他们自己的姿态,他们自己的声音,他们自己的出场,他们自己的想象建立关系"。

陌生的男子和优雅的女子究竟是否相识,一年前是否真的有过承诺?这一点并不重要。重要的是,两人的关系道出了现代人情感的不确定性。既渴望真情、向往自由,又无法摆脱现实社会的各种诱惑和约束。马里安巴就是我们这个不完美的世界的象征,"在这个封闭的、令人窒息的天地里,人和物好像都是某种魔力的受害者,就好像在梦中被一种无法抵御的诱惑所驱使,企图改变一下这种驾驭或设法逃跑都是在枉费心机"。而 X 之所以成功地实施了他的诱惑,就在于"他为她设计了一个过去,一个未来和一种自由",他用自己的想象,用自己的语言为她创造了一种现实。他的语言具有催眠般的效果,缓慢、自信而执著:

> 我再一次沿着这些走廊向前走,走了多少天,走了多少月,走了多少年,来与您会面……在这些墙与墙之间没有办法停止,没有办法休息……(稍停。)今晚我将动身……带您……跟我一起……
>
> ……您不能再在这里继续生活下去了,在这座充满逼真的饰品的建筑里,在镜子和圆柱之间,在自动关闭的门旁,在过分宽阔的楼梯上……在这个始终敞开的房间里……
>
> ……您已经穿好外出的衣服,开始一个人在一间过厅或前厅里等着他,这里是到您的套房的必经之地……出于某种迷信,您要求我让您等到子夜……我不知道您希望还是不希望他来,我一时甚至想到您已对他什么都承认了,并且约定了他来找您的时间……或者您只是想也许我不会来吧。

静场许久之后,画外音接着说:

> X 的声音:我按时来了。

X 的执著,他内心的自信终于使 A 相信,他们的确有过一段罗曼史,的确有过一份承诺,于是他获得了胜利。在子夜的钟声响起的时候,他终于带着他心爱的女人离开了这个令人窒息的现实世界,走向自己的理想世界,一个不受人间琐事干扰、不受时空限制的纯精神的世界。摄影机在后退,而旅馆越来越远,却好像又慢慢变大似的。钟声延续着,一个男人带着他心爱的女人迷失在这静静的黑夜里。

3. 罗伯-格里耶:《嫉妒》

嫉妒,一个古老的,几乎是永恒的主题。只要人类还有爱,还以一夫一妻制的形式表达爱的独占性和排他性。

嫉妒主题在传统文学中的表现,几乎千篇一律,每个稍稍读过一点文学作品的人都想象得出来:窥视,跟踪,幽会,敲门声,躲在床下的男人,或遗忘在床上的一双丝袜,争吵,斗殴,直至命案发生,斑斑血迹,诸如此类。

然而,在新小说家罗伯-格里耶笔下,这一切被描写得如此优雅、精致、不动声色,像笛卡尔的哲学般克制、理性。

《嫉妒》讲的是一个俗得不能再俗的故事。20世纪50年代,某法属非洲殖民地。两个法国家庭,远离城市,住在种植园里,毗邻而居。这家的女主人阿 X 经常请那家的男主人弗兰克来吃饭。有一天,两人约好一起出门去城里办事,购物,但弗兰克的车子意外抛锚,两人在城里住了一宿。这一宿里究竟发生了什么,谁也不知道。他们平安地回家了。

这个情节线索时断时续,维持着小说的叙事张力,但整个小说给我们呈现的却不是人物的心理变化,或行为模式,而只是一连串几乎无声的画面。我们看到的是一个物的世界,被一双非人的眼睛所勾勒出来的空间,方位,光线的移动以及相应的阴影的移动,随着视角的变化所发生的场景的变化。就像小说的目录所呈现的:

现在,柱子的阴影

现在,露台的西南角

>沿着散乱的头发
>
>在山谷深处
>
>现在，副司机的声音
>
>现在，房子里空荡荡
>
>在残存的
>
>现在，柱子的阴影

那么，人是什么？人只是一个活动的影子。动作不连贯，动机不明确，只有一个个连续的静态的画面。间或有些话语，但只是猜测性的。因为观察者离被观察者太远，只能看到人物嘴唇的开合，却不知道他或她在说些什么。

比如，阿 X 在倒饮料给弗兰克喝，弗兰克似乎在道谢，两个头几乎碰到了一起。

比如，阿 X 在写信，但我们只看见手的移动，从抽屉里取出浅蓝色的信纸，接着是手指的移动，隐隐看到娟秀清晰的字迹，信的内容我们不得而知，去向更是不明不白。

隔了几章后，我们发现在弗兰克的口袋里，插着一封浅蓝色的信。这就是阿 X 写的那封信吗？或是，他打算塞给她的信？

尽管如此，内在的张力犹如种植园边缘野兽的吼叫声，或屋外汽车引擎的发动声，令人心悸。

两人在吃饭的时候，忽然发现墙上出现了一只蜈蚣。随后是一场小小的人虫之战。十秒钟之后，蜈蚣被捻死了，墙上只剩下一摊暗红色的糊状物，肢体的各个部分混在一起，以致无法辨认。

然而，"在光秃秃的墙壁上，那被捻死的蜈蚣却留下了十分清晰的影像，虽然不尽完整却也不缺少什么，其逼真程度不亚于一幅解剖图，并且残留下身体的几个部位：一支触须，两个弯曲的颚片，连带着第一节肢的头、第二节肢的一半，以及几只大爪……"

读者不禁要问，格里耶为何要如此精细地，像昆虫学家般地描述蜈蚣?莫非这个虫子有某种特殊的意义?蜈蚣是否就是那个不出场的嫉妒的丈夫的化身?偷情者在现实中杀死了蜈蚣,是否也在想象中杀死了那个嫉妒的丈夫?抑或,这虫子是两个偷情者的不成功的爱情的某种象征?尚未出场就被扼杀在摇篮中?

不仅如此,作家还用了很多文字来描写如何去掉墙上的蜈蚣血迹的方法:用水洗,用橡皮擦,用保险刀片刮。

> 最后,可疑的痕迹彻底消失了。在它原来的位置上,只剩下一块发白的地方,四周很模糊,看上去只会被当作表面上无伤大雅的一点小毛病,没有什么使人不快的感觉。

那么,这是否是在说,偷情者已经消除了那个嫉妒的丈夫的怀疑呢?

诸如此类的谜一般的细节层出不穷。比如,那些围着汽灯罩飞来飞去的昆虫,组成了一个个水平状的椭圆,大小不一地套在筒状的灯身上。作家对其运动的范围、速度、位置的偏离、大小的变化,作出了详尽的描写。对森林边缘野兽的叫声的描述,也是非常精细,非常详尽:"……连绵不断,听起来既压抑又响亮,满灌了耳鼓,充溢着暗夜,好像无往不在。"这一切是否暗示着人类的情欲和冲动?

整个小说关键的一点是嫉妒主体的缺失:究竟是谁在嫉妒,在观察,在打量,在猜测,在想象?当然,应该是阿 X 的丈夫。但是,我们见不到他,只感觉到他的存在。露台上总是放着三张椅子,两张分别坐着两个偷情者,第三张椅子是空着的。茶几上放着三只杯子,阿 X 每次倒饮料时总是把它们全倒满,说明这位嫉妒的丈夫应该是在场的,那么他为什么不现身呢?他在哪儿呢?躲在屋子里窥视着妻子和她的可能的情人吗?

诸如此类,颇费思量,迫使读者打破传统的阅读习惯,加入到作品的再创造中来,迫使读者调动自己的想象力,包括空间的,情感的,心理的,把自己想象成那个嫉妒的丈夫,那双嫉妒的眼睛,带着几分怀疑、好奇、愤怒来窥视自己的妻子和男性邻居的交往。或者,把自己想象成一个正在偷情的男人或女人,带着几分激动、冲动、兴奋、恐惧,来战战兢兢地品尝禁果,想象可能的结局或后果。

　　嫉妒,永恒的主题,俗套的故事。然而,一旦进入新的叙事方式,就如蒸气般升华了,提纯了。

讲述诗歌的人

翻开飞白的新著《诗海游踪——中西诗比较讲稿》(浙江工商大学出版社,2011年),我想到的第一句话,是本雅明引用过的德国谚语——"远行者必会讲故事"。在西方海洋文化中,远行者通常指的就是水手。在古代中国,走街串巷的小贩往往也会讲些小故事,但真正能讲述发生在海外("瀛州")的故事、逸事和奇事的,还是那些"海客",即航海家。

飞白是一个远行者,一个水手。半个多世纪来,他一直在海上漂流着,探索着未知的世界。只不过,这个海不是地理学意义上,而是语言学、文化学和哲学意义上的——诗海。这么说一点没有贬低这种特殊的海上探险的意思,反倒从另一侧面凸现了探海者的艰辛、价值和非凡的勇气。

在当下这个物质主义的时代,诗的经验正在贬值。而且看来它还在贬,正在贬入无底深渊。每天你打开当日的报纸或网络,充斥其间的,除了新闻广告以外,就是明星八卦、美女写真。对不少网友来说,某演员的绯闻比利比亚的炮火更有轰动效应,灌水的帖子比经典的诗歌更能聚集人气。一年一度的国家高考,对作文的规定历来是,"文体不限,诗歌除外"。假如在某个公众场合,有谁斗胆提出给大家朗读,或讲解一首诗,可以想象到的反应就是,满座面面相觑,以为听到了外星人的声音。

尽管如此,飞白还是坚定地相信,会有人愿意倾听诗的声音,这是因为"我们栖居的陆地紧邻着诗海,诗海与人同生存共命运","千水百川把陆地的盐分冲洗入海,使得诗海如此苦涩,但仍然,我们靠诗海滋润着这拥挤而干旱的、红尘滚滚的陆地"。而作为翻译家的他,也愿意把自己在艰辛的探海之旅中获得的经验与人分享,哪怕这个人群正在流失,数量正在减少。

作为一个远行者,一个探海者,飞白有许多关于诗的故事要讲,他也很会讲故事。在他的讲述中,你听不到一般的诗学理论专家的那种"腔调"——莫测高深的面孔、一本正经的说教、拗口的术语和自以为真理尽在其手的傲慢。真正会讲故事的人从来就是亲切的、平和的、谦卑的。因为他有深厚的积淀和充分的自信,无须以高头讲章来忽悠听众。犹如奥德修斯,飞白在诗海中"涵泳"已久,对于海中的风向、洋流、暗礁、岛屿早已烂熟于胸,对于沿途的风景、物产、人种、民俗也多有目击耳闻。见多识广的结果是触类旁通,口语化的娓娓道来背后透露出从容不迫的气度。飞白从荷尔德林"诗意的栖居"入手,一路讲起,从歌德的《魔法师的徒弟》,引出当代发达的科技引发的生态灾难;透过挪威女诗人丽芙"语言之屋"的窗玻璃仰望星空,比较古罗马的星象学与古代中国的牛郎织女传说,进而引出人类如何借助诗性的创造,从"无名"世界过渡到"有名"世界的过程……

有别于一般讲故事者的自说自话,飞白的诗性讲述始终充满着丰富的对话性和复调性。在讲述过程中,他会利用自己作为翻译家的便利条件,穿越不同语种、不同时空,将不同类型的诗歌文本并置其中,通过主题、原型或诗境的比较和对话,展示人类的普世性价值和多元文化之间的张力。比如,通过中西诗歌中频繁出现的月亮意象,及其背后相关的民俗风情、宗教信仰等的对比,对一个看似简单其实复杂的问题作出了自己的独特回答:天上的月亮是一个,但出现在不同语言、文化和诗歌传统中,月亮的格式塔却各不相同。中国人喜欢的月相是圆月,而法国和中东地区的人们喜欢的是新月。这甚至在民族特色食品中也有所体现。近年来许多年轻人喜欢吃的羊角面包("可颂"面包),其实就是法国人的月饼。因此,不是"外国的月亮比中国的圆",恰恰相反,而是中国人眼中的月亮比外国的圆。当然,这里并没有任何扬此抑彼的意思,只是指出了"习焉而不察"的日常生活现象背后深刻的文化要素。

飞白讲诗中更为重要的一层对话,是在讲述者和听众之间展开的。在讲述的过程中,飞白往往会主动提出问题,让听者思考,也会耐心地倾听听众提出的问题,作出自己的回答。因此,生动逼真的"现场感"就成为此书的另一大亮点。如果你"生而晚矣",没有在上世纪80—90年代进入飞白的课堂,成为亲耳聆听过他讲诗的"少数幸福者"之一,那么,通过阅读这本讲稿,你多少可以弥补一下这个缺憾。在这里,你可以听到飞白与他的学生的对话,他给学生布置的作业,他对学生递交的作业的讲评,等等,总之,你会听到一位真正的学者、智者,敞开他的心灵与学生的对话。他会先给你发几首诗的文本,布置几个题目,并作一些"引而不发"的提示,然后通过讲评你和你的同学上交的作业,一一作具体讲解。但这个讲解,是耐心的开导、细致的分析和哲理的启发,并不提供最终答案。因为飞白向来主张:"诗是对存在的求索,但诗不是存在的解。诗只不过是不断地追赶远方的地平线,不断地求索又不断地提出存在之谜。"

因此,对于真正的听者,飞白这样告诫他们:"对生活,对世界,除了实用主义的态度外,还有一种唯美的态度。要懂得孤独,要善于独处,要有能捕捉诗中(和存在中)孤独音符的心灵和耳朵,这种音符会隐隐传来,使你心灵颤栗。"

在我心目中,飞白就是海明威笔下的桑提亚哥,那位孤独的老水手和老渔夫。他一辈子在诗海上讨生活,与来自不同海洋(包括地中海、大西洋、太平洋、甚至北冰洋)、不同语种的"鱼类"打交道,他曾打起过几条大马林鱼(《诗海》《世界诗库》),获得过国家级大奖和世界性声誉,也有过返航时被鲨鱼追尾,差一点被啃光鱼肉的经历。现在,他已年过八旬,但他还有梦想,他梦想着下一头狮子。在这本书里,他讲述了他所理解的诗歌,而且讲得很好。关键是我们,这些生活在"非诗"时代的听者,究竟能够听懂多少,领悟多少?

与贾德先生打哲学"乒乓"

大约是在七八年前吧,一次偶然逛书店,翻到了一本名叫《苏菲的世界》的哲学书,马上就被它侦探小说般的构思和平易近人的叙述风格所吸引。回家后一口气读完,又连忙把它介绍给正上初中的儿子,他读完后也连连说好。之后,我又把这本书介绍给我的学生们。我告诉他们,如果你们想要了解西方哲学从萌芽到发展的全部历程,又不想啃那些大部头的高头讲章,就请打开《苏菲的世界》吧!

后来,我收到省作协的通知,说是《苏菲的世界》的作者贾德先生已经到了杭州,问我是否愿意参加面对面的互动。我大喜过望,表示当然愿意与这位哲学家亲密接触一番。

互动安排在北山路上的江南文学馆,来了不少大学生和高中生,还有一些老师。上午十点,贾德先生偕夫人如约而至。原来,他就是那位创下三亿销量的畅销书作者?怎么看来都不像搞哲学的,倒像个刚刚下海盗船的北欧海盗。身材高大,一头蓬松的花白头发,一身灰不溜秋的夹克。像许多老外一样,一开口,就是幽默。他首先用那满口挪威音的英语客套了一番,说第一次来到中国,非常高兴也非常新鲜。接着说,我们的交谈将会是一次打乒乓。这句话一语双关,文化交流本来就是在你来我往的互动中进行的呀!更何况,他不会汉语,只能借助翻译和我们谈他的哲学,而这个中国翻译,又如他自嘲的,是他所"无法控制"的。

开场白之后,哲学"乒乓球赛"正式开始。当然,由贾德先生先"开球"。他首先谈到了自己对哲学发生兴趣的起因。十一岁那年,他忽然对世界、宇宙、生命等问题充满了好奇。于是问父母,我是谁?我来自哪里?世界来自哪里?诸如此类的问题,大人早就麻木,觉得事情本来就是这样的。你要问我为什么,我就问你,你为什么有那么多的"为什么"?但是,这非但没有淹没他的哲学兴趣,反而加强了他的好奇心。他说"我后来写的著作可以说都是在报复人们对好奇心的漠视"。说得多好啊!"对好奇心的漠视",这不正是咱们中国许多成人、家长正在干的事吗?可为什么中国没有出现一个贾德式的作家呢?

贾德先生接着谈了他对作家的看法。他认为,作家可分为两类:一类是对语言问题好奇的;一类是对传达信息特别感兴趣的。他自称自己属于第二类,就是想把自己对哲学问题的探索和思考的成果传达给大众,特别是年轻人。他的三本主要著作中,《苏菲的世界》主要谈人的文化之根;《玛雅》更多从自然方面探讨人性的生物学背景。出版广告上打的两句话可以说概括了这两本书中两个根本的哲学问题:"我是谁?我们来自哪里?"

接下来的互动发言展开了乒乓式的拉锯,贾德先生以他深厚的哲学功底,举重若轻地化解了大家提出的问题。首先发问的是一位浙大学生。他从波普尔的"证伪"理论说起,说自然科学是证伪,人文科学不能证伪,是否只能算是一堆话语。贾德先生的回答是,哲学是在无限地逼近真理。而这个问题又引起了省作协主席黄亚洲先生的兴趣,他说,如果我们的精神追求只是对无限的绝对精神的追求,到头来,许多文明产生了发展了又消失了,那么人类的存在还有什么意义呢?贾德的回答跟我想的一样,人类存在的意义就在于这个过程本身之中。罗马帝国兴起又消失了,中国历史上改朝换代也不断进行着,但每个时代的人就在这过程中获得了他的意义。

一位高中老师提问说,目前中国的世俗化倾向不鼓励学生的哲学思考。当过挪威中学哲学教师的贾德先生的回答是,欧洲包括挪威也是如此,做生意赚钱当然是重要的,但是,人不是光为了这个而活着的,他还需要游戏,需要玩。哲学就是我们的游戏,而且这两者并不矛盾,人文的东西也能转化为商业。他风趣地谈道,自己写作《苏菲的世界》时,根本没有想到这书会卖得那么火,被翻译成五十六种文字,在全球发行三亿册。后来,他和他的妻子商量,从版税中拿出十万美元,建立一个环保基金,鼓励那些在这方面有创意和突出贡献的人士。

一位男士问贾德先生属于什么样的哲学流派,对中国的佛教有多少了解。贾德先生以西方式的幽默作了回答,他说佛教是一种道德哲学,它教的是我们做人的方法,可用一个例子作比方:有个人胸口中了一箭,这时他不会问这箭是用什么材料做的,而只会关心如何把这箭取出来,如何使自己不受伤,活下来。

时间过得很快,我本想问一个问题,后现代主义思潮认为现在已经没有智慧/哲学(希腊文原意是"爱智慧"),只有理论(希腊文原义为"观看"或"观点")了,所有的哲学都只是对世界的一种描述,那么,你的哲学是否也只是一种描述,而不能说是一种智慧。但可惜没有时间了,贾德先生刚下飞机,时差还没倒过来,下午还得赶到上海去。

互动讲座结束后,接下来的节目就是颇具中国特色的食文化或关于吃的哲学了。

一行十人,来到新新饭店的一个小包厢内,点了一大桌杭州特色菜。虽然贾德夫妇说在欧洲也吃过中餐,但那种已经西化的中餐哪里比得上咱正宗的杭州地方特色菜呀?面对色香味俱全的美餐,"北欧海盗"露出了本色,童子鸡、西湖醋鱼、龙井虾仁、干炸响铃、宋嫂鱼羹、东坡肉……吃得不亦乐乎,一面连声说吃不下了,一面还是往嘴里塞,我看他除了东坡肉不吃,几乎什么都吃,白米饭上来,他吃了一碗;片儿川上来,也来者不拒;专门为他做的一个很辣的毛血旺,经他一番海盗式的扫荡,传到我的身边时,已所剩无几了。最后他又顺手抓了一只烤饺,还连声说,这东西好吃,好吃。我心中不禁暗自发笑,贾德先生哟,你的北欧哲学还是抵不过咱们中国食文化的频频冲击波呀!

贾德夫人很有意思，她的观察能力极强，居然从我们的面容看出我们不是同一地方的人，问我们在座的是否说同一种方言。惊讶之余，大家争先恐后地告诉她，中国的方言多得很，同一省的人都不一定能互相听懂。一旁美院的小杨老师说他是温州人，他的话连许多本省人也听不懂。这时我就忍不住卖弄了一下有关非物质文化遗产的知识，说这温州话可厉害了，还在对越自卫反击战中立了一功，当过作战密码呢。看过吴宇森导演的好莱坞大片《风语者》吗？温州话就相当于二战中美军所用的印第安纳瓦霍语呢！贾德先生就问了，既然你们的语言这么多样，那么怎么交流呢？看来，贾德先生的哲学功底虽然深厚，但在汉语问题上还是一个菜鸟，不过这也难怪，毕竟中文太复杂了呀！于是，大家免不了你一言我一句，又给他上了五六分钟的汉语史速成课。

午餐结束后，每人都和贾德先生照了一张相。他就像一个新出道的明星，站在那里任人摆弄着，非常耐心，非常配合。贾德先生此行真可谓来也匆匆，去也匆匆。总共两天时间，上午刚下飞机就到杭州，下午又要赶到上海，接着还要去南京、北京，可真够难为他的了。即使他的血脉里流的是北欧海盗的血，也经不起这么折腾呀。只希望他下次再来中国时，不要安排得这么匆忙了。谈哲学应该是闲适的、高雅的、舒服的，而不要这么匆匆忙忙像赶场子似的。黑格尔不是说过"哲学是黄昏起飞的猫头鹰"吗？那么，希望他下次不要白天来，而要趁黄昏来，好好看一看咱们的"夜湖"。估计那时他肯定又会谈出许多新鲜的哲学见解。

迟钝的力量

当代日本作家渡边淳一的《钝感力》出版后,前日本首相将它推荐给现任首相,于是这本书一时"东京纸贵",拔了 2007 年日本畅销书的头筹。此书引进中国后,也热销一时,好评如潮。

不过,在我看来,此书的成功倒不在于其内容,而在于其标题,《钝感力》,多么科学而又西化的名字,不由得读者不产生耳目一新的感觉(用时髦的学术话语来说,就是"陌生化")。英译文标题 The Power of Insensitivity,直译为"迟钝的力量",的确很有力量。

从网上浏览了此书,说实话,有点儿失望,所讲内容大多是老生常谈。渡边先生毕竟是日本人,不知道中国传统文化中有着悠久的钝感力传统。比如,中国古代不少政治家甚至皇帝,未出道或亲政之前大都是迟钝的,或故意在别人面前表现自己迟钝的一面,即所谓韬光养晦。韩信忍受胯下之辱便是典型的一例。

但这种迟钝,似乎有点作秀的意味,功利心太强,动机不纯,心理也有点阴暗。相比之下,哲学家们的迟钝力主要用于培养自己的大智慧,即庄子所谓的"大智若愚",释氏所谓的"戒定慧",老子所谓的"呆若木鸡"……

西方哲人中也有不少迟钝得可爱的"活宝"。比如德国哲学家康德,就是一个非常迟钝的人。据说他迟钝到对男女之事一无所知,以至于他的学生们觉得,必须采取一点措施了,于是设法将他强行与一名妓女关在一个房间里。第二天问他感觉如何,康德摊开双手,一脸无奈,说"一大串胡乱可笑的动作而已"。

康德的同行黑格尔,对谈恋爱也一直不怎么热心,好像还是别人帮他撮合才勉强结的婚,以至于一位朋友说他是个"秋性子"。黑格尔迟钝的另一笑话是,他当了教授之后,还常常搞不清楚上课的教室在哪儿,哪些人是他的学生,以至于去"为他人做嫁衣"——跑到别的教授的教室里去上课。

这两个例子虽然有点极端,不过也是蛮可爱的。看看眼下中国学界斯文扫地——博士剽窃、院士作假、专家行骗、教授忽悠……皆因缺乏迟钝的力量,过于聪明、机灵、巧智、功利所致。

迟钝之所以能成为一种力量,正因为迟钝者心中有一个大理想,一种大智慧,迟钝者就像一颗高速旋转的陀螺,只专注于自己的旋转,是决不会在乎甚至听到周围的喧嚣的。相反,一个事事敏感,斤斤计较,感觉过于灵敏,反应过于强烈的人,表面上看来好像事事占先,从不吃亏,其实恰恰是理想死灭、内心委顿、智慧枯寂、创造力衰退的标志。

人的世界如此,动物世界也一样。敏感的往往是毛毛虫、小麻雀之类,而大象、老虎、山鹰、游隼等则多是迟钝的。然而,孰强孰弱、孰优孰劣,不是一目了然的么?

叶芝的《长腿蜻蜓》是我喜欢常读的好诗之一。诗中写了三个场面:一是古罗马大将恺撒在大战前夜,把自己关在营帐中凝神沉思;二是古希腊美女海伦把自己关在闺房里,笨手笨脚偷偷学跳舞;三是米开朗琪罗把自己关在西斯廷教堂中,仰在脚手架上画壁画。这三位历史上的名人,心中各有着自己的理想:恺撒想建立一个帝国,米氏想建立一个艺术王国,海伦则想"叫人们永远记住她的脸",为此,他(她)们都自愿与外界断绝,专心培养着自己迟钝的力量——

犹如长腿蜻蜓飞旋在溪流上,
他的心神飞旋于寂静之上。

蒙田的猫

(Like a long legged fly upon the stream,
his mind moves upon silence.)

这是迟钝的力量所能达到的最高境界。

庄子梦蝶、蒙田玩猫与萨特呕吐

庄子梦蝶的故事非常出名,甚至超越时空,进入了遥远的拉美作家的视野。1990 年诺贝尔文学奖获得者、墨西哥诗人帕斯以丰富的想象力,把两千年前庄子在《齐物论》中讲述的梦蝶故事,与时俱进地转化成了一首现代散文诗:

> 多情庄子梦蝴蝶,
> 一只蝴蝶在汽车丛林中飞来飞去;
> 它肯定是庄子在纽约观光,
> 但那只蝴蝶;
> 梦见它是庄周,还是庄周梦见它是蝴蝶?
> 蝴蝶从不疑惑,它飞啊飞……

其实,帕斯不必舍近就远,从中国的庄子中寻求东方智慧。类似的极富思辨性的玄学命题,在西方传统中也很常见,只是思路稍稍有点不同。

17 世纪法国哲学家蒙田在其著名的《随想录》中说:"当我与我的猫玩儿时,谁知道是它在借我消磨时间,还是我在借它消磨时间?"("When I play with my cat, who knows if I am not a pastime to her more than she is to me?")借助人—猫互动的沉思,蒙田表达了类似庄子的物化观点,突出了时间这个永恒的主题。

三百年后,蒙田的同胞和同行萨特在他的早期小说《恶心》中,探讨了一个与时间、生命和写作相关的主题。三十多岁的单身汉洛根丁,自叙为了人生的价值,几乎每天去图书馆,埋头写一本关于 18 世纪一个冒险家XX侯爵的传记。通过图书馆内外的见闻和对现实及人生的思考,他逐渐感到存在和写作的荒谬性。一个活人为一个死人写传记,在此过程中,作为传记作家的他,生命渐渐死去,而那个早已死去的传主的生命,却由于他的写作而渐渐复活,进入了读者的视野。每想到这一点,洛根丁就感到恶心。借笔下主人公之口,萨特说出了写作的悖论和存在的荒诞。

无独有偶,博尔赫斯在短篇小说《莎士比亚的记忆》中也写过一个类似的故事。一个名叫海尔曼·索格尔的学者,在某种诡异的情况下,从一个同事那儿获得了莎士比亚的记忆。起初,他觉得能将自己平淡无奇的一生用于寻找莎士比亚,非常有意思。但慢慢地,他发现自己的脑袋被这位英国戏剧家占领了,他说出的英语都带有了乔叟的口音。随着时间的推移,原先存在于他脑袋中的两套井水不犯河水的记忆正在慢慢整合为一套——莎士比亚这条大河中的水威胁到他渺小的河水,几乎把他淹没。最后,他决定解脱自己,用与当初得到这套记忆时同样的诡异方法,将莎士比亚的记忆转让给了另一位愿意冒这个险的陌生人。

他终于解脱了吗?似乎没有。在同一小说的"又记"中,博尔赫斯/索格尔说,夜间工作时,他觉得自己是资深教授索格尔,可是到黎明时,他知道做梦的乃是另一个人。每天下午,一些细小的回忆有时会闪过他的脑海,也许它们才是真实的。

回到本文开头。当帕斯写出那首以庄周梦蝶为主题的散文诗时,他梦到庄子了吗?他是否通过阅读获得了庄子的某些记忆,脑袋中有了两套记忆(哪怕是短暂的一刻)?当他写作时,是他梦见了庄子,还是庄子梦见了他?

此时此刻,当我写这篇小文时,我曾阅读过的庄子、帕斯、蒙田和萨特,还有博尔赫斯,是否全都进入了我的梦中?是他们的寄居在我脑海中的记忆残片,混杂在一起,鬼使神差地指使我,让我写下了上面那些散乱的文字吗?

夏雨声中读木心

木心先生讲述、丹青先生笔录的《1989—1994文学回忆录》，早就从网上买来了。厚厚两大本，上册粉红，下册鹅黄，装帧精美，望之令人生畏，不敢随便翻阅。直到五一小长假，才得空细读，慢慢品味。

书中讲到的世界文学史，基本上是熟悉的；那些作家名字，大都耳熟能详；他们的作品，能找到的，也基本读过。但，此书令我感动、感慨和感悟的，不是这些显见的内容，而是别一些超出文学，甚至超出文字之外的东西。

夏雨声中读木心，声声入耳；回忆录中见丹青，字字铭心。

要以怎样的虔诚、自信和毅力，木心才能带着他的那十几位非专业的信徒，走完整整五年的"文学的远征"？要以怎样的虔敬、悟性和功力，陈丹青才能跟上他的老师的思路和口风，记下他的锋利、顿挫的言词，汇成五大本听课笔记？又要以怎样的虔敬、感恩和耐心，才能将二十三年前手写的文字键入电脑，做成两大本厚重的书，让我们这些局外人分享了一场场文学的"私房话"，偷听到了一位六十七岁老人的睿智的谈吐、连珠的妙语和直入人心的告诫？

也许，把此书比作孔门弟子记述的《论语》、柏拉图记述的苏格拉底的谈话，或马太记述的耶稣的福音，有点过了。但我觉得，将木心和丹青比作俞伯牙和钟子期，应该还是可以的吧？——尽管这对现代的高山和流水之间年岁差别稍稍大了一点。木心说过，好的学生是能给老师带来灵感的人。我想加一句，好的学生也是能原汁原味地传达老师思想和口风的人。

我有意在这里用了"口风"这个词,想强调的是,它决不是可有可无、可随气温变化脱去的言词的外套。"口风"是言说者的个性、格调、智慧和才情的呈现。在平时言谈中,它会比书写中呈现得更全面、更彻底、更纯粹。书写面对的是不在场的想象的读者,而言说面对的则是在场的现实的听众,需要随时根据现场气氛和反应调整思路,作出解释,以免产生误解。因此,我觉得,它与"在场的"真理更近——尽管德里达不这么认为。但解构主义者们无法解释的一个事实是,为什么轴心时代的那些大思想家,无论中国的,还是西方的,都没有留下文字著作,只留下弟子的记述?——其实不光是古代,那本据说改变了20世纪人文学科研究方向的《普通语言学教程》,不也是索绪尔的几个学生根据听课笔记整理出版的吗?

之前陆续读过木心的一些散文和诗歌,对他的风格已略有所知,所以,读《文学回忆录》时感到特别亲切。我相信,陈丹青的记述是忠实的、准确的,他笔下的木心的"口风"和木心自己著述的"文风"是一致的,差别只在于,"口风"比"文风"更生动,更少修饰,更有一种现场感:

> 走在正道上,眼睛看着邪道,此之谓博大精深。
>
> 移民,是翻了脸的爱国主义。
>
> 以革命的名义来表达浪漫——入党、入团,参加少先队等等——其实是庸俗。
>
> 参加游行时,是自我缩小成群众里的一个点。

散落于全书的这些"世说新语"般的妙语,看似玩世不恭,实质痛心疾首;而其狡黠,巧智,调侃,半黑或全黑的幽默的话语方式,非亲耳听到,是绝对学不来,也难以模仿的,因为它们都带有说话者的"腔调"或"指纹"。

作为一名长期教授世界文学史,也写过一本不像样的《世界文学史》的教师,木心的许多观点我是同意的,虽然也有些持保留态度。但我更佩服的是,他不是靠学术化的论证,而是凭他的直觉,三言两语,就直指问题核心的本领。

木心说,中国文学史上之所以没有产生如莎翁、歌德般的大师,是因为中国作家对人性的看法,不是遵行宇宙观→世界观→人生观,而是把这条路线反过来了,成了宇宙观←世界观←人生观;过多地考虑伦理问题,而忽视了对人性的探究。这就印证了庄子《田子方》中的观点:"吾闻中国之君子,明乎礼义而陋于知人心。"的确是一针见血。由于陋于知人心,所以君子们发明出来的礼义有违背人性之处,会束缚人的自由发展,不能当作永恒的普世真理。当今提倡读经之人,不知有没有想过这一点?

对于一些作家的创作得失,木心的点评也非常到位:

> 卡夫卡手法是很好,但写得朦胧……再看下去,发现它是个寓言。寓言一长,读着读着,读者已经悟了,到后来,大悟没有了,分散了,卡夫卡上了自己的当,所以他要烧掉(自己的书)。

《文学回忆录》中有些话语,没有创作经验的人,是绝对想不到,也说不出的:

> 能创造影响的,是一个天才,能接受影响的,也是一个天才。"影响"是天才之间的事。你没有天才,就没有你的事。
>
> 初稿写成,像小鸟捉在手里,慢慢捋顺毛。小鸟胸脯是热的,像烟斗。

作为一个早已过了知天命之年的人,木心《文学回忆录》中更令我"心有戚戚焉"的,是他对规律和命运的点评。这虽然是一个说不清、道不明的老而又老的问题,但木心却举重若轻地说出来了。

> "天网恢恢,疏而不漏",这是规律。"天地不仁,以万物为刍狗",这是命运。

> 讲规律,就是乐观主义。讲命运,就是悲观主义。
>
> 规律背后,有命运在冷笑。

前几天与几位老同学聚了一下,席间也谈到了命运,大家畅所欲言,各抒己见。我的观点是,小事自己做主,大事听凭命运发落。不知木心先生以为然否?

最后,借用木心句式,对这本"一个人的世界文学史"作一句话点评:

> 世界文学史背后,有木心在冷笑;
> 冷笑背后,有木心的热心在燃烧。

二十岁的礼物

一位本科生在交期中作业时夹带了一叠厚厚的打印稿，说："老师，这个您一定要看一下。"我问，这是你的作业吗？他说不是，作业写的是关于荷马史诗《奥德赛》的，但这里记录了一个真正的奥德赛之旅。于是我明白了，因为之前我在课上给他们讲过，奥德赛已从一个具体的作品名，成为一个普通名词，可泛指一切带有冒险性、探索性的艰难旅行。

按不住好奇心，临睡前，我打开了这份打印稿。标题一下子就吸引了我——《二十岁的礼物》。副标题是"记我的09新藏之旅"，署名"吴几"。作者就读于浙江大学，2009年，刚满二十岁的他，忽然觉得在大学里生活久了，逐渐失去了社会参考物，"需要一次足以使我的心脏剧烈震颤的经历，我想抖掉上面积下的灰尘，让它能够更加有力而干脆地跳动"。于是，这位有着遗传性癫痫病的年轻人，说服了父母，把挑战自我、追寻自我、发现自我，作为送给自己的二十岁的礼物。他从乌鲁木齐出发，独自一人骑车四千余公里，穿越戈壁沙漠，经塔里木盆地到达和田，然后左转到叶城，上了219国道，也就是通常所说的新藏公路。一路上历经了无数的艰难险阻，翻越了十几座平均海拔超过四千五百米的高山，承受了体力、心理和意志的极限，几乎到达崩溃的边缘。他孤独过，绝望过，痛哭过，迷惘过，也曾想过放弃，坐车回家，但最终，他还是战胜了自我，经五十多天的骑行，完成了他的独行侠般的奥德赛之旅。《二十岁的礼物》就是这次自我放逐的精神之旅的真实记录。

这个年轻的大二学生不是一个旅游者,而是一个旅行者。许多人将两者混为一谈,其实差别大矣。前者大多是通过相机镜头来观看风景、凝视他者的,其目的只是为日后聊天吹牛积累资料而已;而后者则是通过空间的转移来全方位地体验生命、拥抱生命。他可能没有好的相机,但他拥有上天赋予他的敏锐目光;他可能囊中羞涩,但精神富有,头脑清醒,灵魂纯净。这个年轻人属于后者,一路上,他从来没有停止过思考,无时无刻不在体验生命、感悟生命、思索生命,并逐日地将这些体验、感悟和思索记录下来了。他自己说,他的文字"没有那么阳光轻快"。可是我一路读下来,觉得他的文字鲜活、有力、朴实、大气,充满了内在的张力,没有一点矫揉造作的成分,远胜于时下流行的一些所谓的文化明星炮制的文化快餐。

这一段记录的是刚刚踏上旅途的第一印象:

> 我就像个刚由茧里艰难地钻出来的飞蛾,这里的世界是多么不同啊,看到什么新奇的都恨不得扑上去。这里的阳光是那么的热烈,这里的风是那么的狂烈,这里的一切给我的刺激都是那么的强烈。(7月12日)

穿过达坂城的风力电厂,他由视觉观感过渡到对宇宙的沉思:

> ……眼力所见全是瀚邈戈壁,无数石块静静地躺着,也不言语,仿佛在等候期待着下一次的剧烈的地壳运动将它们带到另一世界去,那里也许有海洋,有冰川,或者有森林,谁知道呢?(7月12日)

随着旅行的深入,作者由对宇宙的沉思过渡到对自我与他人、社会的追寻和思索:

> 走啊走,戈壁上出现了一根孤独竖立的电线杆,难道它不知道,不管立地多么直、多么坚固,离开伙伴它就一无是处了吗?可

是就有人知道还偏偏要这样。一个人活着是为了社会还是为了自己？有人说这个问题本身就有问题，我不知道。这个社会太堕落了吗？如果不是,那么我将继续我的发掘；如果是,那么至少证明它曾经美过,我将去改变它,用我的一点点力。(7月17日)

没有大话、套话、空话,一切文字都从感觉出发,从自己的眼睛、自己的灵魂出发,因而他说出的话,都是那些躲在书房里的作家或写手(眼下这两者的分界线越来越模糊了)无法臆想、无从虚构的,都带上了他自己独特的观察、思索和个性化印记：

今天路边胡杨树陆续出现,比起照片上的更加真实。树叶的形状是规整的,树干上的皮不知脱落了多少次。但是胡杨啊,你还能回去吗？千万年来你感受了各种苦楚,你在这条路上已经走得太远了,再要你去热爱那种江南水乡恐怕不太可能,你的心是否已经坚硬如石？我现在已经无法回去了,我捡起了许多,有好的,有坏的,我也在慢慢抛洒我的天性,我的生命,并且再也拾不回来。(7月19日)

但此书的意义不仅限于此,在我看来,《二十岁的礼物》还为当下我们这个沉迷于物质主义的社会,提供了另一种生活的可能性；为迷失于高考、求职和出国的80后、90后,提供了一个自我启蒙的标本。

上世纪50年代的美国,一批有独立思考能力和自由精神的年轻人忽然悟到,丰裕的物质生活并不能满足他们内心的饥渴。他们不想再走父辈的路,而踏上了一条自我启蒙、自我追寻的精神流浪之路。他们不停地旅行,从东部奔向西部,从美国奔向世界各地,沉溺于"原始的幸福"——酗酒、纵欲、吸毒、迷恋禅宗——试图以此类极端的方式惊醒沉迷于物质主义的美国人,冲破传统的伦理、价值观。他们的领袖、诗人金斯伯格大声疾呼：

……我们并不是些机器,也不是什么客观数字。我们是人,是主观的人，最重要的是我们在感觉——我们活着，而我们存活就是靠我们自己独特的个体和敏锐的感觉构成。我们的国家就是这样的人的联合体，我们的民主就是要建立一个鼓励个体最大程度发展的社会结构。……这是美国之父们的传统，这是美国真正的神话，是最受我们爱戴的思想家——梭罗、爱默生和惠特曼——的预言：每个人自身都是一个伟大的宇宙；这就是自由，是美国最伟大的价值。

当然，由于社会体制和文化传统的差异，《二十岁的礼物》的作者没有走得像"垮掉的一代"那么远、那么极端，他只是以自己的个体化的方式，以五十多天的骑行、两千元的食宿费，体验了一下不同于校园生活的、生命存在的另一种可能性。但就是这个体验已经足以使他领悟了许多，懂事了许多，成熟了许多。他告诉自己，也告诉我们，世界本身是广阔无边的，生活本身是丰富多彩的，有着无数种可能性。生命的成长就是一个不断探索、不断追寻、不断超越自我的过程。

……老远听见有鸟叫声，那不是歌唱而是呼喊。走近了才发现是一只黑色的小鸟在地上学习飞翔，它努力跑着，张开翅膀，想飞起来，可仍是摔倒。叫了几声，翅膀用力支撑起身体，继续自己的起飞练习。在这样的深山里，一只小鸟向我展示了生命的原初。鸟儿不是生下来就会飞的，必须经过一个极其痛苦的过程。（8月24日）

愿《二十岁的礼物》的作者越飞越高，越飞越稳，也愿更多的80后、90后加入到类似的精神流浪之途。如果你有足够的意愿和意志，短短的一个暑假给你提供的刻骨铭心的体验，会远胜于十年，甚至二十年浑浑噩噩、按部就班的生活。更为重要的是，通过自我放逐、自我追寻，或许你终于会明白，你是谁？你现在哪里？你将去何方？你这一生到底要什么?

【附注】《二十岁的礼物》电子版可任意转载,无任何版权,浙江大学的学生可登陆"cc98 行者无疆",也可直接电邮 dubing@zju.edu.cn 索取。

第二辑 光与影

真实的光影与虚构的文字

写作此文的动机始于一个稍稍有点令人尴尬的事实。差不多两年前,我加入了一个有着八年历史的业余登山队。在经历了七个小时的长途山行,穿越几座山岭和峡谷,终于到达某景区之后,晚上我们在下榻的度假村边找了一家饭店,大快朵颐。酒足饭饱之后,驴友们提出要看白天拍摄的照片。队里的业余摄影师既是登山老手,也是电脑玩家,他的登山包里照相机、iPad 和播放器一应俱全。于是,大堂的一堵白墙成了临时的屏幕,闪动的光影引发一阵又一阵的欢呼和笑闹声。放完当天的照片后,大家意犹未尽,说是还要看以前拍摄的驴行照片。摄影师从文件中调出两千七百多张照片,以两秒一帧的速度自动播放,照例又是引发出一阵又一阵或真实或夸张的欢呼和笑闹声。

可是,这些照片只与那些老驴友有关,与我有关的十几张早已放完。我坐在一旁,喝着茶,看着墙上光影的闪动,听着身边的喧哗,觉得这一切离我太远了,太不真实了,慢慢地开始打起了瞌睡。爬了一天的山,的确很累。最后,我只得趁上洗手间的机会不告而别,悄悄地回房睡觉去了。

洗漱一番,躺上软和的席梦思,自以为今晚必定一觉到天明。不料,放平身子后,"横竖睡不着"(借用鲁迅先生的话)。脑海中始终被一个问题纠缠着:为何我加入了团队,却无法共享它的经验?是我太自私吗(退出了集体活动)?还是太不合群?其实,几次山行经历表明,驴友们关系非常融洽,我也很快融入了"组织"。既然如此,为什么无法坚持看到底,与大家一起分享影像记录呢?

我觉得当时自己就像一个中学生,面对教师的讲解和那一本厚厚的历史课本,书中记载的是在我出生之前,甚至是我的父母出生之前发生的事,许多许多的事,沉重地堆积着,我必须掌握它们,才能融入其中,却感到无从入手。关键是,这本由两千多张照片构成的教科书,不是用文字写就的,而是用光影描述出来的,它们必须经过讲解,才有意义和价值。关键的一点是,我无法"自学成才",比如,把整个电脑搬来,自己一张张地浏览——那没有意义,一点儿意义也没有。因为,照片的意义只对照片的主人——那些资深驴友——才存在。我是菜鸟,是新手,我来迟了。他们爬了六年山,每周一次起码也有三百次,可我才有三次,我的经验值差不多是他们的百分之一。

可是,事情并非如此简单。让我们离开图像世界,进入文本世界。我不是19世纪的法国人,与普鲁斯特家族毫无关系,可是,为何我能读懂《追忆似水年华》,且能沉入其中?要知道,那只是马赛尔相当私密化的个人经验啊。我没有参加过特洛伊大战,甚至没有到现代希腊旅游过,可为何我能理解阿喀琉斯的愤怒?当然,我也不是旧俄的贵族后代,可为何我会去花钱购买纳博科夫的长篇回忆录《说吧,记忆》,听他滔滔不绝地言说那种完全属于他个人及其家族的私密化记忆?

不妨让我们大胆假设,普鲁斯特没有用轻盈的鹅毛笔写下他的回忆,而只给我们留下一部厚重的家庭影集,情况又会怎样?我们会知道这位高雅的法国中年男人的情感经历和意识流吗?假如荷马不是行吟诗人,只是一名随军摄影记者,给我们留下了两万张战地照片;假如这些照片成功地逃脱了残酷的时间之手,至今保存完好,那么,我们能否借助若干张愤怒的扭曲的脸部大特定,若干张尸体横陈、惨不忍睹的战场近景,或若干张特洛伊城楼大火熊熊的远景,再加上一些出土的锈迹斑斑的头盔和戈矛,拼凑出一部关于希腊人征战特洛伊的历史记录?

或许我说得太远了,一个小小的业余登山队怎么能与这些伟大的经典相比?但我觉得,虽然程度和规模上或有差别,但二者所涉及的问题实质是一样的,即真实的光影与虚构的文字哪个更有穿透力,更具有超越时空的品质,因而更能表现永恒的真理,进而为不同时空背景下的人们所共享?

罗兰·巴特在其论摄影的小书《明室》中,提出过这样的观点:"严格地说,照片拍到的是拍摄对象身上散发出来的放射性物质。那里有个真实的物体,辐射从那个物体散发出来,触及到站在这里的我;传递时间的长短不重要。那个已经消失了的物体的照片触及到我,如同一颗星发出的光在一段时间之后才触及到我一样。一种脐带式的联系连接着被拍摄的物体和我的目光:光线尽管触摸不到,在这里确系一个物质环境,是一层皮,是一层我和被拍摄的男女共享的皮。"

这个说法似乎部分地回答了我的困惑。是的,照片描述的是光与影,是光流溢在人体或物体的表层的影子,再反射到相机中成的像。它无法穿透肉体,无法触及灵魂。它描述的是肉体的此在,是拍摄的彼时彼刻、一个独一无二的客体的瞬间的存在,它一旦被定格,就永远逝去,变成一张不会说话的胶片或一串数字(在数码相机中)。它的长处和短处都在这里,它是某个主体"到此一游"独一无二的证明,但它的功能也仅止于此。它无法穿透时空,因为它只是物理之光,不是精神之光,更不是灵魂之光的反射。当然,你也可以说眼睛是灵魂的窗户,你能够从被拍摄对象的回眸和笑容中,看出他或她在彼时彼地的心情,但仅此而已。再说,心情和音容笑貌一样,是需要阐释的;阐释则需要话语,需要文字。正是在这一点上,文字呈现了比照片更可贵的本质。文字具有穿透力,它既可以描述对象表层呈现的光影,也可以描述对象内部散发的灵魂之光。照片可触可摸,文字若有若无。它是不可触及的、抽象的、虚拟的,唯其如此,它才不是一次性的、无法复制的、个人性的、表面的、具象的。它是共同语,不是方言。它是最一般的流通物,是货币,不是局限于具体时空的实物交换。因而,它能穿越时空,展开远距离的交流,无需别的中介前来帮它阐释。它本身就是中介,就是阐释。

而照片,则始终是第二性的、依附性的,有待于解释、说明和描述的。只有借助词语,它才能开口说话。它的实在性才能转化为真理。从这个意义上,我们可以说,是词语让它道成肉身,或者不如直接用英语表述为"Word made flash",注意,这不是拼写错误,flash 是光,是照片的肉身(flesh),是摄影机在瞬间抓取的光。

但是,这里还有一个问题。我们总是说,眼见为实。罗兰·巴特说,照片能给予被拍摄对象一种"确实在那里"的肯定。这是任何文字都无法给予的。他还说,语言的不幸,就在于它"自己不能证实自己",语言的实质可能就是这种无能为力。

其实,巴特多虑了。照片同样也不能自己证实自己,它需要文字说明,哪怕这种说明只是一行字、一个词组、一个标题,但只要有那么一点点,它就摆脱了无法说话的困境,摆脱了时空的束缚,从具象上升到抽象,从偶然上升到必然,进而具备了普遍性品格,能够展开跨越时空的交流;否则,它只能永远被束缚于光影之中,沉沦于物质的实在性中,无法将自己呈现出来。这就是为什么我能理解一本普鲁斯特写的书,而不会对他的家庭影集感兴趣的根本原因——除非我是普鲁斯特专家,热衷于收藏与他有关的一切遗物,但即便如此,最终,我的研究成果必须用文字表述出来,才有意义和价值。同样的道理,适用于荷马史诗或纳博科夫的回忆录。

如果普鲁斯特在他的小说中放上几张照片又如何?是否会使他的作品更加为人所理解,或让我们对他更为着迷?恰恰相反,那样一来,他将不是作为一个小说家,而是作为一个贵族世家子弟出名。这只能降低一般读者对他的兴趣,因为读者所关注的,不是他人的私生活,而是这种私生活对于"我"的启示意义。"我"之所以对纳博科夫的回忆录发生兴趣,首先是因为他是一个作家,他写了许多小说,那些小说的内容和主题都是超越他个人的、具有普遍意义的,之后,"我"才对这个写下了那么多洞察入微的作家本人的身世发生了兴趣,进而"爱屋及乌"地对他的家庭、教养,对他小时候的照片、他父母和兄弟姐妹们的照片发生了兴趣。所以,照片在这里所起的作用始终是第二性的、附属的,它们起到的作用只是证明,证明彼时彼地有这样一个小安德烈,像我们一样活过、流放过、颠沛过、挣扎过,最终他脱颖而出,成全了自己。

回到开头的画面。那天晚上,当我的驴友们观看自己的影像在墙上浮现、浮动,当他们发出尖叫、笑闹和互相调侃时,他们回到了属于他们的那个特定的时空以及在那个特定时空中的特定心情、情绪和心态,这一切只对他们有意义,照片担当的是证明、提醒和回忆的功能,但它们无法使自身穿透时空,进入更抽象、更广大、更深邃的共享空间,即那个超越了光与影、生与死、肉身与精神、过去与现在的由人类的文字构成的世界,这个世界不需要参与者在场,不需要观看者参与,照样能引发情绪和情感,共享欢乐与痛苦,愤怒与忧伤,喧哗与骚动,最终触及我们灵魂深处最柔软的部位,使我们享受作为人的全部尊严和荣耀的世界。

现代性、空间与人的命运

《三峡好人》没有大场面、大制作,没有强烈的感官刺激和激烈的打斗场面,更没有袒胸露背的美女和激情四射的床戏,但是,这部风格朴实一如其内容的影片照样赢得了观众和票房,并且在威尼斯电影节上一举夺得了金狮大奖。那么,这部影片究竟好在哪里?三峡好人又究竟"好"在哪里?网络上已经有了很多评论,见仁见智,本人无意在此一一评说,只想从影片中的空间意象及其叙事入手,分析一下现代性、空间转换与人的命运问题。

一

空间的生产、改造和重组是现代性的伴随物。什么是现代性?按照马克思的说法,现代性的标志就是"一切坚固的东西都烟消云散了";按照波德莱尔的说法,"现代性就是过渡、短暂、偶然";现代的思想家如齐格蒙德·鲍曼等,也认为现代性的标志就是流动性。而现代性的流动性、过渡性、短暂性和偶然性等特征,正是在空间重构和再造中得到深刻而具体的体现的。建筑无疑是坚固的,对于生活于其间的人来说甚至是永恒的,因为一般来说,砖瓦石头比人的生命更为长久。但是,在现代化进程中,建筑物逃脱不了被摧毁、再造、再摧毁、再重建的命运。而随着空间的大规模改造和再生产,人的命运被嵌入时代的空间转换中,人与人的关系也在空间的重构和再生产中得到了重新考量和重新安置。

《三峡好人》的导演将剧中人物的命运放在三峡工程这个大背景中展开，以船、水和老屋（正在拆迁和等待拆迁的）等作为整个电影叙事展开的空间背景和意象，既敏锐地抓住了三峡的地域特征，又准确地捕捉到了正在步入现代性的当代中国社会的特征，使之具有了超越时空的深刻的象征意蕴。如果说，漂泊不定的渡船表征了我们所处的这个动荡不定的时代，那么流动的水与正在拆迁中的老屋更强化了这一现代性特征。水淹没一切，也涤尽一切，无论是房子、街道，还是人与人的关系；而江边一幢幢破败不堪、等待拆毁和正在拆毁的老屋，更是深刻地反映了我们这个时代的空间转换本质。伴随着江边传来的敲打老屋的巨大而空旷的回声，我们看到了空间的转换和人际关系的重组，旧的、传统的空间—人际正在解体，新的正在重组和建立中。

　　从一只渡船开始，《三峡好人》展开了一个小人物的叙事。十六年前，一个山西男人花三千元从人贩子手上买了一个四川女子为妻，之后这个被拐卖的女子被警方解救，带着怀孕的身体回到老家奉节。现在，这个名叫韩三明的山西人凭着妻子临走时留下的一个地址，只身来到三峡江边。他并不奢望与妻子破镜重圆，只想看一眼已经长大成人的女儿。但是，由于修建三峡工程，这个有着两千年历史的城市已经沉入水下。移民们被安置到全国各地。韩三明从妻舅口中打听到，幺妹已经去了宜昌打工，不知何时才能返回。但他还是决定等待，加入了在江边拆旧屋的民工队伍。

　　与此同时，电影中另一条叙事线索展开了。一位来自山西的护士沈虹来到三峡江边寻找已经失联两年的丈夫郭斌。然而，丈夫所在的原单位———一家国有企业早已破产，正在拆迁厂房，清理财产，而她的丈夫也早已离开单位，借着三峡工程，成了一家拆迁公司的老总，且与一位来自南方的有钱女人——拆迁公司的真正老板，有了说不清道不明的关系。经过一番寻找，夫妻二人终于见了一次面，然后平静而友好地分手了。

一男一女的追寻、两对夫妻的情感故事,折射出现代性空间转换和重组下底层人的命运:原本非法的夫妻又将走到一起,而原本合法的夫妇却分道扬镳了。一个小人物继续着他的小人物的生活,做着重圆破镜的梦;另一个小人物以家庭破裂为代价,跻身于生存竞争链中的上端。

二

《三峡好人》中给人印象最深刻的是两种声音:一种是自始至终回响在影片中的拆迁老屋的声音——锄头的敲击声、玻璃的破碎声、残壁断垣的倒塌声,它们在江边激起了空旷而持久的回声;这些声音与轮渡上汽笛的长鸣声和江边急驰而过的载重汽车的喇叭声交织在一起,犹如贝多芬《第九交响曲》开头的命运的敲门声,影响了成千上万当代中国普通百姓的命运。在这命运的敲击声中,夹杂出现了第二种声音,这就是来自底层的普通人的声音,各种难以听清的嘈杂的方言,有山西话、四川话、湖北话和不标准的普通话,透过这种喧嚣的"杂语",我们听到了当代中国社会重构和人际关系重组的脚步声。敲打声无疑是拆的,但它又隐含了建。方言无疑也是"拆"的(它们是长期以来经济和交通不发达造成的地域隔绝的产物),然而,正是在空间拆迁和社会关系重构的过程中,它们又成了"建"的构件或元素。来自不同地方、说着不同方言的人们聚集在一起,组成了当代中国庞大而又纷杂的社会劳动大军——山西人来到四川拆迁老屋,四川人移民到广东打工,或是湖北人去山西挖煤……。空间转换的巨大回声与嘈杂的方言杂语汇合在一起,深刻地揭示了当代中国现代化进程中拆/建的张力关系。

《三峡好人》的叙事张力就体现在空间的重构与人际的重组上。一方面,是旧城和老屋的淹没与拆迁,传统的人际关系的解体和分崩离析;江边巨大的废墟和瓦砾堆显示了现代性无往不利、摧枯拉朽的力量。另一方面,是正在建立而尚未建立起来的新的空间和新的人际关系。江边那些拆迁老屋的民工的剪影,成了现代性空间转换的象征符号。这些面容黝黑、流汗浃背、表情迟滞的人群并未意识到,当他们抡起手中的大锒头砸向断壁残垣时,实际上也正在摧毁着自己生存的根基。那些活过和活着的事物、分享过祖辈思想感情的事物正处在衰微之中,再也无可替代。那几个身穿白大褂,肩背喷雾筒,戴着大口罩,犹如白色的幽灵般闯进拆迁工地的防疫人员也未必会意识到,当他们向瓦砾堆、旧墙角和废弃的杂物喷洒着代表现代性成果的防疫药物的同时,他们也正在抹去人们私密化的生活记忆。而原先代表着我们民族集体记忆的底层的民间文化,在这大规模的空间转换中,也处在被后现代娱乐文化全面消解的处境中。我们看到,渡船上那个赤裸着上身的小孩,唱起了他未必完全理解其含义的《老鼠爱大米》;打工仔小马哥一边喝酒,一边惟妙惟肖地用《上海滩》中"发哥"(周润发)的口气和手势讥讽着韩三明的"怀旧"情感;一位十六岁的姑娘呆呆地立在江边,恳求外来的大姐将她带走去见识一下外面的世界……

  影片结尾,韩三明离开三峡上船之前,在码头上停留了一下,吸引他的是江边正在表演的空中走钢丝。表演者手中紧紧握着平衡棒,小心翼翼地在半空中移动着。韩三明呆呆地望着他。这是一个没有根基而行走的人,一种在现实中不可能存在的生存状态。它会是三峡好人的命运的隐喻吗?

三

  导演把中文片名定为《三峡好人》,明显借用了德国戏剧家布莱希特《四川好人》(1940年),这部"史诗剧"的主旨是:"世上只要还有一个好人,这世界就有救。"无疑,影片中的这个"三峡好人"指的应当就是那个不远千里,从山西赶到四川来看一眼女儿的韩三明。那么,他究竟好在哪里呢？以传统的英雄或好人的标准，我们看不出他好在什么地方。这个男人其貌不扬，胆小猥琐，甚至有点木讷。下渡船时地头蛇强行对他搜包，他不言语一声；他的妻舅渡船老大不给他提供幺妹的下落，其手下还扬言要将他扔进江中，他也逆来顺受，选择了默默离开；……然而，在这个小人物的身上，我们看到了人性的闪光点，那就是对人间真情的执著追求和苦苦寻觅。只是为了见一面自己十六年来未曾见过面的女儿，他宁愿加入拆迁老屋的民工队伍；在终于与前妻会面，并得知她现在的丈夫对她不好时，他决定回老家去挖煤，打算一年后赚足三万元钱再来"赎"回自己的前妻和女儿。

而那个借三峡工程而成了小老板的郭斌也不能说是坏人。迫于生存的压力，加上那么一点点人性的弱点，他中断了与妻子的联系，整整两年没有给她去过电话。而妻子在得知他另有新欢时，平静地向他表达了另嫁他人的意图。然后，女的回头走了，男的开车慢慢跟在后面。江边传来一阵似曾熟悉的歌声，唤起了一点残存的温情，于是两人笨拙地跳了一段舞，然后平静地分了手。没有通常中国家庭离异前的冷战、争吵甚至打斗。当然，关键还是因为大家都忙，面对必然要发生的，或已经发生的变化，谁也没有心思、没有时间来做一些无聊而又无谓的事情，在快节奏的社会中，生活才是最重要的。两年中，电话号码已从七位升到了八位；两年中，一个有着两千年历史的城市完成了大规模的移民和拆迁工程，在如此快节奏的现代性生活中，什么才是永恒的、重要的呢？

《三峡好人》，英文名字译为"Still Life"，意为"静物"。在北大百年讲堂的《三峡好人》点映式上，有人问贾樟柯觉得哪个名字表达主题更恰当，他没有回答，只是讲了一段自己的经历：

> 有一天闯入一间无人的房间，看到主人桌子上布满尘土的物品，似乎突然发现了静物的秘密，那些长年不变的摆设，桌子上布满灰尘的器物，窗台上的酒瓶，墙上的饰物都突然具有了一种忧伤

的诗意。静物代表着一种被我们忽略的现实,虽然它深深地留有时间的痕迹,但它依旧沉默,保守着生活的秘密。

在我看来,影片中英两种译名之间的不对称,恰恰体现了一种互文性的张力。我们既可以把它理解为"好人一生平安",如韩三明手机中那首20世纪80年代的老歌所唱,也可理解为导演那种日神式观照生活的超脱态度。在此稍稍改动一下贾樟柯在北大讲堂上说的另一段话,作为笔者对这部影片的最终印象:

> 我们随着放映机闯入这座即将消失的城市,看拆毁、爆炸、坍塌,在喧嚣的噪音和飞舞的尘土中,看生命本身绽放出灿烂的颜色。镜头前一批又一批劳动者来来去去,他们如静物般沉默无语的表情让我肃然起敬。

《死亡诗社》：一部震撼灵魂的电影

一部震撼灵魂的电影，一部反思生命意识的电影。

故事发生在1959年美国一所大学预备学校(boys prep-school)内。威尔顿学院以严格的管理和高升学率闻名(类似我国的重点高中)，每年考入常青藤联盟的学生高达75%。该校的校训是四个字，"传统""荣誉""纪律"和"卓越"。然而，荣誉和光环掩盖了残酷的事实。就读该校的学生给了另外四个字的评价，那就是——"模仿""颓废""污秽"和"恐怖"。因为这所学校以应试为目标，不鼓励、不允许也不给予学生任何独立思考的时间和空间；持续不断的重复、模仿、操练、做习题就是一切。这是一座名副其实的"地狱学院"。

转机来了。学校来了一位新教师。他的第一次亮相就非同一般：晃荡着身体，吹着口哨，像逛夜总会般走进教室，环顾四周之后又走了出去，示意学生跟他出来。走廊里，大惑不解的学生在他身边围成一圈。他念出了一句诗，"呵船长，我的船长"，然后说自己"是基丁先生，当然，如果你们足够大胆的话，可以用惠特曼的上述诗句称呼我"。

接着，他又说了两个拉丁字"Carpe diem!"（及时行乐或把握今天），让学生翻译成英文。之后，又抛出一句振聋发聩的名言："把握今天，孩子们！让你的生活超凡脱俗！"（"Seize the day, boys! Make your lives extraordinary!"）

第一堂文学课更有意思。基丁先生让大家翻开教科书，了解诗歌的定义。什么是诗？教科书中的导言将诗界定为一个干巴巴的坐标系统，纵向是内容，横向是形式(韵律、节奏等)。可以根据其在纵横坐标上的数值相乘得到的面积大小判定诗的优劣。例如,拜伦的诗可得四十二分,莎士比亚的诗可得九十或一百分。基丁先生大声说,这一切全是扯淡、见鬼。诗是激情,浪漫,让女人昏晕……接着,基丁先生让大家把教科书中的导言统统撕掉,扔进垃圾桶。

还有所谓的"专业"设置。基丁先生告诉大家,医科、法律、商学,等等,这一切都只是你谋生的手段,只有你的独一无二、不可重复,如同流水般一去不返的生命本身,才是根本性的。他再次说了这个拉丁字"Carpe diem!"

几乎是一瞬间,这些少年学子被压抑多年的生命意识、冲动和欲望,青春的激情和活力,被这位新教师激活了。好奇心促使他们去了解自己的老师,这究竟是一个什么样的人,是诱人堕落的魔鬼,还是引人觉醒的先知?结果他们发现,原来,基丁先生和他们一样,曾就读于这个地狱学院,他曾组织过一个名为"死亡诗社"的组织,这个诗社的宗旨是"吸取生命中的精华",社员们每周一次在"老印第安山洞"聚会,朗读惠特曼、梭罗、雪莱的诗歌,开发自身潜能、创造活力和灵感。

在基丁先生的启发和默许下,以查理为首的一批学生秘密恢复了"死亡诗社",像当年的老师和学长一样,他们每周一次聚在一起,互相读诗,讲故事,饮酒,抽烟,作乐……

这不是堕落,不是颓废,而是释放,是自由,是生命的狂欢,是"向死而生"的意识大解放、观念大革命。正由于这种解放,这种革命,这些每天忙于做应试作业的学生们才发现自己真正想要的是什么,生命中最本质的东西是什么,如何把握自己的每一天,享受自己的生命。于是,我们看到,迫于父母之命而想读医科的查理,忽然发现自己真正想做的不是医生,而是演员;腼腆羞涩的威尔,鼓起勇气拨通了自己暗恋的女孩的电话,之后手捧鲜花,闯进她就读的学校,在众目睽睽之下,大胆地说出了"我爱你";更为大胆 XX 在"死亡诗社"内刊上发表文章,鼓吹威尔顿学院应该吸收女生入学……

基丁先生离经叛道的教学方式,挑战了主流意识形态,激怒了保守的校长,也惹恼了一些囿于传统价值观的家长。于是,发生了大大小小的悲剧:鼓吹男女同校,并且在公开场合嘲弄校长的学生,在挨了一通板子之后,被校方开除;一心向往舞台生涯的查理,被父亲强行退学,转入更为严格的军校就读……但生命意识既已觉醒,怎能再次堕入昏睡?于是,查理选择了自杀,表达了自己的反抗。

结果不言自明:基丁被学校解职;加入诗社的学生在开除的威胁下,一个个被迫在校方拟就的文件上签字,认定作为教师的基丁先生对查理之死负有不可推卸的责任。

在哀伤告别的音乐声中,基丁先生最后一次登场,来到熟悉的教室取回自己的物品。眼看自己心爱的学生,在校长的亲自管教下,又开始了无休无止的"地狱"生涯,他不禁深情地回眸注视了一会。似乎是心有灵犀,学生们也转过身来,看到了他们心爱的老师。这时奇迹发生了,一个学生犹豫了一会儿,毅然跳上自己的课桌,笔直地站立起来。没等到气急败坏的校长发出咆哮,第二位、第三位、第四位、第五位……仿佛反向的多米诺骨牌效应,学生们一个个站在了自己的课桌上。没有言语,没有声音,没有喧哗,只有深情的凝望、默默的注视。此时此刻,师生之间心的默契、灵的感应、魂的沟通达到了高潮。因为,这个姿势,正是基丁先生给他的学生们上第一课时示范给他们,并要求他们做的:换个角度看世界。但此时此刻,谁又能说这个动作不是这些生命意识成熟的少年,以自己的肢体语言,向他们的老师、向整个世界作出的庄严的青春的告白:

我们已经觉醒了!

我们已经成熟了!

我们已经站起来了!

当少年遭遇熟女,文盲遭遇集权

阅读《朗读者》时,已经没有了看电影版《生死朗读》时的那种骚动、感动和激动,但有了更多的阅读享受和理性思考。

两宗罪或两重罪平行展开,若有若无、细如游丝地刺激着读者的神经。

当少年遭遇熟女,发生了什么?肉体的快感、灵魂的罪感,还有自信的恢复、创造活力的迸发。于是这个身患黄疸的少年,这个在家庭和学校中什么也不是的"小不点"(我觉得译成"小不点"比"小家伙"更有生活气息)就成长了、成熟了,之后在与同龄女孩子打交道时就变得落落大方、自信主动。

当文盲遭遇极权,发生了什么?获得权力、责任的快感,也有自信心的恢复和创造力的迸发吗?出身穷困的汉娜在生活中什么也不是,但当她进入党卫队这台机器,她就变得步伐坚定、自信有力。她死心塌地成为它的一个忠实的螺丝钉,用机器式的直线思维来看待世界,认定秩序高于生命,责任高于人性,于是当炮弹落在关押着三百名犹太人的教堂中时,作为守卫的她选择了不开门。

当十五岁的米夏与三十六岁的汉娜,有知识的一代与文盲的一代结合在一起的时候,两宗罪也就纠结在了一起。

米夏不知道,这个向他展示胴体的三十六岁的成熟女子其实是党卫队的一员,曾把无数的犹太人送进了集中营。那么,米夏是无辜的,还是有罪的?是否因为自己不知情就可以免去罪责?

汉娜没有意识到,当炸弹落在教堂时,应该开门救人,直线式的理性思维使她觉得,有秩序地将犹太人转运到目的地是她的"责任",当法官问她是否因为害怕受到惩罚而不开门放人时,她的回答是,不,不是出于害怕,而是出于责任。

那么,出于责任的罪是否就可以原谅？相比于那些将责任全都推在她身上的其他识字的女看守们,身为文盲的汉娜是否更有尊严？而当她为了避免被人看出自己是个文盲而包揽下一切指控时,我们是该敬佩她、同情她还是可怜她？

诸如此类的问题可以一直追究下去。

这就是德意志,一个诞生过康德、黑格尔、俾斯麦和希特勒的民族,一个敢于反思、善于反思的民族。二战结束六十年了,两代人了,他们还在反思,在忏悔,在接受着良心的拷问。汉娜在出狱的最后时刻选择了自杀,是良知的胜利、人性的张扬,显示了反思的勇气和力量。

回头看看我们自己。"文化大革命"结束才三十年,一代人的时间,我们的记忆就已经淡漠了。那个大"革"文化"命"的时代究竟死了多少人,伤了多少人,可有人统计过？那个时代究竟烧掉了多少书、关闭了多少图书馆、博物馆,可有人记录过？那些当年参加过打、砸、抢的红卫兵,可有谁反思过,忏悔过？巴金先生在上世纪 80 年代就曾提出要建立"文革"纪念馆,让后代记住我们民族发生过的浩劫。但多少年过去了,纪念馆的事再也没有人提起,如今"文革"的见证人老的老、死的死,渐渐淡出舞台,新一代关注的是升学、就业和娱乐。一个民族的悲剧就这样轻松地从集体记忆的"硬盘"中被抹去了,一点痕迹都没有留下,仿佛什么也没有发生过。

记得列宁说过一句名言:"忘记过去就意味着背叛",背叛什么？背叛自己。忘记过去就意味着,过去发生过的有可能重新发生。

以土著的目光反思文明

在朋友的建议下,看了《上帝也疯狂》,很有些感想。

该片的一大亮点或特色,即用土著人的目光来看待现代文明,反思其弊病。套用一下时髦的句式,该片也可说成是"一个可乐瓶引发的案子"。

布须曼人是非洲的一个土著部落,居住在非洲卡拉哈里地区,虽然距离现代化的大都市只有六千公里,但对于现代化的事物却一无所知。卡拉哈里是个看上去像沙漠却又不是沙漠的地方,在那里,每年有九个月的时间是干旱无雨的,许多动物都因为无法适应这里的环境而纷纷离开。可在卡拉哈里人看来,这里却像天堂一样美好,他们可以挖树根、收集清晨树叶上的露珠来解渴,可以靠打猎来维持生命,他们之间没有矛盾和纷争,在他们的心目中,上帝每天都在默默地注视并保佑着他们。如果哪天听到天空中飞机飞过的轰隆声,他们会以为那是上帝吃得太饱在打嗝。

那天,一架小型飞机路过卡拉哈里,驾驶员随手往下扔了一个玻璃可乐瓶,正好落在一个打猎回来的布须曼人旁边。这位名叫肯的男子好奇地把瓶子带回部落。部落里的人从没见过这么漂亮的东西,像水一样透明却坚硬无比,他们把它当做神送给他们的礼物,渐渐地,他们又发现,它还可以吹出美妙的声音,可以用来磨蛇皮。总之,几乎每天人们都能发现它有新的用途。可瓶子只有一个,人们第一次有了不愿意与人分享的感觉,很多人想要独占它,人们开始为之争吵,甚至大打出手。肯决定把这个使原本平静的生活变得不安的东西还给神,于是他带着瓶子上路了。一路上,肯经历了种种奇遇,也体验了无穷的乐趣和烦恼。

这个从来不知道除了自己的部落之外还有外部世界存在的人,把他遇见的文明人统统奉为神明。但他发现,这些神明都疯了。比如,他们把篮子戴在头上,在大热天还要裹上像蜘蛛网一样的东西;他们杀死大象,却只取走没用的象牙,而把象肉留在原地任其腐烂;他们得到东西一定要独占,不肯与人分享;他们离开了"圆腿动物"(汽车)的帮助就寸步难行……总之,凡是现代人引以为傲的文明成果,无一不受到土著人的质疑;凡是现代人自以为聪明的举动,在土著人看来统统都是傻帽儿。借助土著人的陌生化目光,现代文明的弊端被放大了。

不过,话又说回来。毕竟,这里的土著人是在西方人导演下参与演出的,不难想见,片中的土著演员对影片拍摄过程一无所知,他可能被告知这只是一场游戏。游戏终了,他就得回到他的同胞中去,过他的土著生活。所以,土著的世界和文明人(诸神)的世界始终是无法融合的,土著只是导演用来反思西方文明的一个工具。如果那位扮演肯的演员能理解实际发生的一切,他肯定又会说:"这些神明肯定是疯了。"

最后,说一下片名。该片英文原名为"The Gods Must Be Crazy",中译者翻译成《上帝也疯狂》,把原文复数的神译为单数的"上帝",使不懂英语的观众误以为是基督教的上帝。众所周知,土著人还没有形成一神教,他们信奉的是多神。而且,看过影片就会知道,片中的"诸神"指的是现代文明人,在土著人看来,这些人像神一般,能在天上飞,能在地上跑,却为自己制造了那么多的麻烦和问题,所以他们说,这些神"肯定是疯了"。所以,准确的译名应为《诸神疯了》。

《全蚀狂爱》的背后

《全蚀狂爱》，一部迷人而又深沉的电影，很容易被误以为是讲同性恋的激情和肉欲的，但其实是19世纪法国象征派诗人兰波的传记片。本片由我喜欢的莱昂纳多主演，几可乱真的外貌，近乎完美的演技，迷茫而充满渴望的眼神，匀称光洁而又具有张力的胴体，活脱脱一个当代的兰波化身，在在体现出一位天才少年的志气、傲气和漫不经心的灵气。

全片以兰波与魏尔伦的情感纠葛为主线，展现了这位天才诗人的心路历程：他的梦想与追求，迷惘与苦闷，对爱的执著，对诗歌—生命一体化的信念。导演着意突出了他的梦境：炫目的阳光下波动的大海，隐约可见的非洲沙漠，引诱着他一次又一次离开家乡，离开不能理解他的母亲，踏上流浪之途，在狂乱的激情、诗歌创作和肉欲游戏中虚掷自己的青春，像醉舟荡漾于大海般沉醉于自己的内心世界中。

与此相对的是他的诗友兼"基友"魏尔伦，一直挣扎在灵与肉之间不能自拔：既乐于享受正统的婚姻和稳定生活；又无比向往和渴求野性的游牧和自我流放，希望狂乱的同性之爱能给他带来创作灵感。两人达成了君子协定。兰波说，我知道写什么，而你知道怎么写。你给我提供经济资助，我恢复你的创作灵感。但渐渐地，兰波发现，两人的差异越来越大，且越来越深。分歧是根本性的。兰波将诗和生命，肉体与灵魂视为一体，在流浪中追求自己的梦想，他通过自己的白日梦看到了太阳下的真实，进入了真正的诗歌境界。而这是魏尔伦无法企及的，魏尔伦抱持的还是中产阶级的世界观和价值理念，他虽然也喜欢诗，但更喜欢享乐。他喜欢兰波的诗,更喜欢他的肉体,但在与少年同居偷欢的同时,又时时记挂着合法的妻子,不时回家跪在她面前痛哭忏悔。流浪对他而言,只是一场短暂的乡间旅行,调节一下令他腻味的巴黎定居生活。两人在诗学观和人生观上的裂痕最终爆发为一场悲剧。魏尔伦开枪击伤兰波,进了监狱,兰波回到乡下作了短暂停留后,决定继续自己的游牧生涯,走向非洲。他在现实中患上肿瘤被锯断了左腿,但在诗性生活中,他插上自己制作的轻盈的诗歌翅膀,犹如希腊神话中的伊卡路斯,飞向梦想中的太阳,直到生命终结。魏尔伦则志满意得,功成名就,留了一脸漂亮的络腮胡子,在巴黎的咖啡馆优雅地度过了他的余生。

片尾的一个镜头,虽然是导演虚构的,倒也合乎情理,意味深长。兰波死后,他妹妹来到巴黎找到魏尔伦,希望魏尔伦能将兰波留下的诗稿寄还。魏尔伦爽快地答应了,但兰波妹妹一走,他就把写有她地址的名片撕掉。接着他要了两杯苦艾酒,那是他与兰波见面时常喝的。恍惚中,他眼前浮现出当年的情境:他问兰波爱不爱他,兰波手拿餐刀在他的掌心旋转了几下,突然猛地一下子刺中他掌心。一声惨叫,血流如注。那是兰波在一种爱恨交加的冲动中,对这个世界上最理解他的诗歌、而又无法进入他的生命境界的诗友和"基友"做出的最极端最无奈的举动。然而,此时此刻,魏尔伦摊开手掌,一片洁白。既没有血迹,也没有伤疤。当年椎心的痛感,刻骨铭心的爱欲早已远去,留下的只有他诗中所说的"无端的痛苦"——"既没有爱,也没有恨,我的心中却有这么多的痛苦"(《泪水流在我的心底》)。

发现自己的特洛伊

看了《寻找特洛伊》后,很有些感想。之前读过这个真实的故事,但经过导演多罗·扎哈维和主演海诺·费尔希的演绎后,故事如淬火后的钢,变得更加坚硬、纯粹了。

只为了一个梦,一个因童年阅读《荷马史诗》而催生的梦,一位普鲁士少年成年后做了军火商;之后又变卖了归于他名下的矿产、工厂和参股企业的股份,离开了无法进入他的梦境的俄国妻子,以及三个尚未成年的孩子。在一大批思想僵化、抱残守缺的正宗的考古学家的质疑、批评、调侃和嘲笑声中,他义无反顾地踏上了自己的追梦之路,从西方来到东方,进入当时还在奥斯曼帝国统治下的希腊。

在那一片被他认定为特洛伊战场遗址的无人之境,他说他听到了阿喀琉斯从地底下发出的喊声,看到了普里阿摩斯王宫中熊熊的火光、匆忙逃奔的杂乱的脚步和一路散落的珠宝首饰。他坚信这不是幻觉,也不是神话,而是确凿无疑的历史,是希腊的亡灵们向他发出的召唤。

怀着普鲁士式的信仰、激情和蛮野的傻劲儿,他挥动鹤嘴锄,在脚下这片寸草不生的沙砾地上,开始续写另一种意义上的《荷马史诗》,属于他自己的《伊利亚特》和《奥德赛》。

事情比他想象的要艰难得多。除了对付那些自称是遗址所有者的当地人的胡搅蛮缠,他还得与神出鬼没般的土匪和强盗斗智斗勇,应付那些贪婪的地方官员的敲诈勒索,有时还不得不像奥德修斯那样,耍点小聪明,用点小手腕,包括威胁、利诱与"烧香",直到说动铁血宰相俾斯麦,以普鲁士帝国的名义支持他的考古事业。此外,他还得面对一系列无法预见的突发事件,包括多变的气候、瘟疫的肆虐、资金的短缺、挖掘现场的塌方、起哄闹事的民工,以及国内同行的嫉妒和阴谋,等等。总之,神话中奥德修斯与他的船队经历过的磨难,他几乎在现实中全都经历了;阿喀琉斯式的致命的愤怒和沮丧,他也切身感受到,并当众发泄出来了。

  但他终于还是挺过来了。最终,他所信奉的神给了他大大的惊喜和奖励,不但让他找到了阿喀琉斯之盾、海伦的钻石项链和普里阿摩斯王的纯金酒杯,还让他赢得了一位十九岁的希腊少女的芳心,使她成了自己名副其实的妻子。不过,她与他的交往并非海伦与帕里斯式的一见钟情,而是经历了一番考古挖掘般曲折的情感历程。最初,她仅仅是迫于父命,嫁给这个已有三个女儿的异国老男人,为的是他能够解救父亲生意上的燃眉之急。在与他朝夕相处的考古生涯中,她渐渐发现了这个普鲁士男子身上的魅力,那就是为实现童年的梦想而奋斗的坚定不移的信念、坚韧不拔的意志、无与伦比的勇气和宽容大度的胸怀,终于,她完全被这个普鲁士男子所折服,与自己曾爱过的少年恋人彻底拜拜,心甘情愿地将丈夫的梦想当作了自己的事业,投入了这场令人心力交瘁,既费时又费力,既要烧钱又要烧香,不知何时是尽头的考古挖掘。在丈夫面临绝境、几乎崩溃(尤其是他的远在国内的十二岁的女儿因病夭亡)时,她成了他唯一的亲人、坚定的盟友和最可靠的精神支柱。

  当他最后带着丰厚的回报回到自己的国家,站在柏林皇家科学院大厅的舞台正中,面对当年那些曾经怀疑过他、嘲笑过他,而今向他发出雷鸣般的掌声和欢呼声的科学家时,他首先向他们介绍的,不是那些令人渴望和嫉妒的、价值连城的出土文物,而是一位来自荷马家乡、伴随他走过艰难的考古之路的优秀的希腊女性,令人惊艳的"海伦"。然后,仿佛漫不经心地,他说自己忘了"一件小事",随即拉开了身后的帘幕,展示了那些来自特洛伊地底下的金光闪闪的文物珍宝。在科学院"长老们"崇敬而又嫉妒的目光注视下,他挽着他的年轻美丽的海伦的手臂,来了个华丽的转身,走下了这个举世瞩目的舞台。因为他最终意识到,他真正发掘和收获的,不是那些价值连城的金银珠宝,不是来自普鲁士国王的勋章和院士们的鼓掌,而是她,这个美丽的希腊女儿,他的童年的梦想,他自己的特洛伊;是她,使他最终找到了一直困惑着他、也困惑了所有有信仰者的三个永恒问题的答案——我来自哪里?我现在何处?我将去何方?

这个创造了世界考古史上最大的奇迹,让自己成为自己书写的19世纪《荷马史诗》的主角的普鲁士男子,名叫海因利希·施里曼(Heinrich Schliemann,1820—1890);他的美丽的海伦名叫索菲娅(Sophia),希腊语意为"智慧"。

且依旧谱写心曲

你能想象如此演出的一出《西厢记》吗？全部对白、唱词采用英语；没有一句原创音乐，但听起来又是如此熟悉，包括披头士、摇滚、爵士……最后以音乐剧《猫》的主题曲结束；风格是经典的、现代的、搞笑的、狂欢的，看起来既像歌剧，又像舞蹈，又像明星演唱会，偶然来点功夫片的场面，甚至带点好莱坞或百老汇的床上戏，等等。

自然，一些老派的中国传统戏迷会大跌眼镜，反问导演，这还是《西厢记》吗？可这是实实在在的《南西厢》。到"长亭送别"为止的三十出(场)戏，一出不多，一出不少。所选曲牌，唱词也是一句不少，半句不落，只不过通通被翻译成了押韵合辙的英语。第一出"副末开场"，观众听到的是标准的十音节、五音步、双行偶韵的英雄诗体。"满庭芳"曲牌被偷换成了披头士演唱的 Ob-la-di, Ob-la-da；"点绛唇"合上了 Robbie Williams 演唱的"Something Beautiful"曲调；"元和令"变成了 Tom Jones 演唱的《性感炸弹》("Sex Bomb")……

也许你听不懂英语演唱，但没关系，毕竟哪个稍稍受过一点教育的中国人不知道《西厢记》的情节呢？关键是如何让这个古典的戏剧焕发出青春的光芒，让当代的年轻人(不管国别，不分语种)都能喜欢它，吟诵它，传唱它，进而传承它，使它成为全人类共享的人文精神遗产。

于是，我们听到了堪与原文媲美的优美唱词：

  She blushes before she talks—— 未语前先腼腆

  An Oriole sings beyond the flowering ways；恰便似呖呖莺声花外啭

On my heartbeats she walks——　行一步可人怜

In the evening breeze, a willow sways. 似垂柳晚风前

与这段相映成趣的是冲出重围、去送信求援的慧明和尚唱的"端正好",然而曲调用的是 ACDC 唱的《地狱钟声》("Hell's Bells")——

The Lotus Sutra is not my thriller,　不念法华经

I don't do penance in the cellar.　不礼梁皇忏

Heroic courage makes me a cool killer. 杀人心逗起英雄胆

强有力的节奏和韵律把这位黑胖和尚的英雄气概渲染得淋漓尽致。这位老兄(从演员年龄上说应该说是小弟)似乎还嫌不够过瘾,顺手把打扫禅堂的扫把横过来,变成了一只长柄话筒,放声大唱,载歌载舞,在一批小和尚的伴唱下,愣是把剧场变成了一场摇滚乐,逗得台下的尖叫声、大笑声响成一片……

难以想象,用现代流行音乐演绎这部中国古典戏曲名著的,不是国内什么著名的专业剧团,而是来自新加坡国立大学的大学生艺术剧团。凭借青春的热情和创造活力,他们的两个半天演出(5月28日、29日)将上海复旦大学相辉堂变成了临时的狂欢场所,吸引了包括新加坡驻上海副总领事颜呈吉、上海京昆艺术中心普及推广部主任赵春燕;上海京剧院副院长单跃进、上海戏剧学院孙惠柱副院长、浙江大学人文学院廖可斌副院长、上海师范大学翁敏华教授等在内的一批官员和戏曲专家。

在演出结束后召开的小型学术研讨会上,新加坡国立大学艺术剧团的导演沈广仁教授现身说法,道出了他改编这部中国古代戏曲经典的初衷。他说,中国古典戏曲的特点是"按谱填词",元代或明代的戏曲都是按照当时流行的曲谱来填词的。但这些曲调对于当代人已经非常陌生,很难引起共鸣了,因此,需要作一些创新,这就是加入流行音乐元素。选择好听的流行音乐曲调,依谱填词,能激发情感,带来一种怀

旧感,且能引发观众联想到这些曲调背后的潜台词。

对于这种尝试,在场的戏曲专家作了充分肯定。上海戏剧学院副院长孙惠柱教授率先发言,"为业余一辩",认为目前的戏曲之所以不景气,就是因为太精致、太小众,自我封闭,失去了观众,尤其是年轻一代的观众。而新加坡国立大学版《西厢记》的演出,之所以能受到本国上至总统下至百姓的追捧,就是因为它较好地解决了经典与现代、传统与创新的关系。上海师范大学的翁敏华教授认为,"依声填词"是古代文艺参与现代生活的途径。原曲如飞机,我们的心曲不可能长出翅膀,或另造飞机,但完全可以借助现成的飞机。在此,我更愿意将"依声填词"或"按谱填词"上升到学理层面,套用一个文论术语,这种做法能够在观众的理念中形成"文本间性",或"超文本"链接,从而"播撒"了意义,扩充了戏剧的容量。

当然,英文版《西厢记》远不是完美无缺的。有些地方还是值得进一步推敲。比如第二十八出"月下佳期",我觉得,有些细节动作的设计就显得有点"过"了。张生用 Eric Clapton 的 "Wonderful Tonight" 的曲调唱"上马娇":

> A golden hairpin slips to her nape; 云鬓仿佛坠金钗
> Loosening hair curls, a cloudy drape. 偏宜狄髻儿歪
> Why are so many buttons on her cape? 我将这纽扣儿松
> Why are so many buttons on her cape? 我将这纽扣儿松
> Is this the wrap to untie her shape? 把缕带儿解
> Or is her fragrance sealed under that tape? 兰麝散幽斋
> My little tease may aim a jape—— 不良会把人禁害
> She turns away as if fighting a rape. 欸怎不肯回过脸儿来

应该说,这一段翻译得非常传神,尤其是第三句把原文中的描述句改译为问句,表面上看来是"背叛",实际上是更加忠实地把张生彼时

彼刻的急切心理表现出来了。但是,正所谓"成也萧何,败也萧何"。在实际演出中,导演让扮演张生的演员一边唱着这句唱词,一边真的解起了莺莺的纽扣,接着是后者的衣衫飘然而下,全场发出尖叫声……这就落俗套了。众所周知,中国传统戏曲的美感正在于它的假定性和写意性,一旦落到实处,就有点煞风景了。而歌舞版更对这一段大加渲染,将一层层脱衣的过程展示出来,让两个半裸"玉人"在舞台上缠绵不休,完全成了好莱坞大片的床上戏。我理解导演的苦衷,为了吸引现代年轻一代观众,不得不动点儿"真格",但其实,这一段完全可以设计成更加优雅的舞蹈,使人产生丰富联想。引用一句罗兰·巴特的名言:"衣领的开口处,不正是最动人的地方吗"?导演的老同学,翁敏华教授同意我的观点,戏说:"'意淫'尚未成功,同志仍需努力"。

不管怎样,我认为,新加坡国立大学学生艺术团演出的音乐剧《西厢记》是一个成功的尝试,它不光是一场演出,更是一个值得研究的文化现象。从后殖民批评的角度看,它显示了"边缘的活力"。众所周知,新加坡原是英国殖民地,是马来原住民与英人、华人及其他种族的杂居之地,不同种族、传统和语言互相之间形成一种杂交文化。这次参加演出的大学生有来自加拿大的、华族的、印度族的、马来族的,以及混血的,他们与各自的传统文化之根的联系若即若离,这是处在单一文化传统中的民族所无法拥有的有利条件。因此,无论是导演还是演员,都没有因袭的负担,可以随心所欲地实验和创新,表现自己的创造活力和激情。正是在这种生气勃勃的创新、戏耍过程中,古老的中国经典借助流行文化走进了当代人的心灵。说句老掉牙的话,爱情是永恒的。无论什么时代、什么民族,年轻人总是要相爱的,而爱情也总是会受到来自时代的、社会的、道德的等种种外部的或内部原因的阻碍,因此全剧结尾和着歌剧《猫》中"Memory"的曲调唱出的这段曲子,既具有鲜明的中国特色,又反映了全人类共同的情感:

Where there is a will there is a way, 青霄有路终须到

I vow no-return till Victory Day. 金榜无名誓不归

Being deserted I don't complain, 弃掷今何在
Intimate memories will remain. 当时且自亲
Your eternal love isn't in vain, 还将旧来意
Convenient lovers move into the fast lane. 怜取眼前人

Separation is life's constant pain, 人生长远别
For you only I cry in the rain. 孰与最关情
My love—the zither has made plain, 不遇知音者
In your love—paradise I regain! 谁怜长欢人

经典默剧《安德鲁与多莉尼》

花二百八十元钱看一部戏而不谈论它,有点对不住它,也对不住自己。可要谈它,又无从谈起。

2012年爱丁堡前沿剧展,杭州站演出西班牙经典默剧《安德鲁与多莉尼》。全剧八十多分钟,没有一句台词,甚至没有表情——因为演员都戴了夸张的面具。面具只用于指示年龄,表情是固定的,卡通化的。整场演出,全凭演员的肢体语言,配上灯光、背景音乐和自然音响,如开门、关门、打字等。但就凭这些有限的手段,它演绎了一幕幕悲喜交集的人生,赢得了观众一阵又一阵热烈的掌声。

由于演出过程中不准拍照、录音或摄像,所以只能凭记忆,先用笨拙的语言叙述一下情节:一对老夫妇,老头是个作家,一天到晚在家,用老式打字机写作。老太年轻时是个小有名气的大提琴手,退休后患了老年痴呆症。开始,老两口还不时闹些小矛盾。后来,老太连生活也不能自理了。随着老妻病情的加重,老头慢慢放弃了手头的工作,全力以赴服侍老妻、努力帮她恢复记忆,还承担了洗衣服、打扫卫生间之类的家务杂事。在帮助老妻恢复记忆的过程中,他自己也慢慢回忆起了早年与她一起度过的浪漫时光。于是,这对老夫妻的一生就在过去与现在、回忆与幻想中不断闪回。老太时而清醒,时而糊涂,直至完全失忆,最后去了另一个世界,只留下老头一个独居。之后,老头也去世了,留下一叠手稿,记录了老妻患病后,两人相濡以沫、共同恢复记忆、重温旧情的过程。剧终时,他们的儿子和怀孕的媳妇搬进了父母住过的公寓,于是,新的轮回重新开始。

故事并不复杂,但演出可不简单。因为剧中情感的张力,都是通过一个个哑剧片断段呈现出来的。舌头和面孔完全退出交流领域,全靠肢体动作撑起全剧。比如开场第一个片段——

　　幕启。一个普通家庭的客厅,有两间门分别通向卧室和卫生间,正中是一张写字台。一个年过半百的老头儿,正在用一台老式打字机打字。他打得很快,很熟练,空旷的舞台上,噼里啪啦的声音显得特别清晰。每打完一张,他就得意地自我欣赏一番,把它夹入已经叠得厚厚的一堆稿纸中,接着开始新一页的写作。

　　卧室门开。一个穿睡衣的老太出来。走到舞台前部的一把大提琴旁,坐下,演奏。刚刚拉出第一个音,老头儿就不耐烦地拍了下桌子,然后继续打他的字。老太犹豫了一下,右手拿起弓,左手手指无声地在琴弦上拨弄着。一不小心,又拉出了一个音,老头儿又拍了下桌子,把正在打字的纸揉成一团,扔进身边的垃圾筐,老太再次默然。如此场景重复多次。然后,门铃声响起。老头儿没有理会,埋头打字。老太也没有理会,只管无声地拉琴。门铃声越来越急,老头儿指指房门,示意老太去开,老太则扭头,暗示老头去开。僵持不下,最后还是老太让了步,站起来去开门。然后是儿子进门,老头儿老太分别用手势指点对方,彼此数落对方的不是,同时争相吸引儿子的注意力。老头儿把儿子拉到写字台前,让他看自己的新作。老太则从卧室拿出一件新毛衣,要给儿子试穿。双方争执不下,弄得儿子好不耐烦,挣脱父母,夺门而去——嘭!后台传来一声闷闷的关门声。灯暗……

　　没有能指,也没有所指。动作解构了语言,肢体解构了舌头。一切全靠语言背后的参照物,那三个木偶般的人物的肢体自己演绎,自己活动,慢慢走向各自的命运,脱离了符号的表演呈现出生活的本真。要是德里达还健在,看了此剧,肯定会叹"吾道不孤",把它作为一个解构主义的典型文本。不过,它虽然解构了语言,却没有解构意义。只是这个意义更加纯粹,更加本真,因为它摆脱了传统戏剧对时代背景的描述和人物性格的刻画,表现的只是纯粹意义上的人,以及他所面对的最基本的生存问题,生、老、病、死、欲以及相关的感觉、情绪和动作。就此而言,它与存在主义精神不谋而合。我想,萨特的在天之灵,看了该剧,肯定也会欢喜不已。至于我本人的观感,首先是无语,实在要说,只能戏仿一下莎翁《麦克白》中的一段台词,"熄灭了吧,熄灭了吧,短促的烛光。人生只是三个行走的影子,三个高明的演员。它登场片刻,便无声退场。没有喧哗和骚动,却充满了意义。"

令人难以置信的是,谢幕时,三个影子演员卸掉了丑陋的卡通面具,哇!居然是三位年轻人。一位卡门般漂亮的西班牙美女,两位唐璜般英俊的西班牙青年。想起他们在台上扮演的那种活灵活现的老态龙钟、步履维艰、痴呆迟缓,怎能不让人拍手叫绝?别人感觉如何我不知道,反正我的手掌是拍疼了。

越剧《大道行吟》观感

血色的舞台背景,映出一些血色的人物造型。接着听到几声女子痛苦的叫喊声。沉寂片刻之后,响亮的婴儿啼哭声冲破了黎明。圣人孔子诞生了。

这是越剧《大道行吟》的开头。应该说,这个开头开得很好。具有某种神圣性,使人联想到《新约》中耶稣的降生。

然而,接下来,孔子的亮相却不能令人满意。一出场就是一个白髯飘拂的智者形象,很难使观众把刚刚听到的啼哭声与这位圣人联系起来。

再接下来的场面更难以令人信服。由于没有吃到鲁君的一盘祭肉,孔子愤然离开了鲁国,开始了他的周游列国,"惶惶然如丧家犬"的艰难历程。整个戏剧的情节建立在这么一个薄弱的基础上,似乎有点不可思议。借用一句刻薄的流行词,这是"一盘祭肉引发的流亡案"。

话说回来,这个情节的设计是富有历史想象力的,只不过挖得不够深。戏剧人物行动的动机及其逻辑是戏剧的精髓,也是它之所以能够说服观众入"戏"的关键。其实,完全可以从祭肉这个细节着手,通过孔子与其学生的对话和唱腔,阐发一下祭肉的重要性,引出礼法、仁政等重要概念,让观众对孔子的动机有较深的同情和理解,为下文情节的展开作好铺垫。

为了吸引现代观众,尤其是年轻一代,应当说,剧作者是下了相当大的功夫的。比如,把南子说成是孔子的"粉丝";让卫国国君故意把孔子的"仁"理解为干果的"仁",说出一连串的"花生仁、核桃仁"等,引发观众席上响起一些笑声。但这些笑声起到的效果是什么呢？除了纯粹的搞笑之外,除了让现代观众嘲笑孔子的迂腐,从而冲淡了剧本应有的悲剧性和崇高感之外,又有什么呢？

子见南子这场戏,剧作者的本意是让圣人带点人间气息,说明圣人也是血肉之躯,也有七情六欲。但由于没有对人物深层动机作挖掘,使人感觉有点不伦不类,变成了一场搞笑,削弱了孔子的圣人形象和应有的崇高感。

说到悲剧性和崇高感,我认为剧本的结尾处理得很好。尤其是舞台调度和灯光营造出的氛围,使孔子的外在形象得到了升华,而洁白如雪的长袍,以及集中打在他身上的追光,自然形成了一种雕塑般的效果,产生"高山仰止,景行行止"的感觉,还是相当不错的。但由于前面的铺垫不足,未能让主角悲天悯人的伟大人格达到理想的升华效果。

总的来说,这还是一部值得肯定、值得一看的戏,但还很粗糙,需要进一步雕琢。比如,台词引用了《论语》中的许多原话,令一般越剧观众听不懂；优美的唱腔基本没有,很难让台下观众听过瘾。要知道,很大一部分观众到剧场里是来"听"戏,而不是来看戏的。我发现,邻座有几位老婆婆,显然是越剧迷,在抱怨"怎么光对白,没有唱呀"。看到第三场,走人了。

再说点与剧情无关,与孔子有关的感想。

演出过程中,一个强烈的感觉是,孔子太想做官了,"三月无官则惶惶然"。可以说,中国知识分子的"官本位"意识,就是从他那儿产生的,一直延续至今。大道之行,非得靠统治者么？为什么不能像耶稣那样,到民间去传教呢？我觉得,孔子推行的"仁政"之所以找不到"买家",就是因为它根本就是行不通的。国家只能"法治",不能靠统治者发仁心,施仁政。法治本身是无情的,但这个无情恰恰是有情,是仁政。

孔子应该做的工作,是带领他的学生,挨家挨户到民间去传他的仁道。只有民间有了仁爱,充满了仁爱,政治才可能得到改良,世界才会逐渐美好起来。

剧场幻象与后台真相

小说《安娜·卡列尼娜》只有一部,不同的电影改编本却各有各的招数。

2012年版《安娜》的成功之处,在于抓住了托翁这部小说的精髓,又大胆地运用全新的电影语言作出新的阐释。观看后我觉得,新版最有创意的一点,是在电影中大胆采用了戏剧的"间离效果",打破了电影艺术"逼真"的幻象,让观众在观影过程中,不断在台前与幕后,感觉与理性,震惊与迷惑,沉醉与清醒间来回穿梭。

导演将全片背景设置在一个宏大的剧场中。浮华、奢侈和喧嚣的剧场,既是现实中19世纪俄国上流社会的真实写照,也暗示了沉迷于其中的角色的生活的虚假性。无论是严肃堂皇的行政事务,还是爱情、赛马、观剧、赌博等业余消遣,一切都是表演,一切都是作秀。影片突出了这一点,完全符合托翁借安娜之口说出的愤激之言:"一切都是虚伪,一切全是欺骗!"

印象特别深刻的一个镜头是赛马场面。导演采用了现实与戏剧两个场景互相切换的手法。开头是熙熙攘攘的赛马场,人们喧嚷的喧嚷,下注的下注,打赌的打赌。随后是骑手们鱼贯进入赛场。之后华丽的幕布垂下,现实场景切换为一个巨大的剧场。台上骏马飞奔,骑手挥鞭;台下喧声雷动,目光闪烁。忽然,随着一声巨大的震动,沃伦斯基连人带马栽倒,从舞台上滚了下来,倒在前排观众席上。之后,是安娜突然起立,大叫一声"阿历克赛"。接下来发生的事情,读过小说的观众都知道了。

与剧场相关的另一重要隐喻,是长柄眼镜。这是贵族上流社会人士的必备之物。它的功能与其说是为了看戏,不如说是为了看人,更准确地说,是为了满足既看人、又被人看的欲望。这符合张爱玲对"社交"的定义——一些打扮体面的人,来到一个体面的地方,看人和被人看,这就是社交。影片中不断出现贵妇人手持长柄眼镜,转来转去寻找"猎物"的镜头。而安娜最无法忍受的,就是成为别人观看和谈论的对象。正是这种来自他者(她者)的远距离的凝视和近距离的讽刺,最终要了她的命。

剧场既有前景,也有后台。新版《安娜》的创新之处,不仅在于显示了前景的华丽演出,也揭示了后台的凌乱和肮脏——错综复杂,用于上升下降的绳梯;躲在幕布背后,等待上场的无语的演员们;以及奄奄一息,挣扎于底层的卑微的生命……通过后台的隐喻,虚假的人生得以揭露,生命真正的意义得以彰显。

剧场创意从何而来?我觉得,除了导演对托翁思想的精准理解,对俄国乃至欧洲上流社会本质的把握,或许还可以追溯到英国自身的文学、哲学传统。莎士比亚在《亨利四世》中早就说过,"全世界是一个舞台,人人都在演戏,人人都有上场的机会,也有下场的时候"。与莎翁同一时代的哲学家培根,从另一角度对剧场作了阐释。他在《新工具论》中提出,影响人类认知能力的主要有四种幻象,分别是种族幻象、洞穴幻象、市场幻象和剧场幻象。培根用"剧场幻象"这个词指称各种哲学学说或神学体系,它们或出于诡辩,或出于经验,或出于迷信,但被哲学家或神学家搬演得像戏剧演出一样,令人沉迷其中而不能自拔。

导演借用了剧场幻象的隐喻,在新版《安娜》作了新的发挥。19世纪的上流社会就是一个永不落幕的假面舞会,人们沉迷于剧场幻象中不能自拔,把幻象当现实,认虚假为真理。整部影片中,打破剧场幻象,最终毅然决然地走出剧场,并彻底与之决裂的,只有两个人,一个是安娜,还有一个是列文。不过在我看来,安娜虽然看清了剧场幻象,但一直在前台活动,从来没有到过后台,窥见过真实的生活。她对真爱的追求虽然值得肯定,但始终没有摆脱剧场幻象。即使在告别上流社会,与沃伦斯基同居后,她内心渴望的,还是有朝一日能重返剧场,出色地表演自己的角色。她与沃伦斯基的矛盾主要也因此而引发,所以,她对剧场幻象的认识是有限的,托翁给她的结局只能是自杀。

与之相比,作为托翁化身的列文,对剧场幻象的认识则更为清醒,决裂也更加彻底。因为他不光到过前台,也到过后台。影片多次出现他从华丽的舞台前景,通过绳梯下到后台,进入肮脏凌乱的底层,看望他病中的哥哥的镜头。正是在前景与后台、上层与下层的象征性切换中,列文得到人生启示,认识到人生的真理,不是在虚假华丽的剧场,而是在广阔的俄罗斯大草原、质朴的乡村工作和温馨的家庭生活中。

对于生活在后现代网络社会、沉溺于虚拟生活中的人们,新版《安娜》对托翁精神的新阐释,无疑既是一个警示,也是一个启示。后现代资本制造出的消费社会,就是一个永不落幕的大秀场和一部自我导演的肥皂剧。多少人沉迷于剧场幻象中不能自拔,演出或大或小,或悲或喜,亦悲亦喜的戏剧?有多少人能像列文那样毅然决然地与之告别,走向真实的人生?

《闻香识女人》

《闻香识女人》("Scent of a Woman"),直译为"女人的香味"。片名很刺激,很能吸引人,尤其是男人的遐想,其实与女人关系不大,而主要是与男人,尤其是成年男人有关。

坐落在波士顿的贵族中学布莱德学校出了一件事。几个学生精心策划了一场恶作剧,让校长连人带车(这可是董事会新买来供校长使用的名车哦)淋了一大桶油漆。气急败坏的校长把两位目击该恶作剧准备过程的学生叫去,严肃查问。两位学生之一的查理,来自俄勒冈一个贫困家庭,靠自己的奋斗获得国家奖学金进了名校。校长单独找他谈话,晓以利害,暗示自己有权推荐优秀学生免费进哈佛大学。如果查理配合,这个名额就是他的。但查理不为所动,并与另一目击的同学约定,决不出卖哥们儿,不告诉自己的父母。

感恩节周末,查理找了一份工作,服侍双目失明的退伍军官弗兰克中校。由于长期生活在黑暗中,中校变得性格孤僻,脾气暴躁。他对生活已经绝望,决定借感恩节外出游逛,好好享受一番人生,之后就开枪打破自己的脑袋。他要查理做的工作就是陪他一起游戏人生。

之后,我们看到的就是一个类似魔鬼带领浮士德周游世界的缩编版。加长的林肯牌轿车,带着两个男人,一个是正在成长中的十七岁中学生查理,一个是上了年纪、已对生活不抱任何希望的中校,一路狂奔,去了纽约。

一路上,中校挥金如土,尽情游戏。长期生活在黑暗中,使中校的嗅觉变得极其敏锐。他能凭借飘来的气味,辨识出香水或香皂的牌子,甚至能够猜出抹用该香水的女人头发的颜色。在查理这个淳朴少年的陪伴下，他仿佛又回到了自己的年轻时代。跳舞，饮酒，品女人，甚至冒险开法拉利跑车，差一点弄得人车俱毁。

查理在陪伴中校的过程中，内心始终不安。一方面，他担心自己的前程会因不肯告发同学而断送。另一方面，他又担心他的雇主即中校不知何时会因玩够人生而自杀。他在旅途中不时给另一目击同学打电话，以确认他的承诺是否有变。同时，他也不断劝告中校不要自暴自弃。在中校举枪自杀的紧急关头，他不顾自身安危，拼力救下了中校。两人度过愉快的周末后平安返回波士顿。

但接着查理面临了一场严重的考验。回校后，校长召开了全校大会。两位少年坐在类似法庭的被告席位置，接受了学校纪律委员会的公开质询。另一位同学在自己父亲的逼迫下，面对校长的再度询问，说出了三个恶作剧者的名字，但又说自己没看清，并告发说查理比他离得更近，看得更清楚。

接着轮到查理被询问了。查理说，"我看见了，但是我不能说"。校长对此暴跳如雷，要求纪律委员会对查理作出严肃处理。

这时，人群中起了一阵骚动。原来是法兰克中校上台来了。他自称受查理父母的委托来为查理辩护，并站在查理旁边，发表了一段精彩的演说：

> 布莱德学校号称培养精英领袖人物的名校。历史上出过两位总统。可现在居然公开要求它的学生为了自己的前程而互相告密。这是对灵魂的最大伤害。灵魂不可能有假肢。要培养真正的精英和领袖人物，首先就应该培养诚实。而查理是诚实的，他坚守了自己的诺言，坚守了道德底线——诚实，这正是未来领袖人物所需要的最基本的素质。

台下一片掌声。校长拼命敲槌试图阻止也无济于事。

随后,学校纪律委员会公布了他们的决定。纪律委员会认为,事情很清楚,没有必要开会讨论了。对参与恶作剧的三位同学给予处分,告密的同学既不表扬也不批评,而查理则被宣布无任何过错。

　　又是一片掌声和欢呼声。散场后,查理的一位女教师来到中校身边,向他表示敬意。中校闻出了她的香水牌子,并猜出她的头发是棕色的。电影至此戛然而至,使人回味无穷。

　　两类少年,两类成人,两种灵魂。

　　查理出身贫寒,但本质淳朴,灵魂洁白,宁可放弃就读名校的机会而回到俄勒冈老家;而他的那位同学,虽然出身名门,但灵魂已被包括他的父亲在内的成人扭曲变形。

　　中校虽然生活在黑暗中,游离于主流价值观之外,但他的灵魂是清白的,透明的,他活得潇洒,活得真实,知道什么是人生中最重要的。布莱德学校的校长道貌岸然,正襟危坐,但他的灵魂是黑暗的,对学生恶作剧的处理暴露出他的灵魂的全部丑陋。

　　谁说美国这个资本主义国家就不进行思想教育?人家进行的是最根本的灵魂教育:如何做人,如何守住人生的道德底线,承诺了的事就不能反悔。一个人不能无耻到为了自己的前程而出卖自己的朋友。少年人的恶作剧不可怕,可怕的是成人利用手中的权力唆使少年人互相揭发、告密,这才是对人的灵魂的真正腐化。

　　但电影也没有一味鼓励大家讲无原则的哥们义气。该颂扬的要颂扬,该处罚的还是要处罚。关键的一点是,能否在任何场合下都坚持做到诚实,像查理那样目光坚定地直视校长,说出:

　　"我看见了,但我不能说。"

黑泽明影评二则

1.《梦》

在网上看黑泽明的《梦》时,自己正在发烧,体温达到38.9度。恍恍惚惚的状态正与影片中的梦境互相配合,达到了出神入化的境界,实实在在地做了一次黑泽明的"发烧友"。不知是我在读黑氏做的梦,还是梦见自己在做梦。

一个穿和服的少年偷偷溜出家门,进入了屋后的森林。他好奇心重,正像你一样,总是对神秘的东西怀着一种不可遏止的兴趣。透过树缝,果然看到了不可思议的奇迹——狐狸娶亲。那些似人非人、似狐非狐的生灵,排成庄严的队列,行进着,跳跃着,从你的身边过去了。然后小男孩回家了。妈妈不让他进屋。因为她已经知道,儿子看到了不该看到的东西。一只狐狸来过了,留下一件礼物———一把刀。这意味着他只有自杀谢罪;或者,走到彩虹尽头,向狐狸道歉,请求它们的原谅。于是,你出发了。油茶花、田野、远山,之后,你看到了彩虹,那么完整的、圆圆的彩虹,眼前一片炫目的光明。

另一个梦开始了。此时,你已成长为一个青年,胡子拉碴,穿一身退伍士兵的服装。仿佛是在幽冥,眼前一片昏黄。你漫无目标地走着,忽然发现自己进入了一个隧道。黑洞洞的口大张着。你在黑暗中走着。传来了狼嗥声。火红色的皮毛在黑暗中闪动。它向你狂吠着。你不为所动。狼隐退了。之后,传来了人的脚步声,发出空洞、幽深、恐怖的回声。你退缩了。他出现了。一个士兵。一身戎装。面容苍白。他向你敬礼,说是你手下的中士。你想起来了。确有此人,但他早已战死。你告诉他这个事实。但他不承认自己已经死亡,还在等待你的指令。你只好命令他后退。接着,传来了更多的脚步声。整齐、划一、铿锵有力。全都是一身戎装,面容苍白,表情严肃。在你面前立定。"第三小队全体士兵前来报到。"你告诉他们第三小队全部战死了,"只留下我一个。我对不起你们"。你下跪了。但他们不为所动,还是站着等候你的指令。无奈之下,你只得发布命令。"全体向后转,开步走"。脚步声渐渐远去。

又一个梦。在美术馆里。一个艺术家背对我们,欣赏着梵·高的作品。一幅接着一幅——《星空》《向日葵》《房间》《麦田上的乌鸦》《运河上的桥》。之后,你真的进入了运河上的桥。桥边有一些妇女在洗衣服。你向她们打听,知道梵·高住哪儿吗?她们知道,但告诫你,那是一个疯子,可要当心哪。说完,全体开怀大笑。然后,你穿越一幅又一幅梵·高的画作,终于在金黄的麦田里找到了他。他站在那儿,头戴草帽,两颊包着白布。手持画板,正在画速写。你们交谈了几句。他告诉你,他刚刚割掉了自己的耳朵。之后,他向麦田深处走去。渐渐隐没。之后,出现梵·高作品《麦田上的乌鸦》。画面化为真实的麦田,一大群乌鸦仿佛黑色的幽灵叫唤着,腾跃而起。

另一个梦又开始了。现在你成了一名登山队员。带领着全队在翻越雪山。漫天大雪,让你们迷路了。你们又饥又累。已经到了生命的极限。眼前一片昏暗。有人出现了幻觉。有人睡着了。你拼命拉他们。千万不要睡着,否则会死去的!哪怕没有路,也要往前走。沉重的背囊。冰冻的雪峰。遥遥无期的折磨,没有希望的前景。但还是要挺住。一步一步。艰难地行进。眼前出现了幻觉。一个女人,长发飞扬。出现在你的身边。那飘扬的真的是营地的旗帜吗?不错。正是。白白的帐篷在幽暗的背景上显得尤为夺目。啊,我们终于到家了!

又一个梦。富士山变成一座活火山。血色弥漫。蘑菇云不断升起。爆炸。闪光。人群在逃离。一片乱象。你也在其中。究竟发生了什么。他们说,六个核反应堆泄漏了。人类的末日来临了。一片虚无。

接下来的梦境。你来到了地狱或炼狱。好像经历了核子战后的世界。荒原上开着恶之花,畸形的植物。你遇见了一个食人魔,与他进行了一番对话。他说他原是个农民,为维持价格,曾把整桶牛奶倒入海中,用推土机将玉米和包心菜埋入地下。如今他来到这里,变成了食人魔。头上长了角,过着生不如死的生活。在他的引导下,你看到了更多的食人魔。猩红的洼地中,一大批食人魔躺在那儿,挣扎着,呼喊着,嚎叫着,他们活着受罪、受苦,想死又不能,脱离了一切超生的希望。之后,他忽然来抓你,想让你也变得和他一样。于是,你赶紧夺路而逃。梦境在惊恐中结束。

另一个梦。流水潺潺。水车转动着。传来鸟鸣声。你背着旅行包,走在一座古朴简陋的木桥上。过来一些孩子,他们采摘一些鲜花,放在村口的一块石头上,蹦蹦跳跳着离开了。你看到一位修水车的老人。你们之间展开了一场交谈。他和其他村民一样,都是按照自然法则而生活的村民。除了最基本的生活必需品之外,他们没有任何别的东西。甚至没有电灯。你问他晚上很黑怎么办。他说,晚上本来就是黑的嘛。我不喜欢晚上亮得如同白昼,让星星都不见了。远远传来了欢快的音乐性。有什么庆典吗？是葬礼。一个人按照自然的法则生活了,回归了,这难道不值得欢庆吗？老人说,我也要去参加这个葬礼。死者是我的初恋情人呢。说完,放下手中的活,进屋换了一套新衣,在路边采摘了一些鲜花。音乐声越来越响了。行进中的人们面目渐渐清晰。人人喜笑颜开。孩子们跑在前头,不断跳跃着。老人手持鲜花加入了葬礼行列。只有你一个人站在村头,眼看他们从你身边走过。你不属于这个村,不属于这个世外桃源。你是个永恒的流放者,一个浪人。就像那个被埋葬在村口的浪人一样。于是,你也采摘了一捧鲜花,放在村口的那块石头上。然后,踏上了归程。水声潺潺。水草在流水的冲击下不断变幻着它们的形态。

梦境结束了。但我的烧还未退。

2.《生之欲》

如果说看黑泽明的《梦》类似读但丁的《神曲》,是一次精神的自我历炼和超越,那么看他的《生之欲》则如同实实在在地进了一次炼狱,给你的感觉是震惊、震撼和醒觉。

一个名叫渡边的公务员,在市政厅干了整整三十年,总算熬到一个市民科科长的职位。为了保住这个职位,他不求有功,但求无过。每天的工作按部就班,毫无创造性——无休无止地收发、传阅、签署文件,无休无止地应付市民的抱怨和上诉。一天,他忽觉胸口疼痛难忍,不得已,三十年来第一次缺勤,去医院检查身体,才知道自己已经患上了胰腺癌,而且是晚期。来日无多。欲哭无泪。妻子早已死去。一个男人含辛茹苦,把儿子培养成人。如今,黑暗的死亡向他洞开了大口。他一人上了高级酒吧,点了最高级的酒。之后醉醺醺地出了门,差一点撞在一辆疾驰而过的小车上。幸好,无大碍。撞他的司机是车行老板,为人热情、直爽,请他去他的车行喝酒。两人聊得很投机。渡边说出了自己的隐痛。并问这位刚认识的朋友,是否有办法帮他用掉三十年来积蓄的五百万元钱。这有何难。车行老板说,我让你过一夜快活似神仙的生活。

于是,浮士德-梅菲斯特的主题再现了。一夜间,车行老板带领渡边走遍了这个城市最最刺激的场所,让他见识了人妖表演、脱衣舞、轮盘赌……。但这一切都没能使渡边避开那个隐痛——生命的终极。他甚至笑不出来。最后,还是一个人进了酒吧,静静地喝酒。在酒吧乐师的启发下,他用苍凉的声音,唱起了一首江户时代的民歌:"生命如此短暂,少女们,恋爱吧。"之后,他与车行老板告别,回家了。

在车站,他碰到了他的手下,同在市民科工作的一位姑娘。年轻、富有活力的她早就忍受不住市民科那种枯燥乏味、千篇一律的生活。这几天来她一直在找他。向他递交了辞职报告后,她进了一家玩具厂当了一名普通的工人。尽管工作很累,很辛苦,但她觉得好开心。因为,她每做一只玩具熊,就能感觉到与全日本的孩子在一起。

姑娘的青春、活力、对生命的态度感染了渡边。既然来日无多,何不在有生之年多做点有意义的事?于是,他回到自己离开了十几天的市民科,全身心地投入了工作。渡边重新上班后做的第一件,也是最后一件事,就是处理拖了几年而没有解决的一件议案,将某小区边的垃圾场改造为儿童乐园。渡边以令人难以置信的精力和热情投入了这项在别人看来不可能的任务。从清理垃圾,疏通关节,上访市长,一直到方案审批,工程施工,材料购置,他都全程参与了,从不推诿,从不放弃。终于,他成功了。儿童乐园建成了。建成当天,渡边离开了这个世界。

然而,故事并未就此结束。黑泽明的高明就在于,他关注的不是死去的渡边,而是无数个像没有醒觉之前的渡边那样,浑浑噩噩活着的众生。借助守灵夜的一场戏,黑泽明把生之欲、生命的意义的问题提到了每个观众面前。

守灵夜,渡边的同事们坐在渡边遗像下,一边喝酒,一边聊天,从对渡边的怀念,慢慢发展到争论。争论的焦点是,渡边身上究竟发生了什么?为什么他会像换了个人那样,以那么大的热情忘我地投入工作?或许,他早就知道了自己的病情?

随着同事的回忆,一个个的镜头闪回。渡边在雨中清理垃圾;渡边在市政府各科室中四处奔走;渡边在市长办公室慷慨陈词;渡边在工程现场昏倒。最后两个人的回忆,透露了渡边的隐秘的痛。一位同事说他有一次看到渡边一个人静静地坐着看西下的夕阳,叹道真美呀!之后马上起身工作去了。另一位看到了渡边临死前的最后一个镜头。儿童乐园建成的那一天晚上下着雪,渡边一个人坐在秋千上,轻轻晃荡着,用苍凉的嗓音哼唱着那首古老的民歌:"生命如此短暂,少女们,恋爱吧……"至此,同事们才一致得出了一个准确得惊人的结论,渡边是在得知自己身患绝症的情况下,以常人无法想象的意志,为他的生命画上了如此完美的一个句号。渡边儿子在父亲房间里找到了几张药单,上面写的黑色的笔迹,全是"吗啡",不禁失声痛哭。

  按说,叙事到此,结局应该完满了。如果是中国导演,影片结尾,我们将会看到这样一组镜头,渡边的同事们在渡边精神的感染下,改变了以前互相推诿、不负责任的态度,开始对市民的提议、议案采取积极主动、认真负责的态度,等等。但黑泽明对人性认识的深刻就在于,他并不认为,人性中的恶(自私、懒惰、推诿等)靠一个好人的影响就能在短期内得以改变。人性的变化(如果有这种可能的话)是一项长期的、艰苦的、永无休止的过程。所以,在《生之欲》的结尾,我们看到的是与影片开头如此相似的几个镜头:依然是排队等候的愤怒的市民,依然是打哈欠的公务员,依然是互相推诿的手势和话语,依然是在不同的科室中旅行着的公文……似乎只有一位年轻人有所醒悟。他终于踏上摩托出门,替市民办实事去了——这是否是黑泽明因为不想使人们太绝望,而有意给这个世界留下的一点温暖的亮色呢?

内心革命之路

仅仅从标题来看,《革命之路》这部电影似乎颇具政治意味。但实际上,它与现代汉语概念中的革命—政治并无关系。英语中的revolution来自拉丁文,最初是个天文学术语,指的是宇宙中发生的循环或大转折。用之于人类社会,既可以指政治革命,也可以指内心发生的大转折,或柏拉图意义上的"灵魂的转身"。这种内心革命,就其对人的灵魂的震撼程度而言,一点也不亚于真刀真枪的改朝换代。

故事发生在上世纪50年代的美国。法兰克在一家计算机公司上班,艾帕洛是一个普通的演员。无聊的日常生活消磨了这对中产阶级夫妇的激情,一点点小事就能使两人闹得不可开交。或许买幢大房子,搬个新家能改变一切?于是,他们以分期付款的方式,买下了一幢漂亮的别墅。别墅建在一条名叫"革命之路"的拐弯处,绿树成荫,风景优美,非常适合居住。但最初的新鲜感消失之后,夫妻间的摩擦又开始频频发生。法兰克厌倦了自己枯燥乏味的工作和妻子日复一日的唠叨,暗暗找了一个年轻的女同事作为宣泄激情的出口。艾帕洛看出了丈夫内心的骚动和不安,向他提出,以目前的财力,他们完全可以换一种生活方式,移居到巴黎去,过一种新的富于激情和创造性的生活。法兰克非常兴奋,这不正是他一直向往的吗?他们两人本来就是在巴黎相识并相爱的。于是他向老板提出了辞职,她则开始在家中整理东西。一种"生活在别处"的可能性似乎正在有条不紊的展开。但其实,法兰克一直挣扎在现实与梦想、欲望与灵魂的矛盾之中。恰在此时,妻子意外怀孕了,再加上老板的一再挽留、并给他晋升和加薪的诱惑,法兰克决定放弃移居计划,回原公司上班,继续按部就班的生活。艾帕洛在伤心和绝望之余,自己动手将十二周大的胎儿做掉,并因出血过多而不幸死去。于是,一场酝酿已久的内心革命,就在接近成功的临界点时突然中止。一种几乎已经成形的可能生活与一个几乎已经成形的胎儿,就此双双夭折。

无疑,就内心的强大而言,艾帕洛远远超过了自己的丈夫。但她也不是没有困惑和纠结。在得知丈夫决定放弃移居计划,回到原先的公司,按部就班工作时,她的失望和绝望之情难以言表。在一次聚会上,她主动向丈夫的朋友投怀送抱,在汽车后座上宣泄了自己被压抑的欲望。尽管如此,内心中她还是坚守了自己的底线。当对方说出"我爱你"时,她立马打断他,说不要提这个字。因为她还是深爱着自己的丈夫的,只是恨铁不成钢。

我觉得,导演萨姆·门德斯在处理女主人公实施自杀性堕胎这场戏时,做得特别好,几乎达到了古希腊悲剧"净化"的高度。情感的张力、光影的处理和镜头的运用三者融为一体,堪称一绝。艾帕洛临死前一晚,整个影片的基调是压抑的、阴暗的。她与丈夫大吵一场,离家出走,一直走到幽暗的森林边缘。第二天一早,随着镜头的推移,呈现在观众眼前的居然是一个个明净的画面——透过落地窗射进的阳光,把整个居室照得无比亮堂;收拾得干干净净的客厅和餐厅令人赏心悦目;忙而不乱的厨房中,艾帕洛围着围裙,站在煤气灶前专心做饭,完全是一个快乐而忙碌的主妇模样。但这一切不过是假象,是暴风雨来临前可怕的宁静。

在诧异的丈夫吃了一顿可口的早餐,心满意足地与妻子吻别之后,我们才看到女主人公决绝的眼泪夺眶而出。之后,是一连串仪式化的场面——她轻轻拿起电话机,抽泣着用低沉压抑的声音,吩咐保姆看管好两个孩子。然后,把两块洁白的大浴巾铺在客厅地板上,慢慢地脱下裙子,平躺在上面……接着我们看到一根橡皮管,一滴滴血的渗出,她的求救声,救护车的呼啸声……

出于可能生活与现实生活对比的考虑,影片还安排了另外两个家庭作为陪衬。第一个是带他们看房的房东太太一家。她的儿子因迷恋数学,追求特立独行的生活方式,而被认定为有精神病。她将自己的儿子介绍给新搬来的这一家,希望他们用"正常的"中产阶级生活方式影响自己的儿子。没想到,威勒夫妇的想法居然与自己的儿子如出一辙,也想过一种非正常的另类生活。这使她大失所望。整个影片中,其实只有这个被认为有精神病的儿子才真正理解、欣赏并支持这对夫妇移居巴黎的计划。但在得知男主人最终出于世俗的考虑而放弃其理想追求时,他表现得极为不屑、愤怒和激动,因为他们的梦想其实也代表了他自己的梦想,他不能容忍它就这样被轻易地放弃。他与男主人公的争吵,在促使女主人公下决心自行流产这件事上,起到了推波助澜的作用。某种意义上,我们可以说他是革命的"同路人"。只不过,这个同路人最终还是成了独行侠。

另一个作为陪衬的家庭是与女主人公有过一夜情的那个男人一家。他们堪称中产阶级价值观的楷模:安于现状,安稳生活,安心赚钱,不希望生活中出现任何变化,用政治化术语来讲,他们走的是一条"反革命"道路。这家的女主人在得知威勒夫妇的移居计划时,曾扑在丈夫怀中大哭一场,因为她害怕自己的丈夫也会带她走上同样的离经叛道之路,打破她已安之若素的生活轨道。而在丈夫答应他决不会这么做,之后又获悉威勒夫妇最终也放弃了这个计划时,她又放心地开怀大笑了,因为她觉得在走向世俗之路时,又多了一对同道。

影片的结局颇有意味。威勒夫妇住过的别墅中新搬进来的这一家,恰恰是曾经与法兰克有过暧昧关系的女同事一家。新来者与房东太太一家,以不屑的口吻谈论着旧主人曾经酝酿过的"革命"。而在另一个地方,另一个时间,则是法兰克坐在草地上,看着自己的两个孩子快乐地荡秋千。这位曾经的"革命者"的眼睛是湿润的,目光是迷离的。他是在惋惜,在忏悔,还是依旧在梦想?他在怀念她,那个"革命的先行者"?还是怀念它,那个夭折的婴儿?抑或怀念它,那个曾经一度展开的可能性生活?也许三者兼而有之。或许,他正在拷问着自己的灵魂,你到底要什么?梦想,还是现实?生存,还是生活?可能性,还是现实性?是的,任何时候,任何地方,我们都不缺乏梦想,而是缺乏坚守它的勇气、激情和不屈不挠的毅力。任何时候,任何地方,我们都可以生存下去,但是要过一种真正的生活,则需要一场内心的革命,灵魂的转身,而且要付出很大的代价,有时,甚至是整个生命。

第三辑 说与听

如何做学问：六个关键词

——2014年秋季学期研究生新生开学第一课开场白

首先祝贺大家考入浙大世界文学与比较文学研究所攻读硕博士学位。我知道这个考试非常不容易，曾有考生统计过，说是考取本所博士，大约平均需考三点八次，硕士大约是六到八人中取一名。可见大家的智商都非常高，情商应该也不低。可今天我要提出另一个商，就是"志商"。这个概念是我发明的，版权在我，违者必究。呵呵！今天我就从这个关键词说起。

什么是志商？英语可译作 will quality，缩写为 WQ，对应于 IQ 和 EQ。它很难被量化，或许以后科学发达了能够测量出来。但它是确实存在，可以被我们感觉到的。志商之志，首先指的是野心。在汉语中，这个词是贬义词，但在英语中，ambition 是中性的，指的是人的一种意志，一定要做成某事、做好某事的意志。有了意志之后，自然会去谋划，动脑筋，想办法，智商低一点没关系。古往今来，无论什么行业，凡成功者，主要靠的不是智商或情商，而是志商，即一定要做成功某事的野心、决心和信心。你们现在刚刚考上浙大，还处在高度兴奋期，过了这个阶段之后，孤独和寂寞就要来了，学习是辛苦的，写论文更辛苦。这时智商和情商都很难帮助你，唯有意志和坚守。所以，志商的第二层意思就是要坚守——insist。要 hold 住，要经历一个脱胎换骨的过程，只有熬过去，你才能成功。

我想说的第二个关键词是 study，这个词来自拉丁语 studium，它最初的意思并不是学习和研究，而是"热情"（enthusiasm），之后衍生出

"应用"(application)、"喜爱"(fondness)、"感情"(affection)等含义;最后一层意思才是"研究"(study)和"文学作品"(literary work)。前不久我看了一位法国历史学家写的《试谈另一个中世纪——西方的时间、劳动和文化》,书中讲到,中世纪向近代转型的时候,有一些骑士出身的人,选择了进大学,自甘清贫做一个学者,这些人就是现代知识分子的雏形,他们关注的是超越个人的、全人类的命运,戏仿一下网络语言,可以说他们是"吃地沟油的命,操全宇宙的心",但选择这种职业并非因为外在的强迫,而是出于他们内心的召唤。所以,它是一种激情,一种喜爱。我想,在座的既然已经进入研究生阶段,那么你们在某种程度上已经放弃了,至少是暂时放弃了世俗的诱惑,选择以读书为乐,甚至以读书为职业(对博士生来说)的生活,全身心地、充满激情地,以学术研究和探索作为你们安身立命之地。

与此相关的第三个关键词也来自拉丁文——quare,与询问、好奇有关。英语中的动词"寻求"(quest)和名词"问题"(question),都是从这个词中演化出来的。做学问一定要保持好奇心,不相信现成结论,对任何现成的结论都要寻根究底,问一个为什么。只有这样,才能不为假象所迷惑,才能发现真理。英国哲学家培根说过,阻碍人认识真理的有四种幻象(vision)。第一是族类幻象,人往往从自己主观的好恶出发来看待事物,合自己意的就接受,不合意的就摒弃。第二是洞穴幻象,每个人都被封闭在个人狭窄的偏见、成见或前见中,看不见洞穴外的真实世界。这个概念柏拉图也说过,他在《理想国》中讲了一个寓言,说是有一群奴隶,生来就被缚住了手脚,只能面朝对面的墙壁。他们的背后有一条高起的小路,路上有一群奴隶劳作着,这群奴隶的背后有一堆火,火光把劳作的奴隶的影子投射在墙壁上,那些坐着的奴隶以为影子就是真人。柏拉图认为常人对世界的看法就像被关在洞穴里,误把影像世界当现实世界的奴隶。这个隐喻现在有了新的含义,我们每个人每天面对的黑屏(电脑、手机)就是洞穴,把我们封闭起来了。培根说的第三个幻象是市场幻象,人们用语言和概念来进行交换,但这些概念都未经理性检验过,大多有名无实,而市场上的人们一无所知,拿这些概念互相交换,结果是在与抽象虚幻的东西,而不是与实在的事物打交道。第四个幻象是剧场幻象,指的是一些哲学理论,这些理念的构建者们通过各种戏剧化的方式,来兜售自己的理论,蒙蔽观众,让他们相信自己的理念。培根最后的结论是,人只有彻底摒弃这四种幻象,在理性的科学的工具指导下,才能获得真知,并将这些知识造福于人类,所以,知识就是力量。

我想说的第四个关键词是"理论"(theory)。这个词来自希腊语,原意是观剧。大家知道,古代雅典每年有戏剧节,期间会邀请一些别的城邦的人来观剧,听他们的意见和评判,后来从这个词的本义发展出"理论"一词。可见,理论本来不是枯燥的抽象的体系,而是一种生动的观照,一种理论就是一种观照方式。理论的发展史和更替史,就是人类对世界的认识的视角不断更新的历史。进入研究所学习,就是要把平时感觉到的、感悟到的,上升到理论的水平,知其然,也知其所以然。不能再停留在素朴的天真的阶段。就我们这个学科而言,就是要从文艺范儿,提升到学术层次。这样才能从现象中看到本质,进而更深刻地理解文学的微妙之处。举一个例子,以前有个洗衣机的品牌叫小天鹅,它的广告词是有了小天鹅洗衣机,老婆洗衣就可以不辛苦了。这个广告看起来很贴心,体现了丈夫对妻子的关爱,但其实预设了一个前提,即洗衣服是女人的事情,男人给女人买洗衣机是恩赐。这就是女性主义理论的批评能力,它透过现象看到了本质。从这个意义上,理论就像望远镜和显微镜,能让我们望得更远,看得更细。

不过,要提醒的一点是,理论同时也像暗夜中的手电筒光,它在照亮了你前行的路的同时,也会遮蔽周围的世界,使我们看不清黑夜中的其他事物。所以,最理想的方法是用多种理论,从不同角度同时照亮一个对象,就像医院手术台上的无影灯,它是经过精心设计的光,投射在病人身上没有任何阴影，甚至连医生的手都不会留下影子，因为只有这样，才能做好一台手术。所以，我们需要学习和掌握多种理论，才不会被某种理论的视野所束缚，为一孔之见所局限。在这门课上，你们会读到许多有趣的理论，看它们是如何打破和颠覆我们习以为常的、安之若素的一些成见、偏见和前见，并促使我们进一步反思的。

我们的上课方式将主要是讨论和对话。"对话"，也是我要讲的第五个关键词。这个词的英语前缀 dia 来自希腊语，意为越过（over、cross），词根 logos 意为词语，逻各斯，道。所以，对话不是简单的日常对话，而是对话者超越各自的自我，互相交换词语和逻各斯，交换对真理之道的认识的一种活动。对话的前提首先是摒弃自己的立场和价值观，全身心地倾听别人的观点，加以理性的分析，然后提出自己的看法。最后双方达到的结果是谁也预想不到的，既不属于你，也不属于我，而是超越了你我的共识。而所谓的真理，按尼采等人的说法，就是大家都同意的观点。由于不同时代的人对事物的看法总是发展变化的，所以人类对真理的探索是永无穷尽的。

最后一个关键词，"共同体"（community）。这个词源出基督教的一个习俗，基督徒们在教堂中分享代表基督身体的那小一片面包——commune，这样，他们就成了同一个团契中的兄弟姐妹。其实共产主义这个词就是从这里发展出来的。今天我借用这个概念想说的是，一门课程，一堂讨论课，就是一个学术共同体，一个临时的乌托邦，这个共同体中的人一律平等，没有高下等级之分。大家相互分享思想成果，就像分享面包和水果一样。同时，这个共同体也是公正的，由于它基本不涉及利益关系，它对你的学术能力做出的评价也是公正的、客观的。相对于外面的社会，这是非常难得的，希望大家在这难得的二年（硕士生），或三五年（博士生）中，把自己培养成一个完整的人，一个有用的人。

亲近经典,亲近生命
——2012年1月17日在杭州师范大学附属中学讲

前不久刚刚买了几本书,其中有一本是哥伦比亚作家加西亚·马尔克斯的演讲集,中译本题目叫做《我不是来演讲的》。这个题目很好,今天我就拿它来作为我的开场白。

我不是来演讲的。我是来跟大家谈心的。虽然我们是两代人,甚至可能还不止两代——因为我的儿子比你们大——但人与人之间的代沟并没有像某些心理学家或社会学家所说的那么深,因为每个成年人身上都有一个少年的影子,而每个少年都有一个成人的梦。德国思想家本雅明说过,每个十五岁的孩子都曾转动过命运的车轮……急切地渴望进入成人的世界。

四十多年前,我曾经像你们一样年轻、迷惘,似乎觉得要追求什么,但又不知道该追求什么,如何去追求,只好在黑暗的青春中瞎摸索。我的一位同龄人说,我们是吃着狼奶长大的。是的,我们出生不久,就经历了"大跃进",父母亲去大炼钢铁,把我们扔在无人照看的托儿所里,使不少人患上恋母或恋父情结。之后是三年自然灾害,青少年普遍营养不良,无论是物质的还是精神的。好不容易安定了几年,1966年,"文革"开始了,我们莫名其妙地被卷了进去,为虚幻的理想挥霍了青春,却被残酷的现实狠狠嘲弄了一番,就像北岛的名诗《履历》中所说:"万岁!我只他妈的喊了一声/胡子就长出来了。"我们尚未意识到青春是怎么回事,就渡过了青春期,或上山下乡,或待业流浪。我属于后者。由于家庭出身问题,小学一毕业我就失学了。在家闲散了几年后,

蒙田的猫

十七岁的我第一次出门,与同伴一起去打工,到萧山某采石场敲石子,报酬视自己的能力浮动,大约每天四毛到五毛钱之间。你们可以想象,这样一个少年,两手空空,脑袋一片空白,前途一片茫然,面对大地天空,毫不夸张地说,真是自杀的念头都有过。

就这样糊里糊涂地过了几年。一个偶然的机会,命运之神来敲门了。我还清楚地记得,那是1976年的某一天,其时我的处境已经好多了,在曹娥江大坝建设工地做描图员,我表弟不知从哪儿搞来了一本禁书,托人带给我。当天晚上,我就借着工棚中昏暗的二十五瓦白炽灯,翻开了这本标题怪怪的书《汉姆莱脱》,随便读了起来(我后来才知道它就是著名的莎剧《哈姆雷特》)。开始只是觉得情节还有点意思,似乎是讲一桩谋杀案的,读到第一幕第三场的时候,一段极富哲理的词句突然跳入我的眼帘——"生存还是毁灭,这是一个值得考虑的问题。默默忍受命运暴虐的毒箭,或是挺身反抗扫它个干净,这两种行为,哪一种更高贵?……"彼时彼刻,我的感觉真可以用一个成语来形容——"五雷轰顶"。是的,我被震撼了,完全彻底地被震撼了。我当时还不明白这本书对于建构我的自我和未来有着怎样的意义,只觉得有一种非常奇妙的感觉和冲动。我想,世界上居然有那么一个人,与我一样,在受着同样的苦,甚至比我还痛苦;在想着同样的事情,而且想得那么深刻,那么透彻,给我那么多的启示。这个姓"莎"名"士比亚"的人是何方神圣?如果有机会,我一定要向他当面请教。请你们原谅我的无知和浅薄。是的,现在小学生都说得出的常识,对我来说,简直就是深奥得不得了的知识。我不知道莎士比亚早已死了几百年,是个英国人;我也不知道英国离中国有多远,在中国的哪一头;除了这位戏剧家以外,英国还有别的哪些作家,等等。尽管如此,从那时起,我就在心里暗暗发誓,如果有可能,我以后要读遍他写的所有的书,因为正是这个人写的这本书给了我一种信心,一种力量,一种希望。那就是,与哈姆雷特相比,我当时吃的苦根本就算不得什么,我的孤独也不是唯一的,世界上还有许多美好的东西在等待着我,去感受,去寻求,去奋斗。

许多年以后,当我已经成为浙江大学的教授,坐在书桌前翻开《莎士比亚全集》,准备向我的学生们讲授《哈姆雷特》的时候,我忽然想到了那个夏天的夜晚,那个令人震撼,使人醒觉,让我获得启蒙的夜晚。命运让我在二十一岁那年,接触到了一本外国文学名著,而且这本名著恰恰是由民国时期浙江大学前身(之江大学)一位中文系学生朱生豪翻译的;表弟借给我读的那一本莎剧作品又恰恰是杭州大学中文系编选的,而杭州大学又正是解放后被分出去的浙江大学的一部分,也就是我现在工作的浙江大学人文学院的前身。于是,我想起了罗伯特·弗罗斯特的诗句,"我们围着圆圈跳舞,秘密就坐在我们中间"。莫非这就是所谓的命运?似乎冥冥中早就安排好,要我到那么一个偏僻的地方去打工,在当时那种极不人道的生存环境中,读到一本极其人道的、文艺复兴时期人文主义的名著,它让我看到了生活的另一面,世界的另一面,让我受其感动和震撼,多年后又让我当了一名专门讲授和研究世界文学的教师,自觉地承担起阅读经典、研究经典、传播经典的任务和使命,包括此时此刻坐在这里,与你们,年轻的朋友们,一起分享我阅读经典的体会。

在座的同学们可能已经猜到,我刚才讲的青少年时代的个人阅读体验,已经部分地解释了"什么是经典?"这个问题。在读《哈姆雷特》之前,我对这个作品、连同它的创作者和时代背景一无所知,但我还是被感动、被震撼了。尽管是第一次读,但我觉得这本书我好像曾经读过,我与那位我一无所知的英国戏剧家似乎神交已久。这就应了当代意大利作家卡尔维诺对经典下的一个定义,"一部经典作品是一本你初读也仿佛重读一样的书"。

在此后的岁月中,出于自己的兴趣和教学科研的需要,我一次又一次地重读这本曾经感动过我的书,每读一次,都有新的收获,这就应了卡尔维诺对经典下的第二个定义,"一部经典作品是你每一次重读都仿佛在初读那样的书"。20世纪著名的英国女作家家弗吉尼亚·伍尔夫每年都要重读《哈姆雷特》，并告诫自己将读后感记下。她说"这实际上便是在记录自己的传记，因为一旦我们对生命所知更多时，莎士比亚就会进一步评论我们对世界的理解"。

　　探索个人的阅读经验与人格成长、自我形成的关系，是现代心理学研究的一个重要课题。我们的人生，很大程度上是由阅读建构起来的，因此，读什么？怎么读？并不是一件无足轻重的小事，而是影响个体生命成长发展的大事。下面再谈谈影响我的人生，建构我的自我的另一本外国文学名著——19世纪法国作家司汤达的代表作《红与黑》。这本书可能是进入汉语文化圈的外国文学名著里中译本最多的，我手头搜罗到的就有七八个。据不完全统计，不包括港台，光大陆至少出过十多个译本吧。多年前，我在一次学术会议上，碰到中国社会科学院外国文学研究所的法国文学专家罗新璋先生。在与他谈起《红与黑》这部小说时我告诉他，这本书我读了二十五遍，他听了大为惊讶，说，"我是翻译《红与黑》的，还没有你读的遍数多呢"。说着，马上从他的行李包里掏出一本他翻译的浙江文艺版的《红与黑》送给我，并郑重其事在扉页上题词——"送给国内读《红与黑》最多的德明同志"。

　　这本书为什么让我读这么多遍，其理由连我自己也说不上来，只是觉得越读越有味，尤其是小说主人公于连的命运，深深地打动了我。我曾在不同的时间段中，为这部小说写过好几篇文章，上世纪80年代从存在主义角度写过一篇，后来被我的一位同学收入他翻译的漓江版《红与黑》中作为前言；进入本世纪后，又写过一篇论文，主要从拉康的精神分析角度分析主人公的欲望和叙事的关系。但隐藏在这些学术活动背后的，是我个人成长和发展过程中与《红与黑》有关的两段经历，今天我把这些"隐私"讲出来，不是为了做秀，而是为了让大家明白，经典的阅读对一个生命的影响可以到什么样的程度。

　　第一段是少年时代的。刚才说过，小学毕业之后，我就失学了，成为社会闲散人员。当时我母亲劝我去学木匠,以为谋生之道。母亲的心思我懂,学会一门手艺,到哪儿都能生存。但母亲的建议被我断然拒绝了。我并没有瞧不起木匠这个行当的意思,只是觉得它不适合我,我从内心里感觉到,这不是我要的生活。我应该有更高的追求,虽然当时我根本就不知道,我还有别的什么出路,只是有空就找书读,与爱读书的人交朋友。结果,机遇来了,1977年高考恢复,我怀着忐忑的心理,试着去参加高考,居然侥幸成功了,虽然我考上的不是什么名牌大学,但总算是圆了自己的读书梦,至少向母亲证明了我的决定是对的。多年以后,当我翻开《红与黑》,读到开头第一章的时候,忽然发现小说中有类似的情景。小说主人公于连的父亲要他安分守己做一个木匠,可他就是不愿意像他的父兄那样,一辈子老死家乡,处在社会底层,而是执拗地要追求别样的生活,实现自己的梦想。他以拿破仑为榜样,读他的传记和出征公报,苦修拉丁文,想象着能够凭借自己的才干,实现自己的人生价值。在自我追求半途中,于连受到过多次诱惑,但始终没有放弃自己的人生目标。比如,在修道院苦读期间,他的一位做木材生意的朋友前来看他,劝他放弃学业,与他一起做生意,每年能赚六千到七千法郎,足以过上小康生活了,但于连经过一番内心的激烈斗争之后,还是拒绝了这位朋友的好意,坚持在修道院苦读,并把这种生活视为对自己意志的考验。之后,由于他出色的表现,被修道院院长推荐到巴黎的一位侯爵家里做家庭教师,终于进入了上流社会,部分地实现了自己的理想。

与《红与黑》相关的第二段经历,我甚至都没有跟我的博士生们详细讲过,因为我觉得对他们来说似乎已经价值不大了,但对你们来说,可能会有些借鉴意义。事情是这样的,上世纪80年代,当时我已经大学毕业,留校在母校任教。由于自己学历只是大专,我想深造读研究生,以便更好地适应大学教学这个工作,当然,也是为了实现自我价值。没想到,这样一种在我看来合情合理的要求,却被校方否定了。这倒激发起了我的全部内在力量。我当时正在读《红与黑》,我的所思所想和小说中的主人公一样:现代社会不存在人身依附关系,我是自由的,谁也没有权力阻止一个人追求更好的生活,充分实现自我价值。于是,我毅然决然地向校方提出了辞职。破釜沉舟之后,我感觉一身轻松。当天晚上,我从书架上取下美国诗人惠特曼的《草叶集》,朗读起他的《大路之歌》来——"我轻松愉快地走上大路。我健康,我自由,整个世界展开在我面前……"在前途未卜的情况下,我先临时找了份工作,一面工作,一面复习考研。半年后,我顺利考取了杭州大学中文系世界文学专业硕士研究生,有幸成了著名的翻译家和外国文学研究专家飞白教授的学生,从此,我的人生和学问又上了一层楼。

当然,在此过程中,我也曾面对诱惑,也有过矛盾和纠结,因为那时我已结婚,有了孩子,辞职后没有了经济来源,即使考研成功,也只能拿到微薄的每月四十五元的助学金,生活压力可想而知。我当时临时任职的一家当地报社的总编,劝我不要考研了,还是安心做个记者吧!当地的县委宣传部长甚至承诺,如果我留在报社工作,以后就让我当主编,等等。但是我觉得,如果答应他,就是违背了自己辞职的初衷,也背离了自己的理想和追求。就像《红与黑》中的于连那样,我还是坚持了自己的信念,最终 hold 住了。

回顾自己的道路,我深切地感到,每当人生的转折关头,都是经典给了我力量和信心,教会我如何做人,如何有尊严地生活,活出自己的意义来,哪怕这种奋斗的结局可能并不如你先前想象的那样美好,但至少你追求过了,奋斗过了,你的生活是你自己选择的,而不是随波逐流的,你的人生意义是你自己创造的,不是别人替你规划好的。你可以从自己走过的道路上清楚地看出自己奋斗的印迹。只有这样,当你老了,回首往事(我现在似乎有资格这么说话了),你才可以安然地对自己,对自己的家人和朋友说,我此生无悔。

我谈自己似乎谈得太多了,可能给你们一种我很"自恋"的感觉。

现在转一下话题,从自我转到他者,讲一下经典阅读对我们的道德想象力所起的作用。根据我本人的阅读经验,我觉得经典对人的塑造,最典型地表现为,它在使我们获得个人身份认同的同时,也给予我们一种体验或体悟他人生活的机会,进而更深刻地认识自己,贴近自己的生命,与深层次的自我展开对话。

大家知道,孔子对"仁"下过一个很有名的定义,他说"仁者,二人也",这个定义非常伟大,因为它提出了道德想象的问题。道德是需要想象力的。"仁"的本质就是承认他者的存在,即想象在我之外还有一个他者,并且把他者作为一个像我一样的主体来看待,所谓"己所不欲,勿施于人"。一个想象力弱的人,他的道德情感必定也强不到哪里去。世界上的许多罪恶之所以产生,很大程度上是由于缺乏道德想象力,也就是无法体验他人的生活,无法在自己的意识中形成对他人的"替代性经历",而这种对"替代性经历"的想象正是人类伦理道德的核心。据我所知,现在不少年轻人都很想当做演员。为什么呢?因为他们想得很简单,当演员可以出名啊!这一点无可非议。张爱玲说过,出名要趁早!不过,还有一点,不知大家有没有想过,其实当演员的最大好处不是出名,而是可以比常人经历更多的人生。作为一个普通人,我们每个人只能过一种生活,活出一种性格。但一个优秀的演员,一辈子要演十几个甚至几十个不同的角色,体验十几个甚至几十种不同的人生。想一想,戴着别人的性格面具,突破自我,做另一个我,这多令人羡慕呀!从质上说,他或她等于过了十几辈子。且莫抱怨我们的遗传基因中没有表演素质,也不要抱怨我们的爹妈没有给我们生一副魔鬼身材,其实我们大家还有一条途径,可以获得演员般体验他者生命的机会,这就是通过阅读文学经典,获得"替代性经历"。

说到这里,我想起了 2008 年全球上映的一部电影《生死朗读》。看过这部电影的同学可能知道,它改编自德国作家本哈德·施林克的小说《朗读者》。讲的是一个中年女人与一个少年之间的畸形恋情,但在我看来，作品的主题要深刻得多，实际上，它涉及了我今天讲的主题之一，经典阅读与道德想象力之间的关系。

一个偶然的机会，公交车售票员汉娜，喜欢上了一位名叫米夏的中学生，原因之一是他会朗读，而汉娜是个文盲，但她渴望读书，喜欢听人读文学名著中的片断，从《荷马史诗》到契诃夫。不过汉娜一直向她的情人保守着一个秘密。汉娜年轻时参加过德国法西斯党卫队，曾经奉命负责将三百名犹太人转运到某地去，某天晚上，她将这些犹太人锁进一个教堂。第二天一早，盟军飞机前来轰炸，教堂着火了。按理说，她应该打开教堂大门，让那些犹太人及时逃生。可她手中明明有教堂钥匙，就是不肯开门，结果导致这些犹太人葬身火海，只有一人侥幸逃出。二战结束后，这个幸存者把汉娜及其党卫队的同伙告上法庭。汉娜接受了审判，她没有否认自己的行为，但她坚持认为自己这样做是对的，因为这是在执行上级的命令，是在履行某种职责，所以她并不认为自己有罪。

公正地说，汉娜不是那种献身于邪恶的罪犯，但无可否认，她是一个缺乏思考，不具有判别正邪能力的人。她犯下的是一种"平庸的恶"（banality of evil）。她的人格是不完整、不健全的，她只会机械式地思维，无条件地服从上级的命令，把所谓的恪守职责置于其人生的最高地位，而这种所谓的职责，借用一位美国学者阿伦特的话，"在本质上既没有接受理性的检验，也没有经受良心的拷问，更没有接受更高境界的检验"。从根本上说，汉娜缺乏一种素质，那就是我们前面说过的道德想象力。

幸运的是，汉娜的这种道德缺陷后来得到了弥补，这要归功于她的那位少年情人米夏。在她被判入狱后，米夏没有忘记她，还是不断地把经典名著和自己朗读的录音带（从《奥德赛》《哈克贝利·费恩历险记》到《带叭儿狗的女人》）寄给她，让她享受到文学之美、人性之美、生命之美。从这些录音带中流出来的声音，像潺潺溪水，滋润了她枯萎的内心、僵死的灵魂,她产生了强烈的冲动,要阅读,要写作,要表达。她做到了:通过反复聆听米夏寄给她的录音带,她慢慢学会了阅读,学会了书写,她能够与米夏通信,与他一起谈论文学作品,欣赏、感悟其中的美,慢慢地,她的人性复苏了,她认识到自己犯下了不可宽恕的罪行。于是,就在汉娜临近刑满释放,米夏已经给她找到了一处住所,让她安度晚年的时候,她上吊自杀了。上吊时,她脚上垫了几本厚厚的精装本的文学名著。

发生在汉娜身上的变化,体现了经典阅读和道德想象的力量。由此可见,想象力不仅仅是一般我们所认为的形象思维的能力,它还具有深刻的伦理性。一个能够想象他者存在的人,必然是一个具有移情能力的人。而这种道德想象力,很大程度上是在阅读经典文学作品的过程中培养出来的。

大家知道,任何文学经典都是用语言写就的,所以语言是我们接触经典的第一的,也是唯一的通道。按照19世纪一位英国文化批评家马修·阿诺德的观点,经典就是用"最好的语言表达出来的最好的思想"。这是我们今天谈到的关于经典的第三个定义。前面两个定义主要是从接受者即读者的角度讲的,这个定义则着眼于经典作品本身。当我们打开一部经典作品时,我们首先接触到的就是它的语言。语言如同一道光,它一出现,就照亮了我们人类大脑中的黑暗区域,启发了我们的思考,所以,古人把小孩子第一次上学读书称为"开蒙",也就是启蒙,让人类文明之光照亮混沌未开的头脑。所以,学习阅读,也是通过语言文字触摸古人气息、融入文化传统的过程。但我们要注意,语言也是人类发明的一种很有悖论色彩的交流工具。人们可以拿它来说话,来聊天,来谈恋爱,也可以用它来吵架,来骂人,来说谎。我们当下所处的是一个知识爆炸、信息泛滥的时代,也是一个真实与虚构、谎言与真理互相纠结、互相缠绕的世界。各种各样的媒体信息铺天盖地而来,冲击我们的头脑,使我们莫辨真假、无所适从。不要说正在成长中的青少年,就是成年人也经常受骗上当。所以,养成独立思考的习惯和能力非常重要。而阅读经典就是培养独立思考,走向自我启蒙的第一步。因为经典之所以能够成为经典,代代相传,就因为它从不说谎,只说真理。但大多数情况下,经典说出的真理是非常残酷、非常沉重的。因为经典不是文化快餐,不是轻松的娱乐八卦。阅读经典你必须做好准备,承受生命中不能承受之重(我这里反用一下米兰·昆德拉的话)。经典揭示的真理有时会让你觉得难以接受,但你必须接受。因为只有经过这个痛苦的过程,你才能睁开眼睛,明辨是非,才不会被谎言所欺骗,真正成长为一个大写的人。

同学们,此时此刻你们坐在这里,听我谈经典和阅读,再过几年,你们就要进入高考冲刺阶段,进而面临选择院校、选择专业的纠结,作出影响你一生的决定。当然,高考复习没有必读经典的书目,将来你去求职或深造,用人单位也不会向你提出必读经典的要求。读不读经典,读多少经典,全都是个人的事,就像你今天洗不洗脸、刷不刷牙与别人无关,但我要说,就是洗脸、刷牙之类的文明细节,把人类和猫科动物区别开来。在吃喝拉撒这些形而下的生存活动上,动物和人类基本相似,没有多少差别;但正是形而上的活动,包括阅读诗歌和小说,欣赏音乐和戏剧,使我们获得了人的尊严和美感,最终将人类与动物区别开来了。大猩猩会互相挠痒痒,会繁殖后代,但它们不会写爱情诗;狮群中有王位争夺,狼群中有团队精神,但它们不会表演英雄史诗和悲剧。根据《哈姆雷特》改编的动画片《狮子王》是人写的,不是狮子写的。动物只凭本能行动,它可能会为明天的猎物担忧,但决不会思考诸如"to be, or not to be"之类的哲学问题。我们今后可以选择做一位工程师、科学家、律师和建筑师作为谋生之道,但千万记住,我们的职业只是维持我们生存的手段,而让我们活得有意义、有尊严,使我们成为真正意义上的人的,是诗歌和美感。而经典的文学作品,正好满足了我们心理深层的这种渴求。

在你今后的人生道路上，由于各种各样你能够理解或无法理解的原因，你的追求可能会暂时受挫，你的父母可能会远离你，你的朋友可能会背弃你，你的爱人可能会离开你，金钱可能会出卖你，你从事的职业可能会使你厌倦，但经典永远不会抛弃你，只要你每天静坐一刻，想起它，翻开它，阅读它，阿拉丁的神灯就会被擦亮，奇迹就会产生，诗性和美感就会像精灵般出现在你面前，对你说："主人，有何吩咐？"然后，你就重新获得了力量、尊严和生活的勇气。

亲近经典，亲近生命。愿经典永远伴随你们！

谢谢大家！

后现代赛博空间中人的生存困境
——2011年12月3日在浙江大学竺可桢学院学生会读书沙龙讲

在开始我们的沙龙之前,我想先问大家一个问题,此时此刻,当我们聚集在这里的时候,我们是在梦中,还是在现实中?

许多同学可能认为这个问题提得有点可笑:当然我们是在现实中呀! 但我不这么认为,我认为我们是在梦中。且听我道来。上周四,我收到竺可桢学院团委社科部的邮件,说要搞一个沙龙,希望我能做主讲。于是这个概念就像病毒一样开始在我心中生根、萌芽了,后来越来越强大,直到我再也不得安生。我一直都在考虑怎么讲的问题。我想你们一定也一样,虽然程度会有所不同。学生会提出这个想法以后,这个想法就在同学之间传播开来,你们可能会互相发短信、电子邮件,打电话,呼朋喊友,一起来参与,说是有一个关于《盗梦空间》的电影沙龙。有些同学还没有看过这部电影,可能马上上网去恶补一下,为了上网可能他还不得不下载一些软件,为了下载这个软件,他或她可能还不得不注册一下,不经意间将自己的个人信息传递到了网上,为以后的麻烦埋下了伏笔。我就是这么做的。有些同学已经看过这个电影,但为了参加咱们的这个沙龙,他可能会再去看一遍,期望对它有更多的理解和深层次的解读,等等。在我们从事这一系列的活动的时候,我们实际上已经超越了现实空间,进入了一个可以称之为赛博空间(cyberspace)的超空间或超现实。说到底,我们今天聚集在这里,其实只是为了讨论一个来自好莱坞的电影所建构的虚拟世界,讨论这个虚拟的影像世界中存在的东西,但我们聚集起来这个事实本身就已经是一个梦幻般的超现实。

从这个意义上说,《盗梦空间》是好莱坞这个造梦工厂制造的真正意义上的电影,集中体现了后现代文化的特色,也反映了生活在后现代状况中的人类的困境。顺便说一下,"Inception"的中文译名容易被人误解,我们看过电影就知道,它讲的不是盗梦,而是造梦,给梦。这部电影的主题是关于虚构世界对真实世界的入侵,以及后者对前者的反抗和回归。此外还涉及其他一些与心理学有关的问题,诸如窥视与被窥视,投射与镜像,以及科学的伦理问题。由于时间关系,这里着重谈一下主题。

其实,在西方哲学史、文学史和艺术史上,关于虚拟世界对现实世界的入侵这个问题早已被谈论过,讨论过,实践过,争论过,只不过没有像"Inception"那样采取高科技的手段,把这个观念、这种争论、这种困惑发挥得如此淋漓尽致,如此平易近人,如此贴近我们每个人的生存状态。

古希腊的柏拉图在《理想国》中提出过一个"洞穴幻象"的假设,首先对我们习以为常的现实世界的真实性如何被符号—象征体建构这个问题提出了质疑。他说让我们想象有这样一个洞穴,洞穴中有一些奴隶,他们生来就住在洞穴中,手脚都被捆绑起来了,只能面对洞壁坐着,在他们身后有一条高出于他们座位的道路,有些奴隶行走在这条路上,来来回回地搬运东西,道路后面有一堆火在熊熊燃烧着,将这些干活的奴隶的影子投射到了洞穴的墙壁上。于是,那些面壁坐着的奴隶就把这些影子当作了现实世界。他们无法想象也无从想象,其实,洞穴中还有一条通道,通向外面阳光灿烂的真实世界。

柏拉图提出的这个洞穴幻象,简直就是一个后现代文化的预言,一个电影院或网络空间的原型。当我们坐在电影院里,或电脑屏幕前,沉浸在电影情节或网络游戏中的时候,我们就成了那些面壁而坐的奴隶。长此以往,我们就慢慢混淆了虚拟世界与现实世界的界限,把投影当成了实体,把梦境看作了现实,忘记了外面还有一个阳光灿烂的真实世界。

艺术史上,我要提一个荷兰画家埃舍尔(M. C. Escher)的魔画。上世纪90年代,我初次接触到这位画家的作品,马上就被他吸引住了。他的画非常奇特甚至诡异,超越了我们的空间想象,把不可能的变成了可能的,将虚拟的空间与现实的空间、二维的空间与三维的空间互相交错,渗透和融合。在很多作品中,他让立体空间逃离平面,在另一些作品中,他又试图将立体空间消失在画面上的萌芽阶段。读他的画就像进入迷宫,你分不清从哪里开始,到哪里结束,分不清现实与幻觉的界限在哪里。乍一看来,这些魔画中描绘的空间好像都是有可能存在于现实中的,但仔细一瞧,它们其实都是不合逻辑、不合常理的,完全是画家凭空构想出来的虚拟空间。

文学史上也有这样的例子。此刻我想到的是两位,一位是19世纪初的英国浪漫主义诗人柯勒律治。此人想象力十分丰富,经常靠吸食大麻来维持他的想象力。这一套还真管用。比如,他没有到过中国,却写出了一部以当时元朝的中国为题材的诗歌《忽必烈汗》,只不过写了一半,家里来了一位不速之客,打断了他的构思,于是这个作品就成了一个精神上的"烂尾楼"。又比如,他没有到过南北极,却写出了一部以此为背景的叙事长诗《老水手之歌》。他关于梦的说法更有意思。他说,如果你在梦中到了某个地方,为了防止醒来遗忘,你就在梦中到过的地方折一枝花,作为标记。假如醒来后你发现,梦中见过并折下的那枝花就放在你的床头,你会有何感想?

另一位是阿根廷的小说家博尔赫斯。博尔赫斯的创作将理性与非理性、玄学与逻辑学、深奥神秘的概念与具体单纯的事物融为一体,突出了时间、梦幻、死亡和轮回等主题。他的全部作品就像图书馆一般的迷宫,里面的文本互相交叠、互相缠绕,形成一个自成一体的文本世界。这个世界如同他笔下的"通天塔图书馆"般包罗万象、深邃无比,又像

"小径分叉的花园"般结构精巧、引人入胜,或者说像一个名叫"阿莱夫"的水晶球那样玲珑剔透、自我映射,每个人都可以从中看到世界万物和自我形象。他有许多作品都写到了梦幻世界与现实世界的交融,如《双梦记》等。

顺便说一下,我的确做过一个类似的梦,非常诡异,或许有哪位同学日后成为导演,可以将它作为材料。上个星期天,我所在的小区鱼塘里的水被抽干了,保安员和保洁员穿着雨靴,用扫把、水管连扫带冲,把鱼塘清洗得干干净净,连底下的卵石都一块块清晰可见。

可是,原先养着的那些鱼到哪儿去了呢?当天晚上,我做了一个梦。梦见有两个人,好像是母子俩,往鱼塘里放了三条鱼,都挺大、挺肥的。当然,梦毕竟是梦。早上散步的时候,看到塘水清澈见底。鱼塘里干干净净的,一条鱼也没有。干净,可是没有生机,没有活力。古人说得没错,"水至清则无鱼"。但我好像有种预感,觉得事情不会就这样了结。

又过了一天。早上。好像鬼使神差似的,我忽然有了散步的冲动。路过鱼塘的时候,无意中望了鱼塘一眼。哇!不会看错吧。三条鱼,两大一小,一家人似的,聚集在一起。仔细瞧一下,其中一条是以前见过的,淡黄色的鲤鱼。另外两条,一黑一白,稍稍小一点,几乎与梦中见到的情境一模一样。这就使我想到柯勒律治前面说过的那句诡异的话。现实世界与梦幻世界交融了。鱼似乎从我的梦中跳出来,跃入了池塘。

现在我们从梦幻回到现实(或超现实中来),讨论与"Inception"主题相关的第二个问题,即这个超现实是如何构成的?我们的现实感是如何建构起来的?又是如何被后现代资本摧毁和重构的?

历史地来看,人类对现实的感觉经历了三个阶段。首先是万物有灵论阶段,那时人们相信人与世界万物之间存在着一种互相交融的关系,人的灵魂世界与物质世界之间是可以互相沟通的,梦境与现实也是互相渗透的。这方面最著名的例子就是庄子梦蝶的故事。这个典故出自《庄子·齐物论》。原文是:"昔者庄周梦为蝴蝶,栩栩然蝴蝶也,自喻适志与,不知周也。俄然觉,则戚戚然周也。不知周之梦为蝴蝶与,蝴蝶之梦为周与？周与蝴蝶则必有分矣。此之谓物化。"大意是,以前庄子做梦变成蝴蝶,完全是一只欣然生动的蝴蝶,十分快活适意,全然不知道自己是庄周了。一会儿醒来,才惊讶自己原来是庄周。真不了解到底是庄周做梦变成蝴蝶呢,还是蝴蝶做梦变成了庄周？庄周与蝴蝶一定有分别,这就是所谓的物化,也就是变化同为一体,不分彼此,消除物我差别的境界。

其次是现代性兴起后的阶段。这时两者之间的关系开始断裂,人类开始相信存在着一个不以人的意志为转移的客观世界。这方面在文学史上最著名的例子就是《堂·吉诃德》。堂·吉诃德与风车作战,与羊群作战,以为它们是巨人、阿拉伯军队,是魔法师变来阻碍他这个骑士实现功绩的。但最终,他的幻觉崩溃了,他清醒了过来。于是,现代性意义上的现实感就此建立起来了。这就是我们这一代(你们的父辈和祖父辈)一直认为,并自信地生活于其中的,看得见、摸得着,像水泥房子一样坚实的、不以人的意志为转移的客观现实。顺便说一下。"现实"(reality)与"房地产"(real estate)这两个词"本是同根生",来自拉丁文,都有一个 res 。

第三个阶段,后现代阶段的现实感,就是我们在"Inception"中看到的,也是我们能够时时刻刻感觉到和体验到的。这个现实是由资本用符号—图像构建起来的。电影中,日本的资本与美国的技术专家合谋,为费舍尔的儿子构建了多层梦境,使他相信他的父亲一直对他不满意,认为他很失败,因为他一直没有自己的独立思想和性格,只是亦步亦趋地按照老爸的想法在行事。他只有摆脱父亲的影响,才能成为真正的自己。这些观念都是柯布和他的团队通过他们构建的梦境传播给他的,而整个电影就是在讲柯布和他的团队如何构建梦境,并试图影响小费舍尔,而小费舍尔竭力抵抗这种影响,但最终还是完全被构造出来的梦境所俘虏,乖乖地、自觉地就范于这个梦境。最后,齐藤这个日本大亨实现了他的设想，将一个超级大公司给解体了。老费舍尔放在保险柜里的风车，其实是子虚乌有的，是柯布及其团队创造出来的梦境中的事物，但被小费舍尔当作了现实，认为代表了父亲的意愿，要他走自己的路，自由自在、特立独行，不要受父亲的束缚，但当他这样做的时候，他实际上已经中了齐藤这个日本大亨的圈套。

当然，我们不是柯布，也不是费舍尔，似乎不可能有那样诡异而恐怖的经历，但其实，我们中的每一个人都已经在很大程度上受到后现代资本所构建的符号—图像世界的影响，这个世界的影响力无孔不入，渗透到了我们的生活中，以至于影响和构成，甚至改变了我们的生活。弗洛伊德告诉我们，梦是欲望的变形的实现。在后现代状况下，我们的欲望其实不全是自己的，而是被符号和图像制造出来的，是"他者的欲望"。比如，瘦身、美体这些概念就是如此。现在无论上网还是上街，我们能够看到的最多的符号图像广告是关于如何瘦身、美体的，我所在的小区更加雷人，居然打了这样一个广告，像卖猪肉一样按斤论价，每减五斤为一个收费的档次。11月25日晚，央视"新闻1+1"播放了超女王贝整容致死事件的专题节目。我关注的不是责任，而是后现代符号对人的侵入问题。这么漂亮的女孩为什么还要去整容？整容这个概念就像病毒一样，已经被后现代资本植入女性的大脑中，成为她们的自觉的追求、自愿的受苦、自虐的消费。这是盗梦空间的现实版。此外，还有网络上流行的各种游戏，许多人沉迷于其中不能自拔，把大把大把的时间、精力还有金钱，投入于其中，沉溺于其中，甚至还有些中学生因此而走上犯罪道路，或跳楼自杀的。此外，还有前段时间流行的张悟本事件，电视上各种各样的相亲大会，各种各样的娱乐类节目，凡此种种，其实都是后现代资本与媒体专家、技术专家合谋而建构起来的后现代梦境。它们最大的问题是使广大的受众渐渐混淆了现实与虚拟的界限，许多人沉溺于这些梦境中，就像柏拉图洞穴幻象中的奴隶那样，整天"面壁"（电视或电脑屏幕）而坐，完全丧失了现实感，忘记了外面还有一个阳光灿烂的真实世界。

后现代的梦境制作者们之所以能够让我们沉溺于他们制造的梦境不能自拔,是因为他们清楚地知道我们需要什么,他们是按照我们的需要来制造梦境的。从心理学上分析,后现代的文明模式从压抑转向了放纵。资本主义发展的早期,对人的欲望采取了压抑的态度,弗洛伊德认为,所谓文明就是有条不紊地压抑人的本能,将其转化为一种创造财富的能量。但资本主义发展到后现代消费社会,其特点是商品的堆积和资本的膨胀,必须依靠消费的不断刺激,才能维持它的再生产,所以它要放纵人的欲望,来制造新的需求,找到新的投资空间。这些需求中除了对财富、情欲的追求外,还有一种重要的欲望,窥视的欲望,即窥见别人的隐私。隐私是资本主义意识形态创造出来的,与个人主义密切相关的一个概念。前资本主义社会是没有隐私的,资本主义发明了隐私这个概念,在公共空间中开辟出私人空间,并承诺保护每个人的隐私(至少在理论上如此)。但与此同时,它又以"他者的欲望"吸引我们,诱惑我们进入他者的私人空间,窥视他者的隐私。这样,生活在后现代状况中的人就处在一个悖论的境地。一方面,我不希望自己的隐私被人知道,一方面我又很想知道别人的隐私,想知道别人是怎么生活的,他们的生活是否比我的更有价值,比我的更加丰富多彩,等等。于是,后现代资本就制造出了窥视他者生活的消费需求,消费欲望,窥视欲望。电影中,阿里阿德涅就是这样一个人。她对科布的生活,尤其是他的前妻很感兴趣。通过加入科布的团队,她得以进入他的梦境,窥见他与他的前妻的生活。在梦境中跟踪他,凝视他的生活。对于一个尚未有过夫妻生活经验的姑娘来说,这种生活自然是极有诱惑力和吸引力的。而对于我们观众来说,也是有诱惑力的。看电影就是满足我们窥视癖的一种方式。所以好莱坞被视为造梦工厂,它满足了大众的白日梦。其实,当阿里阿德涅窥视的时候,我们观众的目光也跟着她一起移动,这样柯布的隐私就进入了大众的视野,成为消费的对象。而阿里阿德涅对科布的窥视这个行为本身也成了我们的窥视目标。换言之,我们窥视到了"阿里阿德涅在窥视柯布的隐私"这个隐私。在这个窥视过程中,我们的欲望得到了满足,一部分的能量得到了释放。而窥视梦境的制作者和投资者的发财欲望也得到了满足,他们通过出售别人的隐私,满足受众对隐私的窥视心理,获得了超额利润。

顺便说一下,阿里阿德涅的名字是有来历的,具有一定的象征意义。这个名字来自古希腊神话。米诺斯国王要建造一个迷宫,请了两位能工巧匠。国王打算等迷宫一造好,就将两位匠人杀死在迷宫中。一位名叫阿里阿德涅的少女有意帮助两位工匠,就想了一个计谋。她让工匠在进迷宫的时候带一个线团进去,一路散开线球,这样就能根据线团提供的路径安全返回,逃出迷宫。在"Inception"中,阿里阿德涅是柯布团队的主要成员,参与了梦境—迷宫的设计和制作,但她同时也是一个解梦者和解谜者,为柯布提供了逃出梦境的路径。从某种意义上说,阿里阿德涅也可以看作柯布的前妻玛尔的投射和镜像。玛尔想进入人们的隐私,沉溺于梦境制造中,结果陷入其中而不能自拔,跳楼自杀。阿里阿德涅也想窥视别人的梦境和隐私,但她比较理性,既能入乎其中,又能出乎其外。

最后说说《盗梦空间》中涉及的另外两个主题。一是科技伦理问题。柯布为了逃避警方的通缉,保全自己的生命,不得已把自己的造梦技术出卖给齐藤,并且后来完全沉溺于梦境的制造中,完全控制了小费舍尔的梦境和欲望。通过这个事例,导演实际上在请观众反思,这种做法合法吗?合理吗?其次是回家主题。《盗梦空间》中的主角科布实际上经历了一场"通过仪式"(rites of passage),他在服务齐藤的同时,也在探索自己的内心,探索他与他的妻子和孩子的关系。主人公通过构造梦境试图穿越的空间,既是他本人内心焦虑的"空间的表征"(the representation of space),又是当代后现代文化的"表征的空间"(the representational space)。梦境既是科布用来穿越现实空间的工具,也是他用来袒露自己灵魂的工具。在梦境的掩护下,他既能构造,或梦到别人的精神生活,又能回忆起他自己以往的生活。电影中的穿越空间在造梦者(科布)和被梦者(费舍尔)之间不断穿越,给观众造成一种幻觉中的现场感和现实中的幻觉感。最后,科布内在统一的自我,在经历了一番给他者造梦过程中与弗舍尔的潜意识的斗争,以及在返回自己的梦境时与妻子的争执和分裂后,终于达成平衡,借助齐藤的任务,返回到自己的内心世界,终于回家与自己的孩子团聚。

电影中的最后一个镜头耐人寻味。柯布走出机场安检口,回到了熙熙攘攘的人群中,恢复了现实感,令我们的观众也随之松了一口气。但大家有没有想过,那个小费舍尔呢,他在柯布及其团队的欺骗下,已经走上了一条超现实的不归路,此时此刻他也下了飞机,正在做他的独立自由、自己打拼天下的美梦呢。想一想,我们的生活中是否有这种情况?我们被网络、媒体炮制的各种符号——图像所包围,被各种各样的新奇的雷人的想法所沉迷,结果成了小费舍尔那样的人物而不自知,还以为这是自己的内在需要。从这个意义上说,我们每个人都需要一个玛尔的陀螺,对于生活在后现代符号世界中的我们来说,它是让我们在现实和梦境之间保持清醒的认知能力和内心平衡的一个象征体。失落了这个陀螺,我们就无法在自我的欲望与他者的欲望、现实的世界与虚拟的世界中,找到准确的定位。

总结一下,我觉得"Inception"向生活在后现代社会中的我们提出了三个相关的问题:

1. 在后现代状况下,一个技术专家是否能够为了自己的利益,将自己的灵魂出卖给资本?

2. 在符号——图像充斥的世界中,如何找到自己的现实感,做一个真实的自己?

3. 在"他者的欲望"泛滥、渗透的后现代社会中,如何确认自己真正的所需、所欲、所愿、所求?

百年校庆:"三感"与"三愿"

——2009年10月25日在绍兴文理学院讲

尊敬的陈祖楠老师,尊敬的各位学校领导,各位当领导的校友,各位校友:

此刻我站在这里,有点诚惶诚恐的感觉。这是我第一次在非学术性的会议上坐上主席台,以前我总是在下面仰视别人,今天成了被别人仰视的对象。刚才宋培基书记叫到我的名字时,我还以为自己听错了,直到工作人员前来引导,我才诚惶诚恐地上了台。(笑声)

前几天学刚同学打来电话,嘱我在母校百年校庆大会上做一个发言,我觉得有点承受不起,无论在为人为学上,在座的校友都比我更有资格上台发言,但学刚兄一再坚持,说只讲五到十分钟,我就答应下来了,以为很好混,现在才发现上当了。有位西方演说家说过,做五分钟的讲演比做一个小时的讲演更难,因为你不能说废话。但今天我得先从废话讲起。(笑声)今天早上7点半我从家里出发到母校来,自以为时间宽裕得很,从杭州到绍兴的汽车五分钟一班,非常方便,但谁知杭州汽车东站搬迁到九堡去了,于是只能改坐火车,但我买到的最早到绍兴的车票是10点41分的,而且还是站票。一路上还临时停车两次,总共误点半小时,到绍兴已经12点半了,结果,我从杭州到绍兴总共花了整整五个小时。(笑声)

这五个小时倒是让我有充分的时间理清头绪,准备这个发言,完成学刚同学布置给我的任务。我一直在想,说什么好呢?说些感谢、感恩或感动之类的话,太缺乏创意了,学中文出身的总想别出心裁,"语不惊人死不休"。我想,汉语中与"感"相关的词,除了"感谢""感恩""感动"之外,还有一个"感悟",那么就说点"感悟"吧。不过,我不知道我的这个感悟是不是适合今天的场合,我会不会在正确的时间和正确的地点说出错误的话来。(笑声)

我们必须尊重一个事实,我们的母校不是北大、清华之类的名牌大学,我是77级的,当时母校的名称还是"浙江师范学院绍兴分校",等到我们临毕业的时候才升格为"绍兴师专",当时大家都欢呼雀跃了。(笑声)那么,为什么一个当年名不见经传的地方性学院,现在也不是什么名牌大学、国际一流的母校,能够培养出像台上就座的陈敏儿副省长、葛慧君副省长等四位省级领导干部,多位国内的知名学者(除我以外),还有为数不少的国内、省内政府机关、社会团体、高等院校中的中坚分子、骨干力量、核心人物?难道是宋六陵的风水真的特别好吗?(笑声)当然不是,我想,除了我们的同学、校友自身的努力,大概还有以下三个因素。

第一,当年整个国家的大环境和学校的小环境为我们提供了一个非常宽松、宽容、宽厚的教学和学术氛围,让我们能够一心一意地读书、思考、辩论、写作,而不为体制所迫,不为物欲所动,不为就业所愁。对于学生有些过火的行为,不当的言行,学校领导和老师只会像父兄般地劝阻,而决不会上纲上线,把你一棍子打死。说到这里,我想起了我们的可爱而可敬的狄运来书记,早上他会来到学生宿舍催大家出操跑步,傍晚他会与我们一起散步聊天。当年我们闹过一次"罢菜运动"(说起来我还是领头人之一),因为我们不想吃学校食堂提供的单调的9元钱一月的伙食,而要求发还伙食费,食堂做炒菜,由我们自己买。狄书记就率领学校班子成员,在学校礼堂与我们这些不谙世事的毛孩子展开对话,了解我们的想法,最后还是同意了我们的请求。于是我想在梅贻琦先生的名言上再加半句,"大学非有大楼之谓也,乃有大师之谓也","非有大楼大师之谓也,乃有大度之谓也"。真正的大学,不光要有大师,还应有大气,有大度,真正的人才是在宽松、宽容、宽厚的柔性的教学环境中培养出来的,而不是靠刚性的教育体制强行制造出来的。

第二,当年的老师们非常敬业,但这个敬业除了老师们的个人素质、追求及修养外,也与整个体制有关。当年的学校没有对教师实行量化的管理和科研要求,没有量化的课程工作和学生工作,学校没有强迫老师们放下学生不管,去做课题,跑关系,弄经费。从学校领导到班主任到任课老师,真的是上下一条心,拧成一股绳,全身心地扑在教学工作上,聚精会神搞教学,一心一意为学生。领导非常尊重教师,理解教师工作的甘苦,也非常尊重教师的学术自主权。老师与学生真是亲如父兄,没有隔阂,老师们把自己所知的一切,毫无保留地教给我们,同时也鼓励我们在课堂上大胆发言,自由讨论或辩论,正是这样一种类似抗战时期西南联大的精神,培养了我们独立思考、敢于怀疑、大胆创新的精神。

第三,不谦虚地说,当年我们自己也是非常敬业的,敬自己的学业。但这个敬业也是有主、客观两方面原因的。主观的是因为我们都是经历了"文革"的一代,精神极度饥渴,知识极度贫乏,所以非常珍惜这个进大学深造的机会。客观的方面是,我们无需为工作忧虑,只要把书读好就行了,毕业时不需要自己到处发简历,跑招聘会,甚至托关系,开后门。也正是这种宽松的非商业化的环境使我们的心态彻底放松,心理彻底轻松,而我们知道,一个人的潜力和创造力只有在完全放松、轻松的状态下,才能得到全面的发展。

从以上的三点感悟出发,我想说三句"站着说话不腰疼"的话,分别送给我们母校的现任领导、老师和年轻的学子们。

愿母校的领导在不违背现有教育体制基本原则的前提下,尽可能给老师们营造一个**宽松**的学术氛围!

愿母校的老师尽可能在不违背现有体制的前提下,以**放松**的心态看待量化指标,尽可能抽出更多的时间与学生在一起,与他们讨论、聊天、甚至辩论,要知道,一二十岁的少男少女是多么需要你们的指点、指导和关爱啊!

最后,愿我的年轻一代的校友们,尽可能以**轻松**的心态看待以后的就业。要知道,大学不是职业培训班,你们来到这里不是为了毕业出去以后做一个流水线上的零部件,而是为了做一个堂堂正正的人,一个大写的人。再送两句我改写过的古诗给在座的学弟学妹们:第一,要"两耳不闻就业事,一心只读专业书";第二,要相信"天生我材必有用,有才自能得岗位"。

最后,祝各位校友身体健康,工作顺利,家庭幸福!

谢谢大家!

会通与契合

——2008年11月3日在飞白翻译艺术研讨会上讲

在正式发言之前,我先要说明一下,今天,我将不称飞白老师为老师,而直呼其名曰"飞白"。这是因为,在我看来,飞白这个名字,已上升为一种品牌标识,一种精神象征,加上"老师"之后,不但说起来有点拗口,还会在某种程度上降低这个品牌的意义和价值。我想强调的一点,是诗歌翻译对于飞白的意义。据我理解,诗歌翻译对于飞白而言,决不仅仅是诗歌翻译,也不仅仅是一种艺术或学问,更不是一块从中获取名利、地位等一系列外在东西的敲门砖。对飞白而言,诗歌翻译就是他的宗教、信仰和生活的终极意义,或者干脆说,就是生活——存在本身。在此,我想把笛卡尔的名言"我思故我在"改动一下,变成飞白式的"我诗故我在",这里"诗"用作动词,在古希腊语中意谓创造。在这种创造中,诗即是思,即是语言,即是存在本身。三者是高度统一的。只有从这个大前提出发,我们才能明白,飞白为何六十年如一日地读诗、品诗、译诗,在一个毫无诗意的年代里,接二连三地给当代中国诗人,给诗歌爱好者、文学爱好者,给我们这些有幸成为他的学生的"少数的幸福者"(a few happy),奉献出一部又一部渗透着他的人生观、哲学观和美学观的外国诗歌译本,从两卷本的《诗海》(1988)到十卷本的《世界诗库》(1994),从古罗马时代到维多利亚时代,从充满哲理的艰深的戏剧独白体,到散发着乡土气息的20世纪英美乡土诗或具有新大陆魔幻色彩的拉美诗歌。可以毫不夸张地说,飞白在20世纪中国翻译史上创造了一个奇迹,一个属于他自己的神话,即如何在一个金钱和物欲膨胀的年代里,"诗意地栖居在大地上",并将诗意奉献给大地、回馈给大地。

* * *

翻开二十三年前的课堂笔记,飞白老师给我们上的第一课(1985年9月10日)——"对诗歌翻译—研究的解释"还历历在目。他讲到了三点:

1. 诗感,对诗的感受力。诗感 = 对诗的爱好 + 丰富的情感 + 生活体验 – 小市民习气 + 艺术素养 – 学院式研究。

2. 外语基础。诗是一种有声的艺术,它扎根在自己语言的基础上。

3. 文论基础(分析能力)。要获得更深的诗感,必须有坚实的文论基础。

这三点说得非常简单,又非常实在,对我们这些他当年的学生,至今仍以他的学生身份为骄傲的学者仍然具有指导意义。

这三点中诗感是最根本的,因为它涉及的是精神层面的"只可意会不可言传"的东西,需要才气、机缘和直觉的会通与相契。外语是基础,它指的是既可意会也可言传的、落实到物质层面的、作为"人类存在的家园"的语言,尤其是语言的音响。优秀的诗歌翻译,就在于在诗与语言、诗感与诗艺之间搭起一座桥梁,将只可意会不可言传的东西转化为既可意会又可言传的东西,造成会通与契合的效果。文论基础强调的是"思"对"诗"的介入,思与诗的会通与契合,亦即感性到理性的飞跃。例如,没有新批评对语言肌质的强调,我们就没有自觉的形式意识,从而忽略诗的形式对内容的制约。这三点,正好与海德格尔在其著名的论著中提出的"诗、语言、思"三位一体的思想不谋而合,体现了作为诗歌翻译家的飞白与作为诗人哲学家的海德格尔在精神上的会通与相契。

以下,我从一个具体的翻译实例出发,进一步阐述我对飞白诗歌翻译艺术的一点粗浅的看法。

Il pleure dans mon Cœur

Paul Verlaine (1844—1896)

Il pleure dans mon cœur

Comme il pleut sur la ville ;

Quelle est cette langueur

Qui pénètre mon cœur ?

Ô bruit doux de la pluie

Par terre et sur les toits !

Pour un cœur qui s'ennuie,

Ô le chant de la pluie !

Il pleure sans raison

Dans ce cœur qui s'écœure.

Quoi ! nulle trahison ?

Ce deuil est sans raison.

C'est bien la pire peine

De ne savoir pourquoi

Sans amour et sans haine

Mon cœur a tant de peine !

泪流在我心里

(梁宗岱 译)

泪流在我心里,

雨在城上淅沥:

哪来的一阵凄楚

蒙田的猫

滴得我这般惨戚?

啊,温柔的雨声!
地上和屋顶应和。
对于苦闷的心
啊,雨的歌!

尽这样无端地流,
流得我心好酸!
怎么? 全无止休?
这哀感也无端!

可有更大的苦痛
教人慰解无从?
既无爱又无憎,
我的心却这般疼。

泪水流在我的心底

(飞 白译)

泪水流在我的心底,
恰似那满城秋雨。
一股无名的愁绪
浸透到我的心底。

第一节解读:首行以双音节的"泪水"代替单音节的"泪",节奏感更强。"心底"代替"心里",暗示情感已经没有了退路。第二行"恰似"既对应原文(梁译没有译出),又引发读者对中国古典诗词的联想——"一江春水向东流",这是一种归化的译法,不经意间透露出译者深厚的古典文学修养。末行原文 pénètre 本身有"穿透"之意,译为"浸透"恰如其分,而梁译为"滴",明显缺乏穿透的力度。

另外,飞白此节译文对应原文节奏和韵律,即"从心底到心底",而梁译没有做到这一点。

> 嘈杂而柔和的雨
> 在地上、在瓦上絮语!
> 啊,为一颗柔和的心
> 而轻轻吟唱的雨!

第二节解读:梁译将首行的雨声理解为纯粹的"柔和"(doux),而漏译了"嘈杂"(bruit)一词,这是一个不大不小的缺失。秋雨之所以让人感到愁绪,就是因为它不光是柔和的,也是嘈杂的,这正是诗人试图回避而又无法回避的嘈杂现实的一种象征。原诗中只写到秋雨下在地上、落到屋顶。为照顾韵律和节奏感,梁译加上了"应和",飞白译诗加上了"絮语",应该说都是恰当的,但两相比较,梁译更加关注的是屋顶和大地的"应和",而飞白译诗更加注重通过秋雨的"絮语",营造出一种愁绪的氛围。

此节飞白译文与原文有几处细微的出入,一是在第二行将"屋顶"译为"瓦上",更加形象生动。二是在第四行为照顾节奏将单音节的"歌"译成了"轻轻吟唱",但从全诗营造的意境和氛围来看,这是既合情又合理的,其目的是为了遵守原诗的"从雨到雨"的回环效果。

> 泪水流得不合情理,
> 这颗心啊厌烦自己。
> 怎么?并没有人负心?
> 这悲哀说不出情理。

第三节解读:飞白遵循原诗从"情理"到"情理"的回环节奏。梁译没有做到这一点。此节梁译与飞白译的明显差异在于第三行,Quoi!

nulle trahison？法文 trahison 一词意为"背叛",或对爱人的"不忠"。显然,梁诗译成"无止休"是误译。飞白译为"负心"是正确的,而且契合中国古典情诗中的传统意象。

> 这是最沉重的痛苦,
> 当你不知它的缘故。
> 既没有爱,也没有恨,
> 我心中有这么多痛苦!

第四节解读:此节第二句原诗 De ne savoir pourquoi 意为"由于不知道为什么"。梁译将它译为"教人慰解无从？",令人费解。飞白译为"当你不知它的缘故"。两相比较,无疑后者更为明白、准确。末行梁译译成"心疼",飞白译为"痛苦",表面看起似乎差别不大,但我们知道,在现代汉语中,"心疼"既有痛苦之义,也可以理解为关心、关爱,用在此处容易产生歧义,而用"痛苦"则不然。而且,飞白译诗末行的"痛苦"与首行的"痛苦"形成回环,很好地遵守了原诗的韵律和节奏,传达出一种无法排遣的愁闷情结。

最后,作个小小的总结。我认为,飞白的诗歌翻译艺术建筑在以下两个基础上:

1. 对源语的深刻理解和感悟,对其诗歌传统的融会贯通的传承和把握。

这里包括语感(直觉的反应,具体落实到音节、音位层面)、节奏(内在的感应,不仅仅是外在的节奏)、韵律(外在表现形式)、风格。风格包括三个方面:1)文类的(民歌、抒情诗、戏剧独白诗);2)时代的(巴洛克、浪漫派等);3)个人的(诗人个性、特殊癖好、用词用句等)。正因为如此,所以飞白的诗歌翻译不是那种千人一面、千调一腔的"独白型"翻译,而是犹如性格演员般"入乎其内,出乎其中"的"复调型"翻译,即飞白提出的"风格译"。从飞白的译诗中,我们既能听到苏格兰高地的野性的情歌,又能听到维多利亚时代桂冠诗人优雅的哀歌;既能领悟到兰波们追求的"语言炼金术"的魔力,又能感受到庞德们建构的情感与意象的张力……

2. 对目的语的深刻理解和感悟,对其诗歌传统的融会贯通的传承和把握。

近二三十年来,国内外翻译研究的"文化转向"将原本更着重于语言技巧层面的"直译""意译"之争,提升到文化层面的"异化""归化"之辩,从而使争论的焦点集中于以源语及源语文化为归宿、还是以目的语及目的语文化为归宿的问题。在我看来,这其实是一个伪话题。因为,任何优秀的译文(译诗),都是同时考虑到"异化"和"归化"问题的,就是说,一方面尽可能将本民族语中没有的外来意象、韵律或观念引进来,与此同时,又要充分考虑到本民族语言的文学(诗歌)传统和读者的接受能力,尽可能通过自己的译文传达或扩充原作的内涵。上述例子的分析说明,飞白的翻译既有异化的因子,又有归化的元素,两者之间达成了一种优雅的平衡。秋雨的意象,在中国古典诗歌中可以说比比皆是,但魏尔伦的这首诗中对秋雨的阐述和理解是独特的,尤其是其回环的韵律节奏是中国古典诗歌中少见的。这恐怕主要得归因于法语独特的"富韵"。可喜的是,飞白以最大的可能将这种独特的韵律传达出来了,让我们看到了法语诗与汉语诗相"异"的方面。与此同时,飞白又广泛地借用了中国古典诗歌中的词语意象,如"恰似""愁绪""絮语",使读者产生丰富的联想,从而扩充了原诗的容量(而且这些词语的尾音[u,i]恰好与原诗中的关键词语"雨"[pluie]的尾音[yi]相似,形成一种情感和韵律上的"应和"或"契合")。所以,读这首诗的时候,我们的感觉是既熟悉又陌生,熟悉的是它与中国古典诗歌中的情感相通,陌生的是它所采用的独特的回环式韵律节奏感,最终,我们感觉到,无论何时何地,人类的情感总是相通、相契的。这就是我想说的主题,飞白诗歌翻译艺术的精髓——"会通与契合"——这种会通与契合表现在哲学层面上,是海德格尔式的诗、语言与思的会通;表现在语言学层面上,是源语与目的语的契合;表现在文化文学传统上,是民族文学传统与世界文学传统的会通与契合。

4月23日,我与莎翁有个约会
——2012年4月23日在浙江大学澜天社讲

首先感谢澜天社的邀请,与大家一起分享阅读经典的快乐。今天是4月23日,世界图书和版权日。首先,我要祝贺在座的各位青年教师和同学,因为,在这个美丽的春晚(春天的傍晚),当你们决定走进西1—302教室安静地坐下,而不是去情人坡与自己的男友或女友约会,你们实际上已经做出了一个明智的选择,因为你们选择了以这种方式,前来与人类最伟大的心灵约会。在此约会中,你们实际上已经超越了个人,进入了一种强大的集体记忆,共享了人类文明最伟大的一项遗产。

此刻是北京时间18点40分,比格林尼治标准时间早8个小时。此刻,莎翁家乡斯特拉福镇是上午10点40分。我们可以想象,此刻,镇上的市民已经喝过英式早茶,穿戴整齐,正准备出门,去艾汶河边的剧院欣赏皇家莎士比亚剧团的演出。我们可以想象,昨晚皇家莎士比亚剧团的导演和演员们都没有睡好,为了今天这个日子,为了让演出能够尽善尽美,他们一遍又一遍地排演着莎翁的某部经典,一直到深夜。我们还可以想象,昨晚,伦敦、悉尼、奥克兰、约翰内斯堡等英联邦国家的首都,巴黎、柏林、马德里、威尼斯、奥斯陆等非英语国家的世界级都市,那些莎翁的粉丝们(让我们简称他们为"莎丝")都没有睡好,他们都在等待着今天白天丰富多彩、形式多样的活动,包括演出、讲座、读书会、朗诵会等,来纪念这位伟大的戏剧家的诞辰和忌日(巧合的是,今天同时也是西班牙伟大作家塞万提斯的忌日)。

今天澜天社安排的这个活动,可以归属于我刚刚提到的世界各地将要展开或正在展开的纪念莎翁的系列活动中,从某个角度也体现了我们浙江大学的开阔胸襟和国际视野。不过,我想告诉大家的是,今天这个活动还有另外一个足以让在座各位引以为自豪的理由,因为第一部中文版的莎翁戏剧全集是在七十多年前,由我们浙江大学的一位校友翻译的。让我们记住他的名字:朱生豪(1912—1944),今年正好是他诞生100周年。朱先生是浙江大学前身杭州之江大学的一位学生,具有很高的文学素养和英文功底。1936年朱先生开始莎翁戏剧的翻译。之后抗战爆发,日军进攻上海,于是,一个关于中英文化交流的美丽故事变成了一个关于坚守和信念的悲壮故事。朱先生在流亡颠沛中,在贫病交迫中,坚持他的莎剧翻译,先后译成了莎剧三十一种,后终因劳累过度患肺病早逝,年仅三十二岁。我们今天看到的人民文学出版社的《莎士比亚戏剧集》(1986),其主体部分就是由朱生豪先生翻译的。

我们不禁要问,究竟是什么力量激励着我们的这位学长、这位校友,在如此艰难的条件下,以整个生命为代价,坚持翻译莎翁全剧,让汉语世界中的读者能够阅读、欣赏、研究和表演这部世界文学史上的巨著,人类文明的宝藏?1986年,在莎翁逝世三百七十周年之际,首届中国莎士比亚戏剧节在中国上海戏剧学院召开,我当时作为一个世界文学的硕士研究生,有幸躬逢其盛,品尝了莎剧大餐,观看了用伦敦腔演出的英国版莎剧,也欣赏了被改编成中国戏曲的莎剧,包括根据《麦克白》改编的昆剧《血手印》、越剧《仲夏夜之梦》、蒙古少年班演出的蒙语《王子复仇记》(即《哈姆雷特》)等,当时的感觉只能用一个词来形容,那就是震撼!可以这样说,以朱生豪为代表的中国莎剧专家的翻译活动,以及之后莎剧在中国的一系列传播活动,本身就证明了莎翁超越时空的永恒价值。不过,我要告诉大家的是,上述所有这些活动不过是国际"莎剧学"这个庞大的冰山露出海面的小小一角。你们只要在网上搜索一下就会知道,莎翁的影响有多大,在英语世界,莎剧出版发行量仅次于《圣经》,对莎剧经典的考证、评点、研究和阐释,已经形成了一个庞大的产业。光是《哈姆雷特》一剧,每隔十五天就会出现一部研究它的专著。而这还是在互联网时代之前的统计,进入网络时代之后,已经远远不止这个数字了。至于其他被改编成电影、电视剧甚至游戏等现代媒体的莎剧经典更是无法统计了。莎翁具有强大的原创性,他的戏剧作品为后世作家对他的模仿、借鉴、剽窃或"山寨"提供了取之不尽、用之不竭的矿藏,不知养活了多少诗人、作家、导演、演员、教授、博士……

2003年,美国耶鲁大学英语系资深教授哈罗德·布鲁姆写了一本影响很大的书《西方正典:伟大作家和不朽作品》,在这本书中,他将莎士比亚列在首位,称莎翁为"经典中的经典"。其实,早在1623年,莎翁的同时代人,也是他的戏剧同行和对手、大学才子派剧作家本·琼生,就已经预言说,"他(莎士比亚)不属于一个时代,而属于所有世纪"(He is not of one time, but for all ages)。今天,我就以这句话作为我的这个讲座的主题。不过,我还要借用这个"not of …but for…"句式,再造两个句子——"他不属于一个英国,而属于整个世界"(He is not of England, but for all nations);"他不属于一个剧场,而属于所有文化"(He is not of one stage, but for all culture spheres)。我想以这三个句子为纲,与大家分享一下我个人对莎剧的阅读体会,同时也探讨一下大家可能都会感兴趣的问题,为什么联合国教科文组织要以莎翁的诞辰和忌日(当然还有塞万提斯),作为世界图书和版权日?

先解释第一句——"他不属于一个时代,而属于所有世纪"。大家知道,莎士比亚生活的时代,从欧洲的范围来讲,属于文艺复兴,从英国的角度来讲,属于伊丽莎白女王和詹姆斯王统治的时代。文艺复兴是欧洲从中世纪进入现代社会的转型期的开始。欧洲人被压抑了一千年的欲望和能量在这个时期突然爆发出来了,人们的思想空前活跃、视野空前开阔,欲望空前强烈,创造力空前高涨,但是,人性的黑暗面,或者说负能量,也得到了充分释放、宣泄的机会。在英国,圈地运动正在大规模进行中,贵族和政府巧取豪夺,将公用土地占为己有,大批失地农民流入城市,成为流氓无产者。传统的社会体制、纲常法纪和伦理秩序都处在危机中。总之,莎翁生活的时代,善与恶、光明与黑暗、正义与邪恶、信仰与堕落犹如三棱镜折射下的阳光,变得色彩特别丰富,层次特别分明,令人目不暇接。

年轻的莎士比亚感受到了时代的风潮,意气风发地从他的家乡来到当时新兴的大都市伦敦,寻找生存和发展的机会。这位精力充沛的青年先是在剧场门口替人看管马匹,广泛接触了社会,了解了三教九流、各式人等的生活和艺术喜好;进而进入剧场做了一个跑龙套的群众演员,之后慢慢进入演艺圈,结识了一些青年新贵族和大学才子派中的剧作家;再接着就自己动手改编和创作剧本;他在二十四年中写了三十七个半剧本,最后成为泰晤士河南岸新建的"环球剧院"的股东,将成功的商人和具有杰出想象力的剧作家两种不同身份集于一身。莎士比亚的经历非常典型地体现了那个生机勃勃的复兴时代的特征,也非常地具有英国特色,换句话说,他非常精明、能干,他的人生非常成功。

正如所有伟大作家一样,莎翁既是时代的宠儿,又超越了他的时代。他作出了一个非常智慧,甚至可以说是具有大智慧的决定:在席卷一切的时代风暴中让自己成为"台风眼",在吞没一切的海潮中为自己找到一个立足点。他没有让自己被泡沫所迷惑,被洋流和旋涡所吞没,而是如海边的礁岩一般,任凭海浪冲刷,"我自岿然不动"。他俯瞰着自己脚下的芸芸众生在欲望的海洋中挣扎,而他自己则以宙斯般的目光冷静地观察着,勤奋地记述着。以戏剧这种形式,他把自己隐身在面具背后,通过自己创造的无数角色的活动,来展示人类情感的丰富性和多样性,人性的广度、深度和高度。有西方评论家认为,莎士比亚是一条伟大的变色龙,他能将想象力沉入作品之中而自己心如止水,波澜不惊;他能化身为他笔下的任何人物,思其所思,想其所想,以至于到头来我们无法确定,究竟哪些言论是他笔下人物的?哪些言论反映了他自己的想法?所以在他的作品中,我们既看到了一个美丽的新世界的展开,也看到了人性堕落的地狱张开的大口;既看到了他对"宇宙的精华、万物的灵长"的赞美,也看到了他对人性的阴暗面,对人这具灵魂出窍的皮囊的全部丑陋、卑劣、黑暗等方面的诅咒。他既塑造了像《威尼斯商人》中的鲍西娅、《第十二夜》中的罗赛琳等一代新女性的形象,也塑造了像福斯塔夫、克劳狄斯、麦克白等堕落的贵族和野心家的形象。这就是他之所以既属于一个时代,又属于所有世纪的原因所在。

人物形象栩栩如生是莎士比亚戏剧的主要特征。莎士比亚戏剧中的人物性格不是单一的,而是具有多面性和复杂性。让我们举一个例子,《麦克白》(1606)被公认为是莎士比亚四大悲剧中最阴暗、最压抑的一部,单线发展的快节奏将主人公引向最后的毁灭。苏格兰大将麦克白从一个为国家立下赫赫战功的英雄堕落为一个卑鄙的弑君者,最后众叛亲离的悲剧,既刻画了那个原始积累时期黑暗混乱的现实,也揭示了人性的普遍弱点和原罪。这是一部戏剧形式的"犯罪心理学",全剧的主导意象是黑夜和鲜血。剧本开场时,女巫在荒原上的舞蹈,蛊惑了主人公潜伏的欲望。第二幕第三场是全剧中的名段。黎明,刚刚犯下弑君罪的麦克白,突然被一阵神秘的敲门声惊醒。一位莎学专家认为,敲门声来自天国,它是对野心家良知的最后一次扣问。麦克白感到,他在杀死国王邓肯的同时,也杀死了自己的睡眠。从此以后,他再也无法摆脱失眠症,直至被正统的王位继承人就地正法。而伙同他实施谋杀的麦克白夫人则陷入疯狂之中,她在梦中一次又一次起来,点着蜡烛寻找水源,以便洗去手上的血腥味。但是她感觉到,血腥味无处不在,哪怕"把所有的阿拉伯香料都用上,这只小手也香不起来了"。顺便说一下,根据这个剧本改编的中国戏曲有昆剧《血手印》和越剧《马龙将军》等。

由此,转到我借用本·琼生的句式造的第二句话,"他不属于英国,而属于整个世界"。我认为,联合国教科文组织之所以选中了莎翁,除了因为莎剧揭示的人性的丰富性和深刻性、多样性和复杂性无人企及之外,还有一个重要的原因,那就是莎翁在差不多五百年之前就预言式地提出了我们当下这个全球化时代最紧迫的一个问题,如何尊重人类文化的多元性,以及如何展开跨文化的交往?

众所周知,莎翁所生活的文艺复兴时代,同时也是地理大发现的时代:1492年,意大利航海家哥伦布发现了美洲新大陆;六年后,葡萄牙航海家达·伽马绕道好望角发现了到真正的印度去的航路;1510年,麦哲伦完成了第一次环球大航行,古希腊人提出的"地球是圆的"概念被证实了,东西两半球的概念形成了。

像他的同时代人那样,莎翁这位天才的戏剧家也感受到了大航海时代的风潮。虽然莎翁本人从来没有扬帆出海、周游世界的经历,但他的视野却超越了英伦三岛,从东半球延伸到西半球,从地中海扩展到大西洋;他的戏剧作品的场景包括了南欧、北非和斯堪的纳维亚半岛,直至当时正在被开发和殖民中的"美丽新世界"(brave new world)。他的戏剧中出现了不同种族、不同肤色、不同性别、具有不同文化背景的人物,显示了地域的广阔性和文化的多样性。这种视野、胸襟和广度是前无古人、后无来者的。把他的三十七个半剧本合起来看,就是一个小联合国。从这个意义上,我们可以说,他不是英国人,而是一个世界公民。他的视野非常开阔,观念非常前卫,完全符合我们现在这个时代的需要,那就是多元文化意识。比如,在《威尼斯商人》中,他通过犹太商人夏洛克这个形象,一方面讽刺和谴责了犹太人的吝啬、贪婪和小气,但另一方面,又通过这个生活在威尼斯的弱势群体的代表之口,发出了多元文化主义的诉求,这是相当超前的一种意识:

> 难道犹太人没有眼睛吗?难道犹太人没有五官四肢、没有知觉、没有感情、没有血气吗?他不是吃着同样的食物,同样的武器

可以伤害他,同样的医药可以疗治他,冬天同样会冷,夏天同样会热,就像一个基督徒一样吗?你们要是用刀剑刺我们,我们不是也会出血的吗?你们要是搔我们的痒,我们不是也会笑起来的吗?你们要是用毒药谋害我们,我们不是也会死的吗?那么要是你们欺侮了我们,我们难道不会复仇吗?要是在别的地方我们都跟你们一样,那么在这一点上也是彼此相同的。要是一个犹太人欺侮了一个基督徒,那基督徒怎样表现他的谦逊?报仇。要是一个基督徒欺侮了一个犹太人,那么照着基督徒的榜样,那犹太人应该怎样表现他的宽容?报仇。你们已经把残虐的手段教给我,我一定会照着你们的教训实行,而且还要加倍奉敬哩。

我们不知道,这个犹太人的观点是否也代表了莎士比亚本人的意思?但有一点是肯定的,这里莎翁表现的是一种人类的普世价值观。他强调的是不同文化、种族之间的人们应该相互尊重、相互理解,而不应该相互仇恨、相互排斥。

在传奇剧《暴风雨》中,莎翁在英国戏剧史乃至欧洲戏剧史上,首次将一个来自新大陆的土著形象搬上了舞台。这是他在综合了英国旅行文学中的相关记载和现实中观察到的土著形象的基础上,发挥自己的跨文化想象力,结合了东西两半球、新旧两大陆上原住民的体貌特征建构起来的"他者"。通过这个形象,他象征性地再现了欧洲文化与美洲或非洲等异质文化相遇和交往的过程,提出了后殖民时代的一些重要命题。《暴风雨》以某种方式暗示了欧洲人与新世界居民的相遇。一位莎剧评论家指出,在这个戏中,莎士比亚"首次显示了'我们'对一个土著的虐待,首次表现了土著的内心世界,首次让一个土著在舞台上说出了他的抱怨,首次让新世界的相遇成为一个足以引起当时关注的问题"。卡列班对普罗斯佩罗说的那句话,已经成为后殖民时代的一句名言:

"你教会了我说你们的语言,而我得到的好处就是,我用它来诅咒你。"

在悲剧《奥瑟罗》中,他刻画了一个摩尔将领奥瑟罗的形象,他是个黑人,因英勇善战、所向披靡而被罗马人雇用,之后他与罗马元老院元老之女苔丝德梦娜相爱,引起了他手下的旗官伊阿古的妒忌,于是,后者实施了一系列精心策划的阴谋。正是这些阴谋导致单纯、轻信的摩尔人亲手扼死了自己的爱人,犯下了不可饶恕的罪行。结局是奥瑟罗勇敢地承担起杀人的罪责,并在真相大白后,以自己的生命赎了罪。通过自杀这个极具象征性的行为,莎士比亚让奥瑟罗在观众面前对自我形象作了一番新的叙述(就像他此前在元老院面前为自己的爱情辩护一样),在西方观众的心目中建构起一个敢作敢为、勇于承担责任、高贵正直的摩尔人的形象,从而消解或部分修正了西方主流意识形态有关摩尔人的刻板形象。

顺便说一下,这个剧本后来被一位美国导演改编成电影,说的是一位黑人球员爱上了一位白人姑娘,两人已经到了谈婚论嫁的程度,但引起一位白人队员的妒忌,后者运用种种阴谋手段,让黑人相信他的女友背叛了他,结果上演了一出奥瑟罗式自杀和他杀的悲剧。这是莎剧经典在20世纪的美国多元社会发出的遥远的回声。

现在,我来说明第三句,"他不属于一个剧场,而属于所有文化"(He is not of one stage, but for all culture spheres)。这里的"剧场"一词既是特指莎剧当年演出的那个"环球剧场",也是泛指戏剧领域。莎剧作品的内容远远超越了狭义的戏剧范围,几乎涵盖了中世纪到近代的人类文化知识的所有领域。中世纪以来传统的所谓四大学科(哲学、神学、医学和天文学)他都涉及了;此外,他还涉猎了当时新出现的知识领域,如宇宙学、地理学、博物学、航海学等,甚至还将民间魔法、巫术、风俗、地方性知识全都囊括进自己的戏剧作品中。三十七个半剧本合起来看,就是一部中世纪到近代的百科全书。比如,《暴风雨》就涉及魔法知识、幻景艺术、百慕大三角之谜、航海知识、新大陆的动植物分布,等等。

也因为这个原因,一直以来有些学者出于某种精英式的偏见,否定莎翁的存在,认为他的全部作品都是某个贵族托他的名而写的,或是同时代的剧作家、大学才子派中的克里斯多夫·马洛所作。因为莎士比亚只在家乡的文法学校受过一些基础教育,既不懂拉丁文也不懂得希腊文,也没有出海远航的机会和实力,等等。但是,这些怀疑或质疑无法动摇莎剧经典的地位和价值,莎翁仿佛早就预见到会有这些流言,在《罗密欧与朱丽叶》中,借助朱丽叶之口,对名实之辨说了一段话,今天我把这段台词改了一下,来表明我对所谓的莎翁著作权争议的态度:

> 姓不姓莎士比亚又有什么关系呢?它又不是手,又不是脚,
> 又不是手臂,又不是脸,又不是身体上的任何其他的部分。
> 啊!换一个姓名吧!姓名本来是没有意义的;
> 我们叫做玫瑰的这一种花,要是换了个名字,
> 它的香味还是同样的芳香;
> 莎士比亚要是换了别的名字,他剧作的可爱的完美
> 也决不会有丝毫改变。

对于莎翁的经典剧作,今天在座的同学可能有些已经读过,有些正在读,有的还没有读过但正准备读,不过无论如何,当你们读他的作品时,会发现一个有意思的现象:如果你以前曾经读过莎翁的某部作品,今天再次翻开来重读,会发现许多你以前读的时候没有发现的新东西;而如果你是第一次读莎翁的作品,会有一种似曾相识的感觉,好像你以前什么时候曾经读过。这就是意大利作家卡尔维诺总结出来的确定经典的两个标志。

在我心中,莎翁是人类的导师、朋友和亲人,是我们每日必需的面包和盐,也是我们休闲时的咖啡和巧克力;是我们疲惫时的枕头、烦闷

时的开心果、孤独时的慰藉、迷路时的向导、精神干渴时的心灵鸡汤。只要你用心去亲近他,与他约会,与他对话,他总会给你带来希望和快乐,惊喜和兴奋。

最后,我想对澜天社、清源学社的全体社员,对在座的各位同学说,亲近莎翁,亲近经典中的经典!

木心的困难

——2013年8月17日在上海图书馆木心作品研讨座谈会上讲

我非常荣幸,这个场面确实没见过,没想到有这么多的"木粉",如果木心先生在,他肯定会说,"不是这个样子的"。——木心的"难",就在这里,我们自以为理解他了,但其实并不理解。今天是命题作文,我想了一下,"木心的困难",这个题目是具有木心特色的,只有木心自己写得出来,所以丹青是得了木心先生的真传。

我在"五一"长假读了《文学回忆录》,首先一个感慨,木心先生在陌生的国家,面对一群不怎么懂文学的艺术家,他怎么能有这样一份信心,一份虔诚,一份信念?我非常感动,他怎么能预见到现在有这么多人喜欢他,讨论他的书?

还有一点感动,就是丹青先生怎么会有这样的预见性,知道这本书可能要传世,就记录下来?说实话,我也有老师,现在还有学生,但我没有把老师的讲课一字一句记下来,虔诚地保存下来。我有一本小小的、薄薄的记录,虽然算是详细的,但也就相当于《文学回忆录》十分之一的样子,而且肯定不能出版,因为很多细节都没有记下来。

所以我非常感动的是:木心能给他们讲这样的课,丹青先生居然有这样的虔诚、耐心,一种预见也好,一种执著也好,一字一句记下来,虽然落掉几课,但甚至连木心先生讲话的腔调都有,这是相当不容易的。丹青先生说自己不懂,但我想,真正不懂的人不可能记得这么详细,那种口风都能记下来。打一个不恰当的比方,就好比是耶稣跟门徒谈话,后来有了《福音书》,孔子跟他的门徒谈话,后来有了《论语》。这个联想可能不很恰当,但我想,木心和丹青,就是一种忘言而止的关系。我们再打一个外国文学的比方,就是马克斯·布罗德和卡夫卡的关系。卡夫卡死前,要马克斯·布罗德把他所有的书,无一例外,全部销毁,可是布罗德没有听他的话,保存下来,于是我们有了一个卡夫卡,要不然,卡夫卡就跟世界失之交臂了。

我想,要不是丹青先生把《世界文学史》整个过程——不止是内容,还有形式、口风都记录下来,我们恐怕会失去很大一部分非常宝贵的精神财富。借此机会,我感谢一下丹青先生。

讲到木心的困难,我就想,我在读的时候,自己碰到过什么困难?最明显的困难,我坦然地承认——很多字不认识。我虽然是中文系的教授,但是读木心的书,很多字我不认识。我以前读汉语书,从来不查字典的,可是读木心的书必须查字典(关键是,我那本厚厚的《现代汉语大词典》,有的字查不到),我很惭愧。但是虽然不认识,我觉得它很美,它恢复了文化的记忆。我们曾经有过那么多丰富的形容词,那么多不同于现在千篇一律的文字搭配,这就是真正的文化修养。我觉得难,首先这就是一个难。

第二难,就是它的广度。各个艺术门类它都涉及,美术、音乐,好像没有舞蹈。文学当中涉及小说、诗歌、散文。我前天晚上看到木心的《大宋母仪》,一晚上连续看了两遍,它是移植了《三言二拍》的情节,完全中国的白描手法,零度写作,可是它传达的理念,完全是后现代理念。我们认为一个人,一桩罪行犯过后不可能再犯了,正所谓前车之鉴。可是木心不,他告诉我们,一个错误犯下后,同样的人还可能在同样的时间、同样的地方,犯同样的错误。它讲婆媳两代人跟某个寺庙里的道士、两代师徒产生的那种畸形的恋情:首先是婆婆跟那个师父产生恋情,后来生了个孩子,老一代死了,媳妇又跟那个师父的徒弟搞上了。它想表达什么呢?我想,非常复杂,可能是人类的罪,或者像刚才施老师说的,人类有犯罪的前科,动物的前科。不要认为有了前车之鉴,历史就不会重演；历史不断在重演，罪恶不断在发生。这就是它的广度。

第三个难，就是它的高度。木心为什么会这样写，他对文学史的一些看法，我们很少有人能企及的。他告诫艺术家，你看待世界，要从宇宙到世界再到人生。他列了一个箭头：宇宙观→世界观→人生观。他说你把这个倒过来会怎样？箭头如果反方向会怎么样？我觉得，他涉及了中国文化的命脉，或者说，命门。中国很多文化人看问题，首先从人生观出发，再来看待世界观、宇宙观。所以我们看到的宇宙，是我们自己设定的宇宙，并不是真实的宇宙。这样一来，我们会对人性抱一种理想主义的高度，认为人应该怎么样，从道德出发，认为人性应该是美好的，未来应该是光明的。

前两天我读到史景迁写的一本书，关于西方人如何看待中国人，里面讲到外国的传教士、记者到中国来给老百姓拍照，在他看来最奇怪的一点，就是中国人拍照时总是笑。他就觉得，你们没有理由笑啊，你们处在那么艰苦的环境，简直不是人活的，二三十年代，遍野饿殍，军阀混战，可是拍照时大家都笑，笑得很灿烂，很奇怪。我想起小时候拍照，父母总会说"笑一个，笑一个"，一定要笑。我不知道现在是不是还这样，要"smile""茄子"，非要这样搞一下。

我想说的是，这里涉及对人性的理解。我们有一种极度贫乏的乐观主义，也就是苦中作乐，不会去想人性本来是恶的。所以说我们总觉得人性美好，前途光明，不从根本上看待人性问题。我们的文学作品也好，道德哲学也好，只有理想的高度，没有道德的底线。说什么应该人人成为尧舜，人人成为圣贤，但是没有底线。比如《摩西十诫》，都是你不应该这么做，你不应该那么做，其中只有一条"当孝敬你的父母"，是正面告诉你应该怎么做，其他九条都是告诉你不要怎么做——这就是底线。

可是中国文化除了"约法三章"，似乎一直在灌输一点：不断攀登道德制高点。到了制高点，你可以睥睨众生，俯视人生，你就有了优越感——木心的难,在于他不给我们这种优越感。他从宇宙看待人生,他觉得人生就是如此,他不像鲁迅那个时代有启蒙主义的大志,要改造国民性,要批判国民。他觉得人性就是这个样子,人性摆脱不了这些问题,罪行代代繁衍。这样一种想法,是我们陌生的,也是我们的难点。

以赛亚·伯林认为有两种思想家,一种是把古人提出的问题重新思考一遍,如柏拉图、亚里士多德,等等。还有一种思想家,他们是换一个方向来思考,提出新的问题,从另一个角度看问题。我觉得木心是属于第二种:从宇宙来看待世界、看待人生,所以他觉得可笑。

我小时候跟大人去看"社戏",大人很高大,我只看到他厚实、健壮的背,最多看到脖子,我看不到戏台上的戏。我们往同一个方向看,可是大人看到的,不是我所看到的,我只看到一排背影。我听到传过来的声音是戏台上发出的"嘿嘿,哈哈,吼吼",可是小孩子不懂。有时候大人会说,"骑到我肩膀上来",可还是看不清楚,只看到前面"咿咿呀呀"在唱,在翻跟斗。

我看木心先生时有一种感觉,那就是,也许到了他那个年龄——其实我也不小了——我们可能才会对木心有所理解。但假如你有缘分,能够跟他进行超越时空、超越年龄的对话,像木心先生和丹青先生成为忘年交,超越这个隔阂,那你对宇宙的看法,对人生的看法就会上更高层次,这样的话,木心的困难,对我们来说就不是困难了。

半场说书的文化解读

四月下旬,在苏州参加一个学术会议,晚上没安排活动,觉得来到苏州应该听听苏州评弹。问了一下饭店小姐,说是最有名的一个在观前街。待我们打车找到时,售票小姐说开场已久,只能听半场了。也罢。反正随便听听,感觉一下而已。小姐通情达理,说三人买两张票,进去随便坐吧。没想到进去后要找个空位子还真不容易。坐下后才发现,台上只有一方桌,一穿灰色长衫的老先生而已。原来今晚评弹已经结束,此时已转到第二个节目——说书,题目是《潘汉年》。既来之,则听之,于是就坐下打算听一会儿,万一听不懂就走人。没想到听了十来分钟后,就不想走了,越听越有味,一直听到曲终人散,还意犹未尽。回饭店后,又乘兴讨论了一番。连夜将一些个人感想记录下来,觉得有点儿意思,或许可以给搞田野工作的社会人类学者和从事文化批评工作的学者提供一点新材料和新思路。

时间:2002年4月20日晚上6:30-8:30
地点:苏州宫巷　光前裕后书场(简称光裕书场)
说书人:男性,大致六十出头,两鬓微霜,四方脸膛,面色红润,发声底气十足。除普通话、苏白外,还能说包括上海话、四川话、浙江官话等在内的多种方言,有时还恰到好处地嵌入几个英语单词,如"no money"之类。

整个说书有一个故事,我将它称之为"主文本",以区别于从它那儿派生出来的"次文本"和"次次文本"。主文本大多是讲历史的,有一个故事情节,说书人不能临场随意发挥。而次文本和次次文本则不然,它们没有情节,只是一些从主文本中生发出来,甚至与主文本无关的插话、闲话、碎话、笑话,说书人可以根据现场的气氛、观众的反应、个人的情绪等随时作出调整。这样,每一场演出必然是一次性的、不能重复的。而说书的魅力也正在此,从现场不时发出的赞叹声、笑声和点头的动作中可以看出,许多听众,尤其是一些固定的听众,对主文本早已耳熟能详。他/她们到书场来听书,主要是冲着次文本或次次文本来的。据说,光是说一个小姐下一级楼梯,便可以从傍晚一直说到次日天亮,衍生出许多次文本和次次文本。

现在我先简单说说我听到的这半场书的主文本,再着重说说次文本和次次文本。

主文本情节并不复杂。说的是30年代,国民党军统特务戴笠得蒋介石密令,要抓上海的地下党潘汉年。由于潘名气很大,又住在法租界,戴不敢公开抓,想通过上海帮会头子杜月笙之手来办——因为法租界是杜的势力范围。与此同时,上海的中共地下党也利用杜的势力,来保护战斗在国统区的自己的同志。

在讲到杜月笙时,说书人问听众:"阿是侬晓得30年代的上海的黑社会啥样子?"(按:这是典型的民间文学手法或程式:自问自答)。然后他先宕开一笔(口)说,现在我们这里也有黑社会,但现在的黑社会没有用,一被捉牢,啪啪啪,统统枪毙。那时候的黑社会本事可就大了,它与蒋介石,与法租界都有联系,谁也不敢动它。然后"啪",一敲惊堂木。再问:共产党为啥要利用杜月笙呢? 大家晓不晓得春秋四公子?(按:又是自问自答)接着话语就从现实延伸到历史,讲到了春秋战国时代,春申、孟尝、信陵、平原四公子。尤其讲到孟尝君家中食客三千,分为三等。一等有鱼有肉吃,出门有马车;二等有鱼有肉,出门没马车,三等没鱼没肉没马车坐,光吃白饭。但三等中也有人才呵!一定时候,鸡鸣狗盗之徒也用得着。然后就讲了孟尝君的三等门客利用自己的一身绝活,爬上城楼,打开城门,为主人解围的故事。孟尝君大为吃惊,没想到自己的门客中还有此等高手,就问这个无名之辈,你既是我的门客,我为何没见过你。这小偷就说了,我是三等食客,主人哪会认识我?然后又从次文本转到次次文本,说到现在的小偷本事不行,不能算小偷,一出手掏钱包就被人发现,只好动刀子,这些人只能算"硬抢"。小偷哪有这么好当的,要专门训练过的!(按:这分明是在调侃现状,使人想到鲁迅的一篇杂文——《流氓的退化》。"哗"——下面观众都会心地笑起来了)。

接着说书人又从次次文本回到主文本,说杜月笙被身为地下党、同时也是当时上海警备司令的杨度一席话打动后,决心帮共产党的忙,派他的司机出面到法租界去见探长范大明。说到这里,说书人又宕开一笔(口),引出一个次文本,对法租界里的安南人作了一番描述。说这些人其实就是越南人,因为当时越南是法国人殖民地,这些越南人也就跟着法国人神气起来了,到中国充好佬,狐假虎威,然后话锋一转,从次文本说到次次文本,对那些在中国工作的外国人评头论足起来。比如大家晓得的说相声的大山,说书人说,这个加拿大人,要是待在他本国,也不过是一个平头百姓,没什么了不起。到中国后学会中国话,学会说相声,可就神气了,名气也有了,房子也有了,老婆也有了(下面哄堂大笑)。然后说书人又说到菲律宾女佣,每月工资港币七八千,还有一年一趟往返老家的机票,比我这个说书的工资不知要高出多少倍。我每天晚上在台上说书,就拿那么一点点钱,一半还要给书场,另一半再拿出三分之一给其他什么小姐(此处没听清)。接着,说书人自我调侃一番:我嘛,好歹还是个文艺工作者,人类灵魂工程师(听众大笑)。然后"啪",惊堂木一响,说书人又说,不过,现在中国人到外国去打工混得不错的大有人在。比如法国巴黎就有很多温州人,法国人不愿干的事,温州人干了,洗衣的、做木匠的、做鞋匠的、做泥水匠的,大家聚在一起,互相帮助,互相照顾,形成一条温州街,非常繁华。由温州人,说书人讲到了上海人,然后对此两类人作了对比。他说,温州人见到温州人非常热情,想方设法帮他在国外立脚,找事情做。上海人呢,见到上海人连忙把门关起来,唯恐他来找自己麻烦(听众大笑,表示赞同并认可这个几乎是人人皆知的地方性知识)。说书人接着说他自己也是上海人,但对上海人就是搭不拢。(按:现身说法)。

读者会发现,说书说到这里,半场中的大半场已经过去了,杜月笙的司机还没进法租界的捕房呢!然后说书人又回到主文本,讲到这位司机要见的法租界里的中国探长范大明的身世。他说范是靠自己的实力当上探长的,身材高大,待人接物一向非常高傲,听说有人找他,就昂首挺胸从办公室出来,双手叉在腰间(说书人作叉手科),问"啥人寻我?"(什么人找我?)一听说对方是从"先生"(当时上海黑帮对杜月笙的尊称)那儿来的,就慌了神,赶紧将叉在腰间的手放了下来,就像眼下的地方官员见了中央首长一样(说书人作放手科,听众大笑)。然后小心翼翼地问来人,既是先生这儿来的,能不能给我透露一点消息,先生叫我去一趟到底有啥事体要我办,我心里好有个底。书说到这里,啪,惊堂木一响,且听下回分解,下半场结束了。

从我上面很不全面、东鳞西爪的复述中,读者已经可以大致看出这半场说书的文化底蕴了。整个说书过程完全可以看作一个完整的社会文本。在这个社会文本中,至少包括这样几层意思。第一,它是互动性的,换言之,说书人和听书人之间始终有着一种默契,一种交流,这种默契和交流,是以一些地方性知识、民间智慧和对某种公共事务的共同关注为预设前提的。这就不同于现代媒体比如电视剧。在电视剧中,交流完全是单向性的。当然观众也会笑,但他们的笑声,电视剧的导演和演员是听不到的,因而观众无法参与文本的再制作。第二,书场是社会能量(借用美国新历史主义主将格林布拉特的话)流动的一个渠道,一个公共话语空间,在民主生活不发达的社会中,它是宣泄社会能量的一个重要途径。说书人说的话,尤其是次文本和次次文本中的话,实际上是听众想说,而又不敢说,或不能说、不便说、不会说的话。通过说书这种民间话语传达出来的,实际上是一种非官方的、非主流的意识形态,我们既可以把它看作一只观察民情、传达民意的社会晴雨表,又可把它看作一只平衡社会紧张关系、缓和社会矛盾的缓冲器。第三,它是民族记忆、地方性知识得以积淀、传播和流通的一种方式。许多民间智慧、地方性知识、小道小息、流言蜚语、时政大事,就是通过这种方式传播开来,流传到民间,积淀为集体无意识记忆的,从这个意义上,它又起到了一种社会黏合剂的作用。

说书人的文化底气是非常足的,我甚至认为,在某种意义上,这位说书人比某些大学教授还要有学问,应该把他请进大学校园来说两场。他的叙述艺术非常高明,如果我们把他说的整个故事,包括主文本、次文本以及次次文本,原原本本、一字不漏地记录下来(包括表情、动作、手势、听众的现场反应等),再用罗兰·巴特写《S/Z》的那种方法拆开来,一一分解为各种各样的符码,简直就是一个后现代主义的文本。通过采用反讽、戏仿、调侃、拼凑等后现代的手法(当然说书人未必晓得这些就是后现代),说书人消解了主流意识形态,显示出民间话语的"草根的力量"。我觉得,要构建起真正具有本土性的文化批评理论或社会学理论,现代的社会人类学家,除了应当关注少数民族,到那些未被现代化"污染"的地区去作田野调查外,也应该关注一下身边正在发生着的,实实在在的地方性知识、民间智慧和非主流意识形态,将这些正面临全球化浪潮冲击、并很可能被它淹没的本土文化资源好好加以挖掘、保存、记录、整理,作出理论上的研究阐发。只有这样,我们才能与相应的西方理论话语进行真正意义上的平等对话。

原载《社会学家茶座》2006年第3期

第四辑 考与察

精神三变与学问三境

关于学问之道、人生之境,中外大学者的论述有诸多相似之处。

王国维在《人间词话》中提出三境界之说——

第一境界,"独上高楼,望断天涯路";第二境界,"衣带渐宽终不悔,为伊消得人憔悴";第三境界,"众里寻他千百度,蓦然回首,那人却在,灯火阑珊处"。

这三重境界,从为学的角度看,是一个由博返约、由粗到精,逐渐发现真理的过程。从为人的角度看,是一个从孤芳自赏,到寻求知音而求之不得,到最终找到知音的过程。

无独有偶,尼采在《查拉图斯特拉如是说》中也有类似的论述——"我告诉你们精神的三种变形:精神如何变成骆驼,骆驼如何变成狮子,最后狮子如何变成婴孩。"

第一种变形,类似于王国维的第一境界,虽然一为登高,一为跋涉,但二者坚忍不拔、遍寻灵魂食粮的精神等无差异。王国维强调的是精神的超越,视野的扩张和提升;尼采强调是脚踏实地的践行,抽象的形而上的灵魂化身为具体的形而下的骆驼,勇敢地承载起人生的一切重负,孤独而寂寞地行进在沙漠上。

第二种变形,精神变成狮子,"他想征服自由而主宰他自己的沙漠"。但要做到这一点,谈何容易!在这过程中,精神一方面要抵御外在的诱惑、可见的毒蛇猛兽,一方面要与自己内心的欲望、潜藏的龙虎展开殊死搏斗。"衣带渐宽终不悔,为伊消得人憔悴",强调的是精神修炼的内功,具有明显的东方色彩。而精神变成狮子强调的是西方的强力意志,它要将一切外在于主体的东西统统吞噬、吸收、同化为自己的血肉,成功地完成精神的变形、灵魂的脱胎换骨。

第三种变形,强力的狮子最终变成天真的婴孩。这里的"婴孩"既指寻求者的灵魂,又指他所欲求的真理。寻求者经过一番艰苦的内在修炼和外在搏杀,去除了利害之心、世俗之虑,进入一种新的境界,变得如新生儿般天真无邪;凭借这颗赤裸的灵魂,他找到了同样赤裸的真理。

于是,主体与客体、寻求者与对象、抚琴者与知音之间两相融洽,合而为一;独上高楼的寂寞,跋涉途中的焦虑,求之不得的苦恼,全被"蓦然回首"的惊喜、与"那人"同在的快乐,以及精神自我变形后的轻松、愉悦之感所取代。于是,无论为学和为人都进入了孔子所说的"随心所欲不逾矩"的境界。这既是老子在《道德经》中寻求的最高境界——"复归于婴儿",也是耶稣在《马太福音》中要求他的门徒完成的精神变形——

"我实实在在地告诉你们,你们要不变成孩子,就断不能进天国。"

守夜人、守护人和守林人

以色列政府最近出台了一项海滩管理新规定。该规定要求有关部门必须按照随时可能出现的不同情况,及时更换白、红、黑三种不同颜色的大旗,分别代表安全、不正常和危险,以提醒民众,并对政府和民众应尽的责任分别作了严格规定。对此,以色列总理内塔尼亚胡解释说:"在一个有序的社会里,政府不过是在担当一个公益'守夜人'的角色。'守夜人'的首要责任和基本职能,就是保护民众的生命和财产安全,及时提醒民众可能出现的危险,并于危险发生后及时组织救援。"

"守夜人",多么质朴、亲切而又温暖的称呼啊!由此忽然想到,2010年去世的美国小说家塞林格的小说《麦田里的守望者》。小说描写了一片金色的麦田,一群傻乎乎地做着白日梦的少年和一位傻乎乎地想当这些少年保护者的成年人。麦田里的守望者没有别的愿望,只愿一直守望在一边,看着孩子们在金色的麦田里肆意地撒野,挥霍自己的青春,不让他们掉下麦田边缘。这是另一层面,精神层面上的守夜人。

再由此想到了德国哲学家海德格尔,他在专著《林中路》中,把哲学家比作守林人。他乐于担当起这个职责,给那些在林中迷失的人指点迷津。他说:"林乃树林的古名。林中有路。这些路多半突然断绝在杳无人迹处。这些路叫做林中路。每人各奔前程,但却在同一林中。常常看来仿佛相类。然而只是看来如此而已。林业工和护林人识得这些路。他们懂得什么叫做在林中路中。"

三个守护人代表了正常有序的社会所需要的社会分工,及相应的职责。政府作为民众的"守夜人",担当了守护生命、维系其正常活动这个最基本的层次。这是每个社会成员在世的最基本的欲望,没有政府的守护,民众连命都保不住,还谈什么别的更高的形而上的追求。

麦田里的"守望者"属于较高的一级。他们的职责是给那些初涉人世或入世未深的青少年,保留一方精神的净土,提供一个做白日梦的机会,让他们在梦想中,随意挥洒理想和激情,由此让每个个体和整个社会始终保持勃勃生机和创造的活力。从金色的麦田里出去、踏上社会的成人,虽然成熟,却不会世故;虽然聪明,却不会圆滑;既有一身谋生的技能、常识和理性,又不会放弃少年时候的梦想和追寻。他的人格是健全的。承担这个角色的,无疑包括家长、幼儿园阿姨和不同层次的教育工作者。

作为哲学家的守林人属于更高的形而上的层次。他拿的可能是政府给的津贴,却不完全属于政府,听命于后者。因为他有自己应尽的职责。这就是,高瞻远瞩地守护人类生存的这片林子,辨析林中的小径和支路、沼泽和湿地、湖泊和小丘,随时提醒人们遵行正道,不要迷失方向,甚至掉入泥潭。

可惜的是,当下中国,这三个层次上下错位、颠倒混乱了。政府不做好自己该做的"守夜人"角色,自以为无所不能,强充内行要干涉麦田里的"守望者"和林中的"守林人"。而麦田里的"守望者",也忘了自己的本分和职责,将本应金色的麦田,变成了一片灰色。在权力和资本的诱惑下,强行扼杀了少年的白日梦和创造活力,将他们提前纳入那个充满阴谋与妒忌、算计与谋划、贪婪与竞争的成人世界。而守林人呢,也耐不住寂寞,放弃了自己的职责,走出密林中的小屋,到宽敞明亮的林中空地来吃喝卖唱了。

信箱分类学

日常生活中的"知识考古学",这个名词是我胡编的,现有的知识体系中找不到这个词。但我认为它是确确实实存在的,只不过我们习焉而不察罢了。今天就先从信箱分类学讲起。

我这里所说的信箱不是指现在公寓里那种一家一户按楼层房号分配的信箱,而是指一些比较大的单位分配给每个员工的信箱。比如,大学里的一个系,会给它的每位教职员工配备一个信箱。如果这个系比较大,有五六十号人或更多,那就需要相应多的信箱,其总面积可能会占去一面墙那么大,那么,这些信箱的分类就很有学问。比方说,在约 2×4 平方米的一面墙上,可以平均安排六十个 20×30 厘米的信箱。很自然地,由于每只信箱的高低位置各不相同,取信的方便程度也各不相同。按中国人的平均身高,最佳的信箱位置自然是在一米三左右高,取信时不须弯腰或踮脚,只要自然站着就可开信箱取信。再往下,就得稍稍弯下腰了。愈往下,弯腰的幅度越大,直至最底下的一排,那就非得蹲下来才能取到信。

那么这些信箱怎么分类,分配给每个员工呢?按理说,最简便、最省力,也是最合理的方法,是按汉语拼音音序从上到下、从左到右分类。比方说,张三和李四的信箱。李四自然应该排在张三前面,因为按音序,李(L)比张(Z)先。这样,李四就能占据一个位置比较有利的信箱。张三则不然,他开信箱时可能就不得不稍稍弯腰或屈膝了,其弯腰或曲膝的程度视信箱高度而定。但如果张三是位老先生,腿脚不那么灵便了,弯不下腰,万一摔一跤,怎么办?而李四倒是个年轻小伙子,弯腰曲膝都不成问题。所以,两者的信箱应该对换过来。这就引入了信箱分类学的第二个标准,人体生理学再加上一点人文关怀。但问题没有如此简单。假如李四是位领导,张三只是个普通员工。是照顾领导,还是照顾员工?这就涉及另一种分类学,姑暂名之曰权力层次学。此外,还可能出现第四种分类标准。比方说,李四与张三都是同龄人。当然最好的做法是把他们排在同一排。但问题是一个单位不止一个张三、李四,还有王五、赵六,他们都是同龄人,而同一排高低位置的信箱不够分配。怎么办?于是第四类分类出现了,即按职务或职称分类。把处在"好"(方便)位置的信箱分配给高职务或高职称的。诸如此类,不一而足,总之,信箱分类法可以有好多种。

  不难看出,上述列举的四种信箱分类法中,以第一类最为简便,收发员收发信件也最为方便快捷。但据我观察,很少有单位会实行这种分类法,往往是第二至第四类交替并用,以照顾和平衡各种关系。比方说,在分配最佳位置的信箱的时候,同时考虑到人体生理学的、权力等级学的、职务(称)层次学的,等等。这样一来,原本简单的事情就复杂起来了。首先,从领导的角度考虑,要确定用哪几类标准来分配信箱位置,并且在各种分类法中取得一番平衡,着实得费一番脑筋。最终可能的结果是,在最佳位置上同时安排几只给领导、高职称人员和老先生。其次,从收发员的角度考虑,要一下子记住谁谁谁的信箱在什么位置,也不是一件容易的事,起码得有三五天或一星期不等的熟悉时间——视该收发员的年龄和记忆力而定。第三,任何本单位或外单位的人想往信箱里给人塞个条子什么的,得费好大一番工夫去寻找、推测,他要找的那个人的信箱可能在什么位置,要么就干脆交给收发员,请他去代办。但万一收发员临时不在,就得硬着头皮费点时间和精力。而如果按照第一种方式即音序分类法排列信箱,则非常简单,任何人马上就能找到想找的信箱。显然,后三种分类法所投入的无效劳动和浪费的时间是不少的。因为我这里说的只是一个单位,如果考虑到全国有那么多单位,那么其浪费的时间和精力的总量就相当可观了。

但问题在于,你认为是浪费的事情,有些人不这么认为。这就涉及知识分类学的分类标准。由此,我想到了我在美国期间看到的美国大学里的信箱分类学。那就是严格按照图书编目的方式进行分类,无论是系主任还是一般职员,都一视同仁。所以,你想往某人信箱里塞纸条,只需按字母依次查下去,即可马上找到,非常方便、快捷。

由此又想到了博尔赫斯。如所周知,这位一心想到中国这个神秘的国度走一趟的阿根廷作家虚构了很多有关中国的小说或散文,其中最有名的一篇是关于中国分类学的文章。在这段据说是引自"中国某部百科全书"的文章中,他写道:

> 动物可以划分为:1.属于皇帝所有的;2.有芬芳的香味的;3.驯顺的;4.乳猪;5.鲤螈;6.传说中的;7.自由走动的;8.包括在目前分类中的;9.发疯似的烦躁不安的;10.数不清的;11.浑身有十分精致的骆驼毛刷的毛的;12.等等;13.刚刚打破水罐的;14.远看像苍蝇的。

博尔赫斯高明的虚构艺术,竟然骗过了精明的哲学家福柯,福柯认为从中发现了一种与西方大异其趣的知识分类体系,并将此引文用之于《事物的秩序》一书的序言中大加发挥:

> 在这样一个状态中,事物被如此相互不同地"停放""安置"和"排列"在场基中,以至于不可能为它们找到一个居留地,不可能在它们的下面限定一个共同的场所。

但是明眼的中国学者一下子就看出了博氏这段文字的虚构性,纷纷撰文加以抨击,认为这是博氏和福氏心中的西方中心主义在作怪,对中国知识体系进行虚构和捏造。但平心而论,博氏的虚构是否有某种合理之处呢？或至少，他从一个局外人的角度，看到了我们自己看不到的一些东西呢？我想，上述"信箱分类学"也许可以给我们一个小小的启示。

广告中的帝王梦和霸王情结

某家牙膏公司最近推出一种新牙膏,打出的广告耐人寻味。一个老头用饱经风霜的嗓音对一个小孩说,以前皇帝都是用盐清洁牙齿的。小孩天真地问道,那么为什么我们不用盐来刷牙呢?随即,屏幕上推出该牙膏公司的新产品——盐白牙膏。同时画面上出现一个身穿皇袍、头戴皇冠的小孩,那个问话的小孩惊讶地发现,那个小皇帝正是他自己。

在我看来,这个广告可以作为研究中国普通百姓帝王情结的典型案例。首先得肯定,这则广告的设计者非常聪明。中国普通百姓的心理深层一直有一种挥之不去的帝王情结。充斥电视频道的各种各样的清宫戏之所以大行其道,自有其广泛的群众(观众)基础。而计划生育政策下催生的独生子女——"小皇帝"或"小公主",则更强化了这种帝王意识。广告商利用普通百姓的帝王情结,来勾起人们的消费欲望,将后现代的消费观念嫁接在前现代的封建皇帝梦上,两者相得益彰,互为表里,真可谓具有中国特色的一个怪胎。

由这则广告,我们可以联想到各种形式的媒体中反复出现的各种各样与皇帝或皇家有关的产品广告。各种各样的带有"小皇帝"标签的服装、玩具、糖果、产品充斥市场。帝王情结也进入了房地产行业。许多开发商不失时机地推出各种形式的皇家气派的别墅、公寓。不少饭店也打起了皇家牌,推出各种各样的皇家宴席、宴会。看来,中国民间想圆皇帝梦的还大有人在呐!袁世凯地下有灵,不知会作何感想?

中国民间与皇帝梦相关的另一个梦是霸王梦。霸王正是缩小了的,当不成皇帝就当霸王,霸王放大了就是皇帝。历史上这样的例子实在太多了,此处不再赘述。我关心的还是广告中的霸王梦。一种商品想在商战中占据有利地位,最有用的一招就是说自己的商品是同类中最厉害的。那么,什么是厉害呢？在中国人的观念中,那就是"霸"。记得我十年前买第一台电脑时,"声霸卡"(后来简称为声卡)是要单独安装的。当时很纳闷,为什么叫"声霸"呢,以来看了英文说明,才知道"霸"原来是英语"BRASS"的音译,译得可谓音义俱备,真是传神了,想必译者也深得国人霸王情结之三昧。如果说,声霸之"霸"还有那么一点来由,那么后来一哄而上的其他含有"霸"字的产品则是毫无道理的了,什么"面霸""浴霸",这个"霸"、那个"霸"的,甚至还有将电子词典叫成"词霸"、杀毒软件叫"毒霸"的。真不知道这股霸王之风从何而来、为何而来,莫非我们吃面条时还要"霸"一下自己的舌头,洗澡时还要"霸"一下自己的身体么?

人人都想当皇帝,个个都想当霸王,就是没有人愿意做一个正常人,过正常人的生活。因为当了皇帝就可以为所欲为,不受法律约束,任意攫取资源,从土地、宫室到女人。当不成皇帝,也可以当霸王;当不成大霸王,还可以当小霸王,至少可以关门在自己家里称王称霸,对父母亲发号施令。盐白牙膏广告背后透露出来,并且暗中鼓励的,正是这种扭曲的帝王情结和霸王心理。

什么时候我们的广告中没了这种带有浓厚封建色彩的王气和霸气,我们民族的整体心态才算是正常了。我们才算是真正学会做人,做一个现代人了。

抢椅子、唱双簧和变脸

随着消费水平的提高和休闲时间的延长,公众对娱乐的消费日见其长。各地电视台使出浑身解数,做出花样繁多的娱乐节目。断断续续看了一些之后,忽然有了一点感想,记录在此,以供一笑。

先说抢椅子游戏。说到这个游戏恐怕没有一个中国人不知道的。我们在幼儿园、小学、中学,甚至大学里都做过这种游戏。场地中央放几把椅子,围成一个圈子,游戏者进场,人数一定要比椅子数多一个,比如十个人抢坐九张椅子。背景音乐奏起来,游戏者沿着围成圈的椅子顺时针走步或慢跑,忽然,音乐休止,游戏者赶紧抢到就近椅子就座,没抢到椅子者下场,同时带走一把椅子。游戏依此类推,继续进行,直到最后一轮,场地中央只剩下一把椅子和两个人,最后抢坐到椅子者获胜。

在我看来,这个游戏非常典型地反映了中国社会及民族的生存状态和价值观:首先,由于资源缺乏,僧多粥少,只好争抢;其次,这种争抢或竞争,完全没有规则和法度,也不靠争抢者本人的能力,完全是随机性的,就像游戏中一样,背景音乐一停,就开始争抢,争抢不到者只能怪自己运气不好。某家电视台在直播这个游戏时还特别关照,在游戏中我们可以争抢,但在生活中我们可不能这样,要互相谦让哦!不知主持人是故作天真,还是有意撒谎,难道她从来没有见过每时每刻发生在我们身边的抢椅子游戏吗?小到公交车上抢座位,大到大学毕业生抢职位,下岗工人抢岗位,政府官员抢官位,直至街头的飞车党抢手提包,形式不同,内容则一,由于资源极度匮乏,管理极不规范,丛林法则就自然起了作用。

与抢椅子游戏相映成趣的是另外两个娱乐节目,唱双簧和变脸。双簧是另一个反映中国民族性的典型例子。两个演员,一个在明处,一个在暗处。明处的人坐在椅子上装模作样地说话,其实并没有发出声音,他的声音全是蹲在他背后的那个人发出的。明处的人一言一动、一笑一颦、动作、手势,暗处的人仿佛看得一清二楚,拿捏得恰到好处。反过来,暗处的人说话的节奏、语气、中间的停顿、休止,明处的人也都能模仿得惟妙惟肖。俩人配合默契,出神入化,简直融为一体,就像一个人表演一般。演到精彩处,台下观众连连叫好。我奇怪的是,他们究竟在欣赏什么?是在欣赏明处的人光开口不说话的本领,还是在欣赏暗处的人用话语支配别人表演的本领?在中国人的现实生活中,这种唱双簧的现象我们还见得少么?"文化大革命"期间,英明领袖毛主席一说话,下面的官员就马上传达不过夜。中央的红头文件一下达,基层的干部就马上传达执行,七亿人民只有一个脑袋、一张嘴巴。整个民族似乎完全丧失了用自己的脑袋思考和用自己的嘴巴说话的能力。改革开放、拨乱反正后,虽然情况有所改变,但鹦鹉学舌、唱双簧的本领似乎已内化在我们的血液中,一切按上面说的办,上面怎么说自己就怎么做;否则,你的乌纱帽可就保不住了,你的岗位、你的椅子可就被别人抢走罗!

变脸是川剧中的保留节目。变脸者的功夫十分了得,能在短短的几分钟里变出几十张不同的脸,从黑到白、从红到紫、从忠到奸。其变脸速度之快,所变或能变的脸之丰富,令人咋舌。但我实在看不出这个节目的美感在哪里,有哪一点值得保留?俗话说,树活一张皮,人活一张脸。中国人的爱面子即爱脸面是出了名的。但无论在历史上或现实生活中,我们都能找出许多中国人变脸、翻脸、不要脸的证据来。中国历代君王以翻手云覆手雨而著称。鲁迅平生最痛恨的是那种"一阔脸就变"的小人。现实生活中许多中国人为了利害关系可以翻脸不认账、甚至六亲不认。我不知道中国人之不讲诚信是否与喜欢看川剧中的变脸有关？（得罪，得罪！四川同胞们！）

　　我一向认为，一个民族的文化是一个整体。民族的生存经验和价值观念往往也会反映在娱乐、游戏节目中。有什么样的生活就有什么样的游戏，反过来，什么样的游戏也反映了什么样的人生。中国人的生活中似乎总是缺少一把椅子，作为中国人的我们似乎总免不了过一阵子就要唱唱双簧或变变脸。

一条小街与一个民族

小区门口的这条街很窄,不过七八米宽的样子。街两边原是拆迁安置的农民房,一家一户的倒也宽敞。南边是住家,北边是商店。南边的人们要购物,走出家门,穿过街道就行。但这几年来,私家车越来越多,再加上行人、自行车、手推车、垃圾车等,小街已经不堪重负。为了保证道路畅通,社区领导出了一绝招,在南边的住家前面筑了一堵围墙,迫使他们只能通过围墙两头的口子绕行出入,而无法从家门口直接跨到对面购物或散步。

按说,这种做法是极不公平的,要是在美国或其他西方国家,早就引发骚动了。凭什么为了有车一族的畅通无阻而剥夺我们这些住户的自由出入权?可奇怪的是,住户们居然毫无怨言,反而将这种不方便变成了大便利。几年下来,围墙与住家之间三五米宽的那一溜空地,成了住户们不费一枪一弹、意外获得扩张的新领土。在这块围墙之内、门口之外,介于公与私之间的空地上,各家各户"八仙过海、各显神通"。有将门口的空地作为停车库的;有将其整理成庭院,养花种草的;更多的住户则是把家里那些既用不着又舍不得丢掉的杂物和废品,统统堆放在了门口与围墙之间的新领地上。而西头那家独占围墙出入口之便的住户,索性在这块意外获得的空间上开起了水果摊和小菜场,上面搭起遮雨棚,下面搬出电视机,主人坐在太师椅上,一壶茶,一根烟,优哉游哉,好不惬意!眼看自己的生意越做越大,越来越红火,主人干脆"招商引资",扩大再生产,把这块归属不明的领土租给了一对来自德清的小夫妻,小两口每天一早准时运来新鲜蔬菜、鱼虾、禽蛋之类,出售给附近的业主。由于绿色环保,方便实惠,态度和气,生意好得不得了。

　　看着这几年来围墙内的住户以柔克刚、变废为宝、化不利为有利的执著功夫,真心觉得自己活了大半辈子,对自己的民族太不理解了,真心佩服咱中国底层百姓深藏不露的生存智慧,野草般蔓生的承受力、适应力、繁殖力和复原力。他们要的不是抽象的原则,什么公正、自由之类;不是那些个一钱不值的所谓尊严和体面。他们要的只是实惠,只是便利,有这两条,其他一切都无所谓,都好商量,甚至不商量也行。说到底,人生在世为了什么呢?不就是为了生存嘛。一旦明白了这个简单的道理,一切就都可以承受、忍受、接受、领受,而不会难受了。想到这一点,我对中华民族伟大复兴的信心增加了百倍。未来的世界,必将是中国人的天下。

后现代景观中"祥林嫂"们的命运

古色古香的江南小街中央,站着一个衣着褴褛的中年女子,一手拄一根拐杖,一手持一只破篮,口中念念有词:"我真傻,我单知道冬天有狼,我就是不知道春天也有狼……",看到这幅情景,我不说,大家都知道,这不是祥林嫂么?是的。但我要说的不是鲁迅先生笔下的那个虚构人物,而是后现代旅游景观中一个由真人扮演的场景,这场"模仿秀"在离先生老家十几里地外新建的鲁镇天天上演着。

鲁迅的现代老乡们很会做生意,知道利用文化名人这笔巨大的、无形的文化资源。先生笔下的许多东西,都已经"道成肉身"(word made flesh),从臭豆腐、霉干菜到孔乙己茴香豆,都已经被一一开发出来,并正在被一拨又一拨的中外游客品尝着、赞叹着。无疑,这对于扩大鲁迅故乡的知名度,开发本地的旅游经济是一件好事。但是,利用活人来做模仿秀,展演鲁迅小说中人物的悲剧命运,这本身却成了一个后现代的悲剧,而扮演祥林嫂的这个现代鲁镇妇女,恰恰成了供奉给后现代的一个"祭品"(借用《祝福》英译本的题目"Sacrifice")。

让我们设想,这位以模仿祥林嫂为自己职业的中年妇女,一年三百六十五天,天天如此,年年如此,站在鲁镇街头,疯疯癫癫地做着同样的动作,说着同样的话语,长此以往,祥林嫂的性格是否会慢慢渗透进她的灵魂,内化为她性格的一部分呢?等到她"下班"之后,回到家里,她又会有什么样的感觉?是欣喜(又赚了一天的工资),痛苦,还是麻木?而她的家里人会如何看待她,她的"阿毛"又将怎样看待她?如果她的"阿毛"已经上学,那么,他的同学又会怎么看待她的儿子?或许,同学之间吵架的时候,同学就会对"阿毛"说,你算是个什么东西,你母亲是个疯婆,是靠扮演祥林嫂谋生的!如果"阿毛"回家将自己受到的委屈告诉母亲,做母亲的心中又会有什么样的想法?是痛苦,麻木,还是淡然一笑:"走自己的路,让人们去说吧!"

再从游客的角度看,那些慕鲁迅和鲁镇大名而从全国各地赶来的游客们,在看了这个后现代模仿秀之后,又会产生什么样的想法呢?可能有点同情,还有点怜悯,更多的恐怕还是好玩。当他们一面津津有味地品尝着臭豆腐和茴香豆,一面带着几分好奇、几分好玩、几分鄙夷的心情凝视着这个从小说中走出来的疯婆儿,并用数码摄像机拍下这个后现代祥林嫂的表演的时刻,他们心中油然而生的恐怕只能是一种来自城里的优越感,和一种好玩的"看客"心态,而这正是祥林嫂的创造者,我们的鲁迅先生生前深恶痛绝,并一再批判的国民劣根性的一部分。

不过,旅游策划者们恐怕不会这么想,他们想的更多的是如何振兴旅游业,开发眼球经济。那些扮演祥林嫂、阿Q的当地人无非是他们导演的"文化搭台,经济唱戏"中的一个小角色,真正的主角是那个没有姓名、没有性别、没有情感的后现代资本。旅游市场策划者和旅游产品消费者双方各有所求,也各有所得。游客在享受了后现代旅游文化提供给他们的"供品"后,心满意足地带着绍酒、霉干菜和一张张照片、一个个掌故,回到喧嚣的城市继续他们的幸福的单调生活,而旅游策划者们则在无情地将自己的同胞供奉出去之后,心满意足地点数着手中的人民币。唯有那位现代的祥林嫂,躲在家中麻木地幸福着,或幸福地麻木着。如果日复一日、年复一年的表演还未使她的灵魂完全麻木,当夜深人静,丈夫和孩子入睡时,她或许还会在床上辗转反侧,偷偷哭泣着,哀叹着自己的不幸。或许,她还会用她已经用得非常纯熟的祥林嫂的口气,对自己这样说:"我真傻,真的,我单知道为了赚钱而扮演祥林嫂,我就是不知道我就是一个新的祥林嫂……"但是,第二天一早,她还是会像她的老乡阿Q那样,揉着红肿的眼睛起来"上班",在游客们好奇的目光和数码相机镜头的双重凝视下,继续她的双重的祥林嫂生活。

四十八小时后允许叛变

随意看一些历史掌故,有时也蛮有收获的。美国中央情报局有个内部规定,允许执行其使命的间谍,在被捕四十八小时之后,因忍受不了拷问而向敌方招供,并不会因此受到追究。为什么是四十八小时?据说,这是作为血肉之躯的人所能承受的痛苦的极限。此外,这个时间也足以让被出卖的同伙脱身。

这真让人大跌眼镜!在我的印象中,坚持信念,永不叛变,直到牺牲,向来是身为地下工作者(特务或间谍)的基本操守,国共两党都是这样要求其成员的。但美国的情报机关,居然允许自己的员工背叛自己的信念,出卖自己的同志,当然,前提是坚持四十八小时。

从董桥这里读到吴霭仪为自己的著作《知识分子的乳房》写的《代序》,其中有段话很发人深省。吴女士说,她欣赏和追求中国读书人的道德情操,可是"道德情操跟道德原则不同":情操是个人的、感性的,像伯夷、叔齐不食周粟,终于饿死;原则是普遍的、理性的,像保障人权、自由等。

国人,尤其是读书人,一向所受的是道德情操的教化,鄙视、痛恨和谴责叛徒(无论是历史、小说还是影视中的),虽然自己真的身临其境时未必能够"杀身以成仁"。而中央情报局的内部规定,却给我们提供了另一个看待信念问题的视角。究其实,这个视角建立在西方基督教价值观基础上,即承认人的在世的软弱性。间谍也是人,无法逃避生理学法则,承受不了加之于血肉之躯上的痛苦折磨。当然,西方历史上也有类似中国"杀身以成仁"的圣徒,但那毕竟是少数,属于斯大林所说的"用特殊材料制成"的人。不能以此来要求每一个人。你可以追求自己的道德情操,做到即使被折磨四百八十小时,甚至四千八百小时都不出卖自己的同志,但不能要求所有人都这样,否则,就是道德绑架。况且,考虑到人的在世性和世事的无常性,你不能肯定地说,你此时此刻所坚守的那个信念,五十年后还是正确的。

一部人类的痛苦史(如果有这样一部历史的话),似乎就是逐渐从个人的、感性的、无限承受的"道德情操"型,进化为普遍的、理性的、有限承受的"道德原则"型。简言之,就是从"杀身以成仁",发展到"四十八小时后允许叛变"。这究竟算不算得上是历史的发展、人类的进步呢?

小偷、射手、科学家与谋略家

曾经热播的电视剧《娘要嫁人》中有个情节,主角齐之芳的大儿子毛毛离家出走,与一群小流浪汉混在一起。后来被一老汉收养。老汉已收养了三个小男孩,平时给他们供吃的穿的喝的,但不让出门,要他们一天到晚在家里学绣花。过几天带两个出门,去做他所谓的"秘密工作"。后来,毛毛才知道,原来这是个窃贼团伙。平时的绣花,正是为了练偷窃的基本功。

窃贼的行为当然不值得效仿,但其方法颇有可取之处。这老贼似乎深谙道与术、无为与有为的关系:只有平时练就静气和敏捷,下手的时候才能不露痕迹,不动声色,一举成功。

《列子》中有个著名的故事。说的是一位名叫纪昌的人,向当时有名的箭手飞卫学射。飞卫说:"尔先学不瞬,而后可言射矣。"纪昌回家后,就成天趴在老婆的织布机下,睁大眼睛看着梭子来回穿梭。三年后,哪怕钉子竖在他眼前,他也能够做到一眼不眨了。他以为功夫到了,去见他的老师。飞卫说,功夫还未到啊!做到不眨眼,这只是第一步。下一步是要学会看,把小的看成大的,不明显的看成明显的,到那时再来见我。纪昌回家后,就捉了只虱子,用丝线穿起来挂在屏风上,每天盯着它看。过了十几天,眼中的虱子慢慢大起来了。三年之后,虱子变得像车轮那样大了,这时他出门看任何东西,都觉得像山那样又高又大。他想试试自己的本领,于是张弓搭箭,向这只虱子射去,结果,箭矢不偏不倚,正中虱子的中心,连悬挂虱子的丝线都没有断。他把此事告诉飞卫老师,老师拍着大腿说:"好啊,你成功了!"

这个传说可以与前面那个老贼的故事相映成趣，借用陆游的名句，前者说的是"功夫在偷外"，后者则是强调"功夫在箭外"。

有时爱发呆想，那些科学家、发明家平时都在忙什么呢？看周有光的文章才知道，许多大科学家也不是一天到晚都钻在实验室里的。周有光说上世纪30年代他在普林斯顿大学时，与爱因斯坦住得很近。两人经常在一起聊天，一聊就是大半天。他说，"爱因斯坦空闲得很"。莫非，爱因斯坦的相对论就是这样瞎聊聊出来的？

读曾国藩日记，看他平时好像蛮空闲的，关于兵事、饷事之类的正事说得不多，倒是经常有"静坐一刻""与××围棋一局"，或"写大字×张"之类的记载。曾氏给子弟的书信中，经常有"要静养"，不要"多读书"之类的告诫。当时看了有点纳闷，现在明白了，他说得都是平日的养气功夫。曾氏的这套功夫，来自宋学。《近思录》是他的必读书，其所讲究的是"平时涵养之功，临事持守之力"。难怪毛、蒋这两个老对手，都一致敬佩他。毛说，"余于近人中，特服曾文正公"。服的是什么呢？服的是他清剿太平天国的那场战争。"收拾洪杨一役"，之所以能够做得干净利落，除了过人的智力外，更需要胆识、勇气，以及处变不乱的应对态度。而这些，靠的都是平日涵养的底气。

现代社会节奏快，诱惑多，很难让人能够静下心来养气。但其实，时间这个东西，就像某些女星的"凶器"，挤一下，总会有的。每天静坐养气一刻，胜似苦读经典十页。

"人"与"人物"

汉语中许多词语都造得很有意思,只不过我们习焉而不察,没有细究而已。比如,"人"与"人物"这一对词就大可玩味。

查词典,"人",指的是灵长类动物中的一种,能直立行走,有自我意识,具有制造工具、发明语言等能力。

"物"指的是没有自我意识,只能任人摆布的物质客体,如桌子、茶杯或自行车。用萨特的话来说,人是自由的,物是不自由的。人有自我选择的自由,物却没有。一把茶壶从被制造出来的那天起,就是茶壶,只能被人用来每天灌水、泡茶,它不想当茶壶也不行——不过,既然它没有意识,也就不会有不想当茶壶的念头。

"人"与"物"这两个字结合产生的一个新词,即"人物"。我们的聪明的先辈在发明"人物"这个词汇时,是很动了一番脑子的,利用"人"和"物"原有的语义合成一个新词,简单明了,而且相当"前卫",揭示了人的自我异化。毫无疑问,我们都是"人",但不一定都是"人物"。顾名思义,人物,就是那种既是人、又是物,既具有人的特征、又具有物的特征的,"不伦不类"的存在物。

比如,"小人物"就是这种存在物。他或她虽然像人一样活着,但时时刻刻受他人的支配,没有自主权。如阿Q就是如此,他受赵老太爷支使,"打麦便打麦,舂米便舂米"。阿Q就是这种介于人与物之间的"小人物"。

那么,"大人物"如何呢?表面看来,大人物相当了得,或财大气粗,或重权在握,能呼风唤雨,对人颐指气使。但既然是"人物",我们就不能说他是个完整的人,因为他同样具有物的特征,即受人摆布。需知,大人物之上总有更大的人物,他可能在你面前神气活现,但在比他更大的大人物面前就抬不起头来了。也许正因为如此,出于补偿心理,他才会对小人物们指手画脚。但既然是物,他就不能完全自由支配自己(包括脑袋和身体),成为自己的主人。

"公众人物"也是如此,他或她表面上很风光,到处有人要求合影、签字、做广告,但实际上也做不了自己的主,因为他或她的一言一行都会被曝光,时时刻刻处在他人(包括我们)的目光的凝视下,一点也不自由,连上街购物也得戴上墨镜,即便如此,一不小心,他还是会被人认出,被人包围,甚至被他的粉丝杀死。我们知道,大名鼎鼎的摇滚歌手列侬,就是被他的一个粉丝开枪打死的。

从这个意义上说,做"大人物"还不如做"小人物",至少后者还能避开别人对他的骚扰。由此,我想到了狄金森的一首小诗《我是小人物》:

> 我是小人物!你是谁?
> 莫非——也是——小人物?
> 那么,咱俩是一对!
> 别说!要不——会把咱们驱逐。
>
> 当个——大人物——多么枯燥!
> 学蛤蟆——真有名望——
> 面对着洗耳恭听的泥沼——
> 整个六月——把自己的大名宣扬!

春节与消尽

鲁迅的《祝福》是我最喜欢读的小说之一,开头一句写得最为传神、老辣、简洁,传达出了中国传统节日的氛围:"旧历的新年毕竟最像新年……"。

从广州回来,一路上感受的正是这种旧历新年的气象——机场、地铁、车站、码头挤满了拎着大包小包、一脸疲惫、归心似箭的旅客;大街小巷喜气洋洋、张灯结彩,一派祥和的气象;商家使出浑身解数,掀起一轮又一轮降价打折狂潮;超市里人头攒动,收款台吞下大把大把的现钞、购物卡;甚至市中心银行自动柜员机前也排起了长队。回杭后做的第一件事是打电话给杭州百年老字号"楼外楼",预订其新推出的服务项目——外卖年夜饭。然而,对方告诉我,一万份年夜饭早已预订一空。

是啊,毕竟一年才一次春节,年夜饭哪能马虎呢?记得计划经济年代,我和妹妹曾向母亲提出过一个非常富于创意的设想——把过年用的钱平摊到一年的每一个月中,免得过年时吃坏肚子,平时则没好东西吃。谁知母亲一瞪眼:"哪有人家这样过年的?那叫唔节刹!"我们深知这三个字的分量,大意是"没有节制"或"不要好",然而其深层含义远比这厉害得多,是绍兴方言中对那些不会过日子的人家所能作出的最严厉的道德评价。

如今,经济条件好了,我和妹妹的创意应该说也已大半实现了,但是,中国人过年的观念还是一如既往。从纯经济的角度看,过年的浪费肯定是惊人的。且不说请客送礼、迎来送往,单是春节期间放鞭炮、烟火烧掉的钱,或许就抵得上一个非洲小国全年的国民生产总值了吧?

有时想想,这实在有点不必要、不合理。又回到那个老创意上来,将过年浪费的钱平摊开来用于平时,不是更好吗?

然而,读了法国哲学家巴塔耶的"消尽"理论后,方才明白我母亲说的话有道理,平时的节俭与春节的"消尽"(用巴氏的术语),正是人类社会生活之两面,缺一不可。

按照巴氏的观点,人之所以为人,就在于他既有生产物品、占有自然的冲动,又有"消尽"自我、回归自然的一面。人作为人的意识觉醒之后,首先出现的一个强烈冲动,就是要将自己与自然分离开来,竭力表明自己是不同于自然的一种存在物。动物只是生存着,人则要以自己的行动改变自然物的存在状态,在自然上加上自己的印记。通过生产和占有自然物,他做到了这一点,但与此同时,他也切断了与自然之间原本存在的连续性。

然而,人毕竟是自然的一部分,不会满足于做一个生产者,他还有另一种冲动,即要回归自然,回归自己原先的状态。那么如何做到这一点呢?通过一年一度的仪式庆典,通过各种仪式中的"消尽",他大规模地耗费自己生产出来的物品,以此来证明自己的高贵性,即自己不是一个单纯的生产者和占有者,而是一个完整的人。换言之,通过仪式,以及仪式中的"消尽",他恢复了与自然的连续性。

按照巴氏的说法,通过这样两个阶段的否定(先否定自己作为自然的一部分,成为生产者;再否定自己作为生产者的身份,再度回归自然),他完成了向完整的人的过渡,成为了一个高贵者。

在古代社会,只有部落首领、酋长或国王能够成为高贵者。因为只有他们可以不事生产而拥有"消尽"物品的权力。部落成员或臣民将满足生存需要后的剩余物品供奉给酋长或国王,任凭他们支配。按照巴氏的看法,国王或酋长的高贵性并不像后人想象的那样,建立在他拥有物品的权力上,而是建立在他"消尽"物品的权力上。通过建造雄伟的金字塔、富丽堂皇的宫殿和各种各样华而不实的奢侈品,他"消尽"了他的臣民生产出来的物品,证明了自己的高贵性。而平民百姓则只能按部就班地生产、生活着,没有"消尽"的权力。他们只有在举行仪式的那一刻,才有权力"消尽"自己生产出来的物品,证明自己不光是一个生产者,更是一个高贵的"消尽"者,通过"消尽"这种行为,他们恢复了与自然的连续性。

将巴氏的观点挪用到中国,可以认为,对于中国广大的平民百姓来说,春节正是这样一个"消尽"的时刻。通过从除夕夜开始的大飨宴、大团圆,通过大吃大喝、放鞭炮、放烟火,通过正月里一次又一次的走亲访友、互相请客吃饭、赠送礼品,"消尽"了一年中生产出来的物品。中国的普通百姓从平时的生产者、占有者的角色转变为"消尽"者或耗尽者的角色,从而证明了自己的高贵性,恢复了与自然之间的连续性。

只要略微想一想就不难发现,春节期间的飨宴不同于平时的觅食行为,它不是为了恢复体力、补充能量,以便更好地扮演生产者角色的纯生理性行为,而是一种为吃而吃、为喝而喝的"消尽"行为。在传统中国社会中,人们在除夕夜首先举行仪式,将自己生产出来的物品供奉给祖宗和神灵。在仪式结束后,开始大口大口地吞下自己平时舍不得吃,或难得吃到的,远远超出自己生理需要的东西——各种家畜、禽类、鱼虾、点心、酒水、菜肴、饮料、水果、糖果,等等,总之,必须"消尽"一切,耗费一切。春节期间的赠礼也是如此。按照巴塔耶引用的人类学家毛斯的说法,在原始部落中,赠礼既不是一种商业行为,也不是一种生产行为,而是一种显示自己高贵性的仪式展演。通过向对方赠礼,赠礼者"消尽"了自己的物品,显示了自己的高贵性。反过来,接受赠礼者必须回赠更多的礼品来压倒赠礼者,来证明自己的高贵性。于是,一条由赠礼、回赠、转赠、再赠组成的链条形成了。通过这条"消尽"的链条,人与人之间、人与自然之间恢复了原本存在的、只因生产和商业行为而中断的连续性。这个观点也可以用来解释中国人在春节期间要购置那么多年货,那么多礼品,那么多烟酒、糖果、花生、瓜子、饮料等物品的原因。它们的功能不是为了交换,而是为了在赠礼中"消尽"它们这是最原始、最本真意义上的赠礼动机。至于现代社会中人们在节日期间通过赠礼达到某种实用目的,或借节日之机向官员行贿(或官员借节日之机索贿、受贿)等行为,则已经丧失了赠礼的本来意义,使之降格为一种纯粹的商业或权力交换活动,从而将"消尽"行为原本含有的高贵性蜕变为卑贱性。

  从这个角度出发,再回味一下我母亲说过的那句话,就意味深长了。它实际上代表了中国传统文化中特有的那种高贵性理念。平时的节衣缩食,为的是换来春节期间的"消尽";平时扮演一个与自然分离的生产者的角色,为的是在过年的那几天里,享受一下高贵性;平时忙于商业、生产性活动,为的是春节期间可以像皇帝一样,享受不事生产、专事"消尽"的特权。在我的老家绍兴水乡,至今还保存着这样的风俗,在年三十晚到来之前,正月里享用的鸡鸭鱼猪,都必须宰杀完毕,高高地挂起来。此外,该洗的衣服、该晒的被子、该打扫的屋子、该还的债务等一切旧年未了的杂务琐事,必须在除夕夜这个神圣的"消尽"时刻到来之前全部处理完毕,为的就是春节期间完全不事生产,不事劳动,不费心费力,尽情地"消尽"一切、享受一切。于是,作为生产者的人恢复了作为人的全部完整性和高贵性,大自然也在此期间懒洋洋地享受了人通过"消尽"物品而向它提供的供品,从而恢复了它与它的浪子之间中断的连续性。

散穗遗粒

夏末或深秋，大规模机械化作业后，田野上会散落一些麦穗和谷粒。拾穗者会跟在拖拉机后将它们一一捡拾起来，毕竟，粒粒皆辛苦啊！体制化写作之后，也会有一些无法被长篇大论容纳的小心得。于是就有了以下这些或长或短，无系统、无组织的文字。

1

王尔德说，"我们同在阴沟里，只是有些人选择了对着星星看"。人生犹如体操，有规定动作，也有自选动作。规定动作就是，大家都必须在阴沟里摸爬滚打。自选动作是，有时可以上来透口气，或看看星星，或发发呆。但不少人在阴沟里待久了，只记得有规定动作，而忘记还可以有自选动作。

2

格特鲁特·斯泰因说："一朵玫瑰是一朵玫瑰是一朵玫瑰。"由此还可以衍生出许多同类型的句子。比如，一块石头是一块石头是一块石头。一只鸟是一只鸟是一只鸟。一匹马是一匹马是一匹马。但这个句式唯独不能用于人，因为，一个人有可能不是一个人不是一个人不是一个人。

3

朱丽娅·克里斯蒂娃说:"语句的被动化显示出某个主体替代客体的能力,是主体性得以形成的本质性阶段。"(《恐怖的权力:论卑贱》)近年来,媒体上频频出现的"被"字句似乎印证了这一点。其实,这半个多世纪来我们都是"被"的,但居然没有一个人意识到。

4

尼采说:"误解一个句子的节奏,就是误解这个句子的意义本身。"(《在善恶的彼岸》)。活生生的语言交流并不是单纯的信息传递。语速的快慢、音调的高低,停顿和重复,有意无意的口吃和结巴,等等,都是某种意义的表征。可惜,大多数情况下,我们急于知道话语的内容,而没有耐心倾听这些似乎是可有可无的、琐碎的话语赘生物,其实,它们才是说话者真实意图的不经意的流露。

5

《朱子语类》卷八·学二:"某问:明性须以敬为先?曰:固是。但敬亦不可混沌说,须是每事上检点。论其大要,只是不放过耳。""敬"就是"不放过"。此解甚好,宜默念在心。很多情况下,我们之所以做不好一件事,就是由于缺乏"敬",在细节上疏忽、放过了。须知,无论为人为学,不放过细节是最重要的。

6

凯鲁亚克《在路上》说:"因为我一贫如洗,所以我拥有一切。"(Everything belongs to me because I am poor.)这句话反过来说也可以成立,"因为我拥有太多,所以我一无所有"(Nothing belongs to me because I have too much.）精神与物质、肉体与灵魂总是很难兼容,就像拉着同一辆车的两匹马,各自向着自己认定的方向奔去。

7

艾伦·金斯堡说,"问题在于要向人们播散的是生命的火花,而非对这一生命火花的某种看法。"眼下许多所谓的文化名人或公共知识分子,向人们播散的不是生命的火花,而是生命的排泄物,甚至是这些生命的排泄物的排泄物的排泄物。

8

胡适留学日记卷三之三八,记载一则他不知哪儿引来的座右铭:"If you can't say it out loud, keep your mouth shut."（如果不敢高声言之,则不如闭口勿言也）。对此,他自己的解释是,"不敢高声言之者,以其无真知灼见也"。许多当代学者的所作所为则恰恰相反,不管有没有真知灼见,先把话语权抢过来再说。

9

尼采说:"假如我不能从自身产生力量,假如我必须依赖外部世界寻找勇气、舒适和快乐,那么,我将身居何处!我将成为何物!"（德勒兹《尼采的幽灵》）这就是天才和庸众的区别。普遍的心态是:假如我不能从外部世界捞取一点东西,那么,我将如何证明自己的能力!

10

忘记是谁——可能是张爱玲——说的名言:"庸俗的东西绝对能够缓解压力。"现代社会压力越大,现代人就越庸俗。网络上层出不穷的八卦新闻、媒体上花样翻新的娱乐节目,正是计量现代人承受压力单位的气压表。

11

读史景迁的张岱传《前朝梦忆》，不免使人绝望。闲人们积累多少代而形成的精致文化，被忙人们（政客、野心家、军人、蛮勇）一夜之间毁灭殆尽。史景迁的评论也真精彩，许多引述张岱的话，其实也是他自己的胸中块垒："在张岱眼中，生活多是光彩耀目，审美乃是人间至真。在精神的世界一如舞台生活，神明无情操弄和人的螳臂当车之间并无明显区别。我们所称的真实世界，不过是人神各显本事，各尽本分的交会之处而已。"

12

齐美尔说，哲学家分三个层次：第一个层次的能够听到事物的心跳声。第二个只能听到人的心跳声；第三个只能听到概念的心跳声；而第四个（已经不是哲学家，而是哲学教授了）则只能听到文献的心跳声。（北川东子《齐美尔：生存形式》）他不知道，当代中国还有第五个层次的哲学教授，他们什么也没有听到，只能听到权力和资本的碰杯声，以及自己想前去分一杯羹而燥得耳热心跳的心跳声。

13

村上春树在《1Q84》中说，一本书应该有一种"像巨锚一样的沉重的说服力"，"所有的船上都有一只与船的大小和重量相配的锚"。此话也可以用于形容人：每个真正有个性的人都有一只与其内在力量、信念、美感和人格魅力相配的锚。当他开口说话或行动时，你明显能感觉到锚链转动的哗哗声，铁锚出水的铿锵声和海水溅落的滴答声。

14

本雅明在《单行道》中说:"成就来自即兴创造。所有决定性的打击都来自左手。"他的大多数文章,好像真是用左手写的,妙语迭出,神采飞扬,形象生动而又不失逻辑的缜密。但也有几篇规规矩矩的论文,枯燥晦涩,全失灵动之气,看样子是右手和左脑合作的产物。

15

惠特曼说,在他那个时代,城里的人"整个上午向百老汇商店的橱窗里张望,将自己的鼻子压扁在厚玻璃上"。当下这个时代的人们无需如此辛苦了,电视和网络会主动向你的内心橱窗张望,将你所欲的对象压扁成图像,送到你的鼻子跟前来。

16

小林一茶的俳句"秋夜的月亮/温和地照耀着/偷花的贼",其妙处在于月亮照耀的是独行的贼,而不是牵手的情人;此贼又是偷花的,而不是偷金银财宝的,用《西厢记》中红娘的话说,是个"雅贼"。周作人评论说,这种诗境本身就像明月般,观望着,猜测着,无欲无我,无思无虑,只是敞开自己的心扉,把智慧的光投向人间。有悲悯,但不执著;有道德感,但没有审判的道德优势;有是非观,但不囿于一隅之见。一茶的诗写得好,周氏的评论也妙。

17

对待工作要像对待爱情那样痴迷;对待爱情要像对待工作那样敬业。做到这两点,就不会有什么背叛和辜负了。

18

"知识"二字须分开解释。"知"是来自外部的信息;"识"是经头脑加工后内化为自己精神结构的见识、见解和思维方式。有知者不一定有识;有识者不一定多知,但必定多思、能思、善思,所以他能推一为十,或合十为一——这也是古人对"士"一字的拆解。古代有过许多有知无识的"两脚书橱",网络时代信息爆炸出现了许多凡事查百度的"两脚电脑"。须知,百度只是将我们摆渡到知识彼岸去的工具,如果你不知道到彼岸后做什么,还不如不摆渡,否则到对岸后会迷路。

19

纪伯伦说:"生命是一支队伍,走得快的人因为走得快离开了队伍。走得慢的人因为走得慢也离开了队伍。走得不紧不慢的人就长时间走在生命的队伍里。"走得快的是先知、天才;走得慢的是愚人、蠢材;走得不快不慢的人是常人、庸才。天才大半短命,庸人大多长寿,愚人虽生犹死,无所谓长寿或短命。

20

日本作家三木清说:对于死亡的准备,就是不断地创造自己所留恋的东西。藏传佛教教导说,为了避免临死时留恋尘世,造成无法割舍的痛苦,不如活着时就慢慢否弃人生。两种生死观,究竟哪种好,没有定论,要看各人的缘分和修行。

21

拉什迪在《羞耻》中说,爱是这样一种感情:它在别人身上认出自己。换种说法或许更准确:爱是在别人身上认出一个更完美的自己。

而恨则是在别人身上认出了一个不完美的自己,发现别人做了你想做又不能做、不敢做、不会做的事情。爱恨交加的感觉,就是一个自己在和另一个自己作战。

22

兰姆在退休那一天忽然悟到,一个人所有的时间都开始属于自己,这就是所谓的永恒。现在他不再需要追逐快乐,"我让快乐自己降临"。(《伊利亚随笔》)其实,不必等到退休,每个人只要愿意,都可以在一生的某个阶段,一天的某个时刻,找到完全属于自己的永恒。

23

梁启超在《新大陆游记》中总结中国人的缺陷:"有民族资格而无市民资格,有村落思想而无国家思想,只能受专制不能享自由,无高尚之目的。"这大概就是他主张实行君主立宪的根据。百年过去了,中国人改正这些缺陷了吗?改正了多少?

24

所有的假都可能因为有充足的时间浸润而变成真,但最终还是会露馅。而所有的真则不会因时间的绵延而变成假。诚如林肯所说,"你可以在某些时候忽悠(fool)所有人,也可以在所有时候忽悠某些人,但你不可能在所有时候忽悠所有人"。

25

不少作家只是为心目中的某一个或某几个理想的读者写作。但书出版后就成了公共产品,为大众所有,许多不相干的人闯入其构造的私密空间,自说自话前来解读、阐释、批评或吹捧,作家的幸运和悲哀莫过于此。鲁迅最害怕的就是这两点：骂杀和捧杀。

26

冬天晴朗的日子，有人在公寓阳台上晒起了白菜，准备做腌菜过冬。虽然有碍观瞻，倒也不失为一道独特的后现代风景，能勾起一份被现代性埋葬了的乡愁。

27

本雅明喜欢短论，认为它的外表如同阿拉伯建筑，其正面并无特殊之处，也不显眼。只有置身其内，才能看出它的内部结构。我更倾向于将短论与老城中的背街小巷相比。穿行在这些被现代建筑包围的僻静小巷中，不时会有惊喜的发现：一家老字号商铺，一个简易理发店，一个懒洋洋晒太阳的老头，墙角的青苔，或石缝里的野花，窗口晒出的旧衣和花被子……一切都从容不迫地展开在你面前，使你嗅到时间积淀的气息，感叹自然形成的纹饰之美。

28

本雅明在《单行道》中说，人内心深处有一种幽暗意识，唯恐自己的举动与使人生厌的动物没有多大差异，而被动物认同。美国人的禁忌之一，就是就餐时不要将已经吞进嘴巴的食物吐出来再吃进去，因为只有动物才这样。但中国人并不忌讳这一点，使国人吃得津津有味的，正是那种可以反复咀嚼吞咽的食物，如鸡爪、排骨、鱼头或鸭脖子。在中国俗人和雅人心目中，一切都是可以吃、可以品的，从食品、物品、礼品、用品到人品，都可以有三张以上的嘴巴同时张开。

29

读朱熹才知道,原来古人读书是讲究身体姿势的。《朱子语类·卷十一·读书法》说:"学者读书,需要敛身正坐,缓视微吟,虚心涵泳,切己省察。"现代人读书之所以不如古人,或许正是因为缺乏这种身心合一、由外到内的自我规训的虔诚。

30

拉罗什富科说:"我们的意志力比能力薄弱,所以,我们经常想象事情是不可能的,以此为自己开脱。"大多数情况下,天才与庸众比拼的是意志,而不是能力;是耐心,而不是雄心。雄心或许人人都有,但要把雄心转化为耐心,如一只沉默的蜘蛛般结网,就不是人人都能做到的了。

31

乔伊斯认为艺术是永远完成不了的"半成品"。本雅明说只有弱者才需要完成的作品来安慰自己,强者的创作是一个持续不断、永无完结的过程。这种耐心与霸气正是当代作家和艺术家所缺乏的。

32

金斯堡临终前要他的朋友们都来到他的病床边,各自或聊天,或唱歌,或弹琴,或抽烟,或吃喝,或打牌……总之,不要管他。他就在这种喧闹声中悄悄离开这个世界——"直到我发现/我就是自己所穿行的世界"。

33

凯鲁亚克告诫自己,写作时"别顺应你自己所期望的想法,而要顺应你此时此刻自然生发的思绪,你的原始意识(或你最初意识到的东西[raw awareness])"。问题是,如何发现你的原始意识,并确认它的确是属于你的、独一无二的原始意识,而不是社会、大众、媒体、主流意识形态传染给你的"二手烟"?

34

"学习"二字须分开解释。"学"是模仿,是获取,属于思维的外向型活动;"习"是将学到的东西反复体味,不断反省的内向型活动。光学,得不到什么。只有"学而时习之",才能将学到的东西内化为自己的精神财富。现代教育最大的失误是只强调学,而忽视了习,只有向外的攫取,没有向内的省察;知识大多是学得的,不是习得的,浮在表面,犹如无根的漂萍。

35

切·格瓦拉说:"假如有一天,我觉察到我体内神圣的火焰已经让位于驯服的火苗,我定将抛弃我的生命。"这似乎是拉丁传统的圣徒和革命家才会有的心态。大多数东方革命家一旦革命成功,内心的圣火就让位于驯服的火苗,进而连这朵微弱的火苗也完全熄灭,成为吞没新的火苗的黑暗势力的代表。或许他们内心本来就没有圣火,只有欲火?

36

胡适在美留学期间首次接触到 Shakespeare,将其归化翻译为"萧思壁",很 funny!想象一下,一个姓萧的老学究,面壁思过,正在写《罗密欧与朱丽叶》。

37

汉娜·阿伦特在《人的境况》中,将人的存在分为三个不同层次:劳动、工作和活动。劳动是一个纯粹的生物学过程,只是为了维持人的自我复制或再生产。工作使人脱离自然过程,制造出耐久性。在古希腊,这两者都是奴隶做的事情。唯有城邦的自由民能够享受第三个层次的生活——活动,即发生在人与人之间的活动,包括谈话、聊天、演讲、选举,等等,通过这些活动介入公众生活,使自己从动物性中提升出来。问问我们自己,现在在做什么?属于哪种人?处在哪个层次?

38

真正的创造是专注于自我旋转的陀螺,听不见周围的喧嚣声。一旦分心,它就马上停止旋转,倒下与尘土接吻。

39

与龙搏斗者自身必须是龙。与伟大的事物相遇者,自身必须有足够的准备,配得上与它相遇。不要抱怨机遇不好,要想想你自己配不配得上它。许多情况下,不是它不来光顾你,而是它来了你也不知道。

40

周作人说自己心中有两个鬼,一个是绅士鬼,一个是流氓鬼。"我对于这两点都有点舍不得,我爱绅士的态度与流氓的精神。"鲁迅也说自己内心中有许多黑暗的东西,所以他要自己扛住黑暗的闸门,放孩子们去追求光明。相比之下,弟弟比哥哥更加老实,也更加勇敢。历史上有多少中国文人表面上很绅士,其实内心很阴暗很流氓呢?但谁敢像他那样说,自己对这两者都有点舍不得!

41

尼采说:"真正的男子内心隐藏着一个孩子;它渴望游戏。"所以,可以从游戏精神的多少或强弱,来判断一个男人是否是真男子,或东北人说的"纯爷们"。这种推论合理吗?这个隐藏着的渴望游戏者,是否就是周作人说的流氓鬼呢?

42

一直以来有种错误的观念:在某件事情上,我做得很辛苦,所以应该得到赞扬,至少得到认可。似乎辛苦本身即可成为领赏的理由。但如果辛苦本身只是因为一开头就搞错了方向,或方法不对,或技艺不精,这种辛苦还值得赞扬或肯定吗?

这就像尼采所说,并不能因为某人说话真诚,就认为他说的就是真理。因为真诚的无知或无知的真诚完全可以走向谬误。

43

当未来的牛人遇见当下的牛人会发生什么?大约半个世纪前,剑桥的一次论文答辩会上,一个学生拍着他老师的肩膀安慰说:"没关系,我知道你永远也不会看懂我的论文的。"这位敢拍老师肩膀的大胆学生名叫维特根斯坦,而那个被拍肩膀的老师则是大名鼎鼎的哲学家、《西方哲学史》的作者罗素。据说罗素并不是剑桥人文领域里最出色的,但当代中国大学体制下能出像罗素这样的牛人吗?能培养出比他更牛的如维特根斯坦般的学生吗?

44

一个亿万富翁体检发现自己得了癌症,已是晚期。他让老婆去银行取二十万现金出来。老婆不知他要干吗,但为了不违他的心,还是遵命去了。钞票取回来了,满满堆了一桌子,亿万富翁开始一张一张地撕这些他花了大半辈子赚来的钱。一面撕,一面说:"要钱有啥用?要钱有啥用?"钞票没撕完,人就去世了。这是我老婆的同事讲的真实故事。那个亿万富翁就是她的同学。由此联想到《圣经·马太福音》中的话,一个人若是得到全世界,却失去了自己,又有什么意思呢?

45

课堂讨论《浮士德》,我问学生,有没有被魔鬼诱惑过的体验。没有一个人说有,都是好孩子。在我的百般鼓励、鼓动和鼓吹下,总算有个孩子说了,他有过。高考前为了放松,看过一晚上电视。荒凉啊!没有被挥霍过的青春!难道非要像浮士德那样,等到年过半百后再去找情人,弄得自己灵肉分离吗?

46

苏格拉底说:没有思考过的人生不值得过。网络上这句话的山寨版说法是:没有无聊的人生,只有无聊的人生态度。而通过文字来思考人生、摆脱无聊,似乎是比较靠谱的做法。思想如水中的鲇鱼,滑溜溜的,只有文字的网兜能捕捉它,哪怕它进入网兜后还是活蹦乱跳,也总归是你自己的。不然,生活的大海中鱼儿再多,你也只能望洋兴叹!

47

前几天晚上,被一只蚊子嗡嗡追杀了大半个晚上,又失眠了。第二天看报纸,才知道有过类似经历的人还不少,都在探讨如何对付蚊子的办法。专家说,冬天的蚊子叫库蚊,特别厉害。因为它想吸很多血来过冬,以便明年春天存活下去,孵出小幼虫,继续繁衍后代。这倒使人肃然起敬,原来它冒险钻进我的房间来吸我的血,还是出于母爱和责任。康德认为,"在自然界中,许许多多迹象经常表现出智慧的意向与和谐的秩序,这说明存在着一个神圣的设计者"(《纯粹理性批判》)。既然如此,那么蚊子的出身完全可能与人一样高贵。因此,庄子要齐物,佛家要放生。小林一茶有一首俳句专门写苍蝇,"看苍蝇,爬来爬去地搓它的手,搓它的脚呢!"写得何等悲悯,何等超脱!

48

日本人对知识的敬畏和做事的认真,向来为周氏兄弟所赞赏。鲁迅在《藤野先生》一文中曾提及藤野先生对他所描人体解剖图的批评,说不能为了好看而任意移动血管的位置。日本对西医的学习始于18世纪对荷兰解剖图志的翻译。周作人在《兰学事始》一文中追溯了此译事之始末。当时还是德川幕府锁国时期,学荷兰语是犯禁的。一位叫青木昆阳的医生跑到长崎去学荷兰语,又传给他的学生前野良泽。这两人从长崎的"通词"(日本官方许可的口语翻译)那儿得到解剖学图志和荷兰语词典后,又与另几位日本医生一起,前往千住骨刑场观看被处决犯人的腑脏,直到见其与解剖图志一一符合后,才决定动手翻译。这几个人业余成立了一个翻译小组,每月集中六七次,反复阅读,讨论,释疑。由于没有前例可援,翻译"如乘无舵之舟泛于大海,茫茫无可倚托,但觉茫然而已"。但译事还是坚持了一年多,之后又前后易稿十一次,终于在四年后(1774年)正式出版。而此时的中国人对西医还一无所知。周作人由此叹道,中国人在学问与求智识的活动上早在乾嘉年代就已经败给日本人了,不必等到光绪甲午。他还提到,在日本人心目中,纯粹知识学问上的探索者也被称为"豪杰",与横刀立马的豪杰同等重要。而彼时的大清呢？现代的中国呢？

49

现代科技的发展为人的自恋的表达提供了许多渠道，唯独没有为自性的发展提供一个合适的空间。因此，似乎悖论的是，自恋表达得越酣畅淋漓，自性就越感到干枯焦渴。要找到自性，人们不得不求助于古老的智慧。这就是为什么传统的宗教和准宗教会不断复兴，而伪宗教和准巫术之类也能借势上位的根本原因所在。

50

真正的思者犹如一个勤勉、敬业而又精明的海关官员。对待稍纵即逝的思绪，就像对待外来移民般严格，一定要逐个登记在册，不会放任自流。而他所用的方法也与海关官员相似——卡片或目录。哪怕在电脑时代他也不会轻易放过手写笔录的机会。因为他觉得只有在这种状态下，才能触摸到思想温暖流动的轨迹。

51

"你先我而去。为着更好地接待我，你预订了——不是一个房间，不是一幢楼，而是整个风景。我吻你的唇？鬓角？额头？亲爱的，当然是吻你的双唇，实在地，像吻一个活人……爱我吧，比所有人更强烈，更不同地爱我吧……"茨维塔耶娃在里尔克死后写给他的信。

"我爱你，我无法不长久地爱你，用整个的天空……我不想说我吻你，只是因为这些吻自动降临，从不依从我的意志。我没见过这些吻，我敬你若神。应该安静下来。我将很快再给你写信，比先前更为安静一些的时候。"帕斯捷尔纳克致茨维塔耶娃（1926.3.25）。

两封情书，一种悲哀——一封给死去的，一封给活着的；爱人的和被爱的,在命运的轨道上交错却不能交集。不知茨维塔耶娃是否在里尔克生前给他写过类似帕斯捷尔纳克写给她的情书？不知帕斯捷尔纳克是否会在茨维塔耶娃死后写一封类似她写给里尔克的情书？

52

《圣经·约伯记》中,魔鬼在上帝的允许下对约伯实行了一次又一次的磨难——用大风吹走他的屋子,用瘟疫毁灭他的牲畜,用迦勒底人杀死他的子女,让毒疮长满他的全身,但都没能使他放弃对神的信仰。

歌德在《浮士德》中,借用了这个情节,让同一个魔鬼在同一个上帝的指使下,对浮士德展开了诱惑。一个魔镜中的女人形象就使他唾弃了自己以前的全部生活,进入了虚无主义的时代,从封闭的哥特式书房走向了广阔的世俗生活,对性、权力、功名和领土的追求使他离神越来越远。或许,歌德的伟大的预见性就表现在这里:使人们失落信仰的,不是苦难,而是诱惑。

53

里尔克说,"贫穷是一片从内部发出的灿烂光辉"(《关于贫穷与死亡》第五十首)。他说的是中世纪如圣芳济各之类的基督教圣者和信徒。他说"他们不是穷,只是不富"。说得真好！现代性展开的结果,是使外在的财富成为度量内在价值的尺度,贫穷成了羞耻和无能的表征。现代人的怨恨和焦虑由此产生。

54

自闭症(autism)患者看上去比一般的同龄人年轻。因为他们不世故,不会察言观色,不会迎合世俗,不会根据别人的情绪反应来拉动自己的脸皮或活动自己的肢体。他们生活在自己的世界中,是某种程度上保留了"自性"的人类个体。台湾导演陈国富在其制作的公益电视片中，将他们称为来自"遥远星球的孩子"。我更倾向于用一个里尔克发明的词，称他们为"盲兽"，即刚刚出生不久的小动物，眼睛还未张开，身心都很纯净。神经心理学家研究表明，自闭症患者不是许多人想象的那样是由于缺乏跟人的交往，而是由于神经系统中主管交往的"镜像神经元"出了毛病，短路了。正常人能够很轻松做到别人怎么做，我也跟着做，他人就是我的镜像。对自闭症患者来说，他人就是我的地狱；与人交往成为一桩费力、费心，需要艰苦学习的事情。在常人看来，这无疑是祸；但对他们自己，何尝不是一种福？因为他们一旦进入自己感兴趣的领域，如音乐或数字世界，就如鱼得水，优游其中，乐此而不疲。这或许是他们能够永葆青春的秘密。

55

历代中华帝国的统治者似乎更加重视时间上的绵延。据郭沫若考证，皇帝的"帝"源出于花蒂之"蒂"，帝者，蒂也。从秦始皇开始，历代帝王都希望自己建立的功业像花蒂一样，绵绵不绝，传之千秋万代。西文"帝国"(empire, imperial)一词源出拉丁文，意为扩展、扩张，更具有现代性，强调空间的拓展和领土的扩张。观念的差异，时间帝国打不过空间帝国。

56

语言的贫困往往与思想的贫困成正比。语言的暴力背后往往隐含了思想的暴力，最终演变为行动的暴力。

57

古代的或少数民族的青年男女围着篝火载歌载舞，选择自己的心上人。现代的年轻人在电视上秀自己的才艺和财富,挑选情人和被挑选。两种恋爱方式,哪一种更浪漫,更有文化,更值得向往?

58

弗莱在庆祝加拿大建国百年的讲演《现代百年》中说,"当人们不能忍受现时的时候,他们将做这两件事中的一件……或者是沉湎于过去的往事,或者是进行对于未来的变革"。这可以从大众传媒制造的怀旧神话或科幻小说中得到印证。而所谓的"穿越"小说或电影,则将这两者合为一体。

59

弗莱说:"放眼四望,一个很清楚的事实摆在面前:社会是一个压抑人的忧虑结构,而人的创造力则来自他抵制压迫的那一部分思考,它本身则谈不上是道德的还是理性的。"

连这位生活在民主福利国家的大学者都这么说,看样子,人类真的是没有什么可指望的了。

60

弗莱在《现代百年》中说,"加拿大"这个词有一个来自葡萄牙的引申义,意为"无人在此",与"乌托邦"一词的语源有点相似。或许真正的加拿大就是一个无人跻身其中的理想,我们为之奉献了自己忠诚的加拿大,是那个我们没有能够创造出来的加拿大。他还说:"与所有民族一样,我们真正的属性,正好是我们所没有能获得的那一种属性。"此话说得深刻。反观中国似乎也一样。只要稍稍看一点儿历史,就会明白,其实我们这个民族的思维方式和做事习惯,一点儿也不"中",而是非常偏,喜欢走极端。从来不知、不愿、也不会妥协,凡事总要拼个

"你死我活",造成"两败俱伤""鱼死网破"的结局。孔子所谓的中庸之道,与其说反映了现实,不如说表达了一种理想,甚至幻想。

61

修净土者,自修其心,方寸居然莲界;
学坐禅者,达禅之理,大地尽作蒲团。
不知从哪儿抄来这副对联,非常有意思,兹再重抄一遍。

62

所有宗教的教导,归结起来无非是要人回归本性,做一个真人。老子说,"能婴儿乎?"耶稣说,天国是属于孩子的。都是同一个意思。

63

忠诚是习惯的另一种说法。

64

天空蓝得令人产生信仰。城市拥挤得使人绝望。

65

人的最终命运是失败。如鲁迅所说,终点就是坟。大多数人安于失败,但总有些人不甘心于失败。反抗失败的方式多种多样,有人创建帝国,有人创造文本。不过,最终帝国要依赖文本才能被人所知。

66

纳博科夫临终时被问到,作为非常成功的作家,他的秘密弱点是什么?他答:"缺乏自然词汇。"但这种秘密弱点若运用得恰到好处,就成了闯入某种语言系统的陌生化因素,反而变成优点。许多移民作家都有这种感受。成功的移民作家能优游于两种甚至两种以上的语言之间,将母语的自然词汇汇入非母语中,丰富了后者,反而得到意想不到的成功。

67

人有时是需要自我安慰的,而如何自我安慰是有讲究、有技巧的。思考关乎自身的命运或处境时,如何放好思考对象的位置是关键,不能小看了。

《鲁滨孙漂流记》中,主人公被抛到荒岛上后,给自己的命运开列了一张收支平衡表。表的左栏是"祸与害",右栏是"福与利"。左栏写道,"我被抛到了一个可怕的荒岛上,没有任何获救的希望";右栏马上自我安慰说,"但我还活着,没有像船上所有的同伴那样葬身鱼腹"。左栏说,"我没有任何衣服遮身";右栏马上自我反驳道,"但我身处热带,有衣服也几乎不会穿"。通过这种方法,他成功地说服了自己,顽强地活了下来。其实,左右栏说的都是无法改变的事实,但问题在于如何放置它们。试想,如果将这个表格的左右两栏对调一下,先说右边的,去掉"但";再说左边的,加上一个"但"。效果会如何?

68

莎士比亚说,世上只有三件事不可掩饰:咳嗽、爱情和贫穷。中国古话说,世上只有三件事靠不住:君宠、秋暖和老来健。

69

很多情况下,我们听取别人的建议,只是为了证实自己已有的想法,而不是为了改变或推翻它。我们给别人建议,只是为了证明自己的高明,让他佩服自己,而不是真心为他着想。

70

艾森豪威尔给知识分子下的定义是,"用超过必要的话语来讲述他未必知道的事情的人"("A man who takes more words than are necessary to tell more than he knows")。此话虽然有点刻薄,倒也值得自认为知识分子者自省。

71

弗吉尼亚·伍尔夫每年重读《哈姆雷特》,并告诫自己将读后感记下。她说,"这实际上便是在记录自己的传记,因为一旦我们对生命所知更多时,莎士比亚就会进一步评论我们对世界的理解"。我感兴趣的是,莎士比亚读谁的作品?究竟是文本世界比现实世界更真实,还是相反?

72

萨特有个习惯,在阅读《拉鲁斯百科全书》中的植物和动物后,到卢森堡花园中去找相应的动植物进行比较。结果他发现,动物园中的猴子不太像猴子,卢森堡花园中的人不太像人。我有一个与萨特表面不同、实质类似的习惯,喜欢在看《新闻联播》时切换到《动物世界》。结果发现,出现在新闻中的人更像猴子,出现在动物世界中的猴子更像人。

73

卡尔维诺在《寒冬夜行人》中说:"阅读意味着接近一些将会存在

的东西。"写作也如此,它是一个用文字逐渐逼近最隐秘的内心世界的过程。当然,这里指的是严肃的、认真的和非功利性的写作。

74

珍惜现在。因为你的现在就是你曾经向往并为之奋斗的将来,也是你将为之感伤和怀念的过去。

75

师旷(春秋战国时代著名的盲乐师)曾告诫当时年已七十的晋平公,说:"少而好学,如日出之阳;壮而好学,如日中之光;老而好学,如炳烛之明。"(汉·刘向《说苑》卷三)

76

每个人都是历史的人质。我们都被历史所绑架,不得不按照它制定的规则与现实谈判、商讨和妥协。反抗的结局是被它撕票,妥协的结果是被它改造。没有人能拯救你。

77

每个女人,在男人心中,一开始都是一首诗。
之后,她慢慢变成散文,他则变成糟糕的评论家。
最后,两人合作写了一部三流小说。
之后这小说被改编成肥皂剧。
他们坐在沙发上看得津津有味。

78

气质是一种内在的力量,像水一样总会溢出其容器。曾国藩云,是真龙必有云,是真虎必有风;有阳刚之气者,其达于事理必有不可掩之伟论,其见于仪度必有不可犯之英风。此之谓也。

79

有人说,智商高的人情商都低,情商高的人智商相对就差点,情商高的人很容易统治智商高的人,上帝真公平。我认为,智商高的人只做一件事,且能把它做得很深很透,在某一领域达到出类拔萃的境地,但往往也因此无暇顾及其他琐事,而被情商高的人所统治。情商高的人同时能做好几件事情,就像魔术师能够同时抛接好几个球。当下世俗社会更需要的是后者而不是前者,但青史留名的往往还是前者。上帝是公平的。

80

喜欢冬天。不光是因为它的冷,更因为它的静。我总觉得能量的释放与季节有关。肉体属于春夏,灵魂是属于秋冬的。冬天,身体蜷缩一团,灵魂却伸展开来了。它的活动更加活跃,更加自如,更加奔放。冷是一种高贵的能量。创造性的思想总是在冬天埋下种子,在春天萌发。

81

一段名言:"所有能思考的事情都可以思考清楚。所有能说的事情都能说清楚。但不是所有能思考的事情都可以说。"(桑塔格《静默的美学》)决定我们的思想和言语活动顺畅展开的,往往不是智力性的,而是非智力性的因素。利益的考量、关系的纠结、立场的不同,以及说不清、道不明的无意识动机,阻碍了我们的思考能力和语言能力。

82

月亮很美,被天狗吞食的红月亮更美。但真正的月球其实并不美,除了走不完望不尽的沙砾,一圈又一圈单调的环形山之外,没有任何值得一看的风景。一切美感都是距离创造的。这就像某些名人,其光圈都是媒体制作的,一般人只可仰望,不可近观,更不可被月光所迷而心生不切实际之幻想,否则倒霉的就是你自己。

83

天国在人心中。地狱也在人心中。末日不是上帝设定的,而是我们自己的所作所为造就的。

84

耶稣在得知自己的死期后,所做的第一件也是最后一件事,是为他的门徒洗脚。这一点一直使我百思不得其解。他想通过这个行为传达什么意思呢?如果仅仅像一般的解释,是为了要他们像兄弟般彼此相爱,那么用别的方式也完全可以表现,比如握手、拥抱、接吻等。为何要洗脚呢?而且他还一个挨一个地洗过来。洗得是那么的专心、那么的细心。洗完后,还要仔细地用毛巾把它们一一擦干。这显然超出了一般意义上的洗脚。据我臆测,洗脚的意义除了传统所说的表示对门徒的爱之外,还可能有其他意义。其一,表明在爱面前人人平等。老师可以为其门徒洗脚,门徒也可以为一般的信徒洗脚,依此类推,爱广被世界上的一切人——贫穷者、痛苦者、低贱者、被压迫者和被凌辱者……。其二,通过洗脚这个行为,耶稣告诫他的门徒,脚虽然低下、卑贱,却是身体中最有力的部分,因为人无足不能立,无脚不能行。同时,不要忘记脚下的大地,忘记尘世的芸芸众生。最后,可能还有类似于"出污泥而不染"的意思：因为信徒们行走在尘世间布道，难免会被大地上的尘土沾污，所以，要保持清洁的习惯，随时清扫。

由此我们可以联想到孔子及其门徒的关系。孔子给他的门徒洗过脚吗？好像没有。这位老先生还是很在乎师道尊严的。这或许就是东西方文化的差异吧？

85

尼采认为，宗教和艺术是世界之花，而科学则是茎。茎当然比花更接近世界之根，但人们一直认为是宗教和艺术使人类的思想更深刻，感觉更敏锐，因而离动物的距离更远。人类一直心安理得地享受着这种自欺欺人的谬误想法，也就是"醉于花香"之中。尼采认为，正是这种观念导致了一种**逻辑**上**否定世界**的哲学。

86

尼采认为，世界上本无所谓正义与非正义，只是不同的力量之间的博弈。当博弈的双方不想两败俱伤，不得不制订出某种规则，并同意遵守这些规则时，公平和正义就产生了。所以，没有客观的、抽象的、永恒的正义，它总是力的平行四边形互相拉扯，最终达到某种平衡的结果。此话虽然说得有点残酷，但却是真理。

87

在没有原文参照的情况下，判断译文是否合格的三条简单标准：一，译文是否像一个正常人说的话；二，是否像一个中国人说的话；三，是否像一个正常的中国人说的漂亮话。

88

尼采说,有两种创造:一种出于生命的过剩,一种出于生命力的饥饿。前者具有一种将沙漠变成绿洲的能力,欣然拥抱生命中的痛苦、疯狂、丑恶、破坏等负面的因素,将其吸收、转化为艺术;后者则需要温和、宁静和善,可能的话,还需要一个上帝。

89

尼采说,哲学思考永远是一种"吸血鬼的方式"。他没有加以细分,其实有两种吸血方式:一种是超人式的吸血,其目的是为了从鬼变成人,从人变成超人;一种是末人式的吸血,其目的是为了维持现状,也就是安于鬼的命运,并且津津有味地抚摸、赞叹,并陶醉于其中。

90

我们能输出文化吗?文化是物质和精神的丰盈的产物。文化的培育要求太多,它需要过剩,时间的过剩,内心宇宙的过剩,最准确意义上的悠闲的过剩。这恰恰是今天的中国所缺乏的,因而我们不可能给别人好东西,也不可能把祖先的好东西当作我们自己的好东西给予别人。因为祖先的过剩已经被我们消耗殆尽了。

91

自恋和自私这两个概念需要分辨清楚。自恋是非功利性的,以建构完美的自我形象为导向;而自私则是功利性的,以获得实际利益为目标。自恋者有时也可能做些自私的事,但他关注的焦点不在此事的物质利益,而更在乎它可能给自己带来的精神价值;自私者虽然有时也会做些看上去无私的公益行为,但最终他是想借此为自己获得更大的实利。两者相去霄壤，不可不加辨析。

92

需要粉丝，需要赞美，需要掌声，需要得奖，等等，其前提是相信别人的判断胜于自己的，而根源则来自一种不成熟和不自信的心态，就像一个孩子需要得到幼儿园阿姨的大红花，兴高采烈地拿回家，得意地给呈现给父母亲，进而获得他们的亲吻一样。

93

读书也要选季节。德国人写的书尤其适合冬天读。斯达尔夫人早就说过，北方民族长年生活在阴霾下，恶劣的气候、封闭的环境使他们无法外出，只能关在室内沉思默想，促使他们的思想更加深沉，想象力更加扩张和丰富。尼采的书，字里行间透露出的强力意志会使你血脉贲张，充满生命的活力和创造的渴望，犹如冬天进补或吃火锅。

94

无论在生理的或心理的意义上，后现代消费文化都使人类这种物种的退化每况愈下。古人崇拜勇武的将军、忠勇的士兵、大胆的水手、灵巧的工匠，而现代人则崇拜扮演这些人物的演员。一度的真实的创造生活被二度的虚拟的仿真生活所取代，前者越来越贬值，而后者却越来越升值。当全世界都在作秀，男男女女都希望在荧屏上露脸、而不愿作实实在在的真人，甚至宁愿付出肉体、脸面的代价时，这个世界最终靠谁、靠什么来支撑呢？这是一个物种的反进化论过程，达尔文生活在当代，无疑会修正自己的理论。

95

笛卡尔说,"我思故我在",从经验上无法解释。一个刚刚出生的婴儿无疑已经"在"了,但此时他还没有"思"的能力,所以他的这个"我"还不存在。那么,婴儿的这个"我"要等到何时存在呢？是他能够"思",并说出"我"的那一刻吗？我们如何判断那一刻的出现呢？即使能,我们能说,我们认定的那一刻就真的就是他展开"我思"的那一刻吗？"我思"是一个量变到质变的积累,还是一种顿悟？是阳光般慢慢扫描,还是闪电般突然照亮内心的黑暗旷野？抑或是两者兼而有之,如同一张纸的两面无法分开？那么,是否可以说,在这个过程没有完成之前,婴儿处在一种既非存在,亦非不存在,既非思,也非不思的状态,犹如双脚跨在门槛上,既没进门,也没有不进门的"阈限状态"（liminal）？那么,这就涉及另一个伦理问题。西方世界反对流产的道德依据是,子宫中的婴儿是个有意识的生命体,所以流产就是谋杀。但假如医学和生物学能够证明,子宫中的婴儿尚未形成意识,亦即尚无"思"的能力,因而也就不能被判定为"在",那么,流产就不能被认为是谋杀,因为人不可能谋杀不存在之物。

96

2011年终自我盘点。对一个追求自性的人来说,年终自我盘点时,重点不应该放在"做"（含"说"）了什么,而应该放在"不做"什么上。需要检讨的是,为什么在可以不做什么的情况下,还是做了什么？是出于世俗的和功利的考虑,还是出于别的更说得过去的理由,或所谓的人性化的动机,如不想让人失望,不想让自己显得无知或弱智,无能或低能等,或是,想让自己看上去更聪明,更幽默,更具亲和力,等等。比如,可以不写某篇或某些文章,但还是写了。可以不说某句或某些话,但还是说了。可以不出席某个或某些会议,但还是去了。当然可以用"人在江湖中身不由己"之类的话来为自己辩解。但这显然不是正当理由。静夜细思,今年至少有一篇文章是可以不写的,有一次会议是可以不参加的,有一次讲座是可以不去做的,有三句以上的话是可以不说的。但由于经不起种种世俗的或自恋的诱惑,还是写了,去了,做了,说了。平安夜要提醒自己的是,明年坚持一个中心,自性;三个基本点,读书、教书、写书。外于名,淡于利,精于业,勤于体。总之,始终要 hold 自己,不失自性。听从内心的召唤,尽可能做它让你做的事,不做它不让你做的事情。

97

威廉·布莱克说:"色彩来自光线的伤口。"那么轮廓呢?线条呢?

98

帕斯捷尔纳克说:"当那个伟大的时刻敲响你生命的那扇门时,它的声音很小,甚至不如心脏的跳动,因此它很容易被错过。"除了外耳,我们的内耳,灵魂的耳朵,足够灵敏吗,它能听到伟大时刻发出的心跳声吗?

99

凯尔特人的盖尔语中有句话说得非常好:"陌生人的手就是上帝之手。"陌生人不会无缘无故与我们相遇,他的到来总是伴随着特别的礼物或者启发。(《凯尔特智慧》)留意身边、周围、圈内、圈外,说不定那个想与你说话,而你不愿意与之说话的陌生人,正是你错过的上帝的礼物。

100

已故捷克总统、诗人哈维尔有一则《对话守则》流传甚广:"一、对话的目的是为了寻求真理,而不是为了竞争;二、不要作人身攻击;三、保持主题;四、辩论时要用证据;五、不要坚持错误不改;六、要分清对话与只许自己讲话的区别;七、对话要有记录;八、尽量理解对方。"虽然他说的主要是政治上的对话,但也适用于包括夫妻、邻里、同学之间等一切具有对话性关系的领域。当然,用于私域时,第七条可以删除。

101

我们都是不专心钓鱼的小猫。总是经不起各种各样的诱惑。一会儿扑蝴蝶,一会儿抓蜻蜓,从来就没有好好坐下来,平心静气地钓过一会儿鱼,还要抱怨河里的鱼怎么这么少,世界怎么这么不公正,为什么老猫能钓那么多,俺一条也没钓上来。

102

文人应有文字洁癖。对不到位、不妥帖的文字,应该厌恶得像脸上长了青春痘、皮肤上长了毒疮般深恶痛疾,必去之而后快。

103

学术研究应从"实然"出发,不应从"应然"出发。尝见不少同行中人,在学术会议上侃侃而谈,老是说"我们应该如何如何",可就是从未见他拿出过像模像样的东西来。借用狄更斯的话,此类人物就像指路牌,只会给别人指路,而自己却从不挪动一步。

104

列弗斐尔说,资本主义的发展,产生了两个可以感觉得到的成就。曾经稀少的东西如今变得富有甚至过剩了(农产品和日用品),而曾经丰富的东西则变得稀少甚至稀缺了(洁净的水和空气、空闲的土地)。再加几句:资本主义的发展使不能流动的东西可以流动了(土地和房产),不可度量的东西可以度量,不可分割的东西可以分割了(时间和身体),不可买卖的东西可以买卖了(性和球员)。

105

成千上万的城里人,为了空间的消费(阳光、沙滩、海浪、仙人掌、农家乐)而离开消费的空间(都市、超市、地铁、剧场),又带着空间消费后的满足,回到消费的空间。

106

"从明天起,做一个幸福的人",海子诗中如是说。为什么不是从今天起?不是从当下,从此时此刻起?因为大多数情况下,我们是身在福中不知福的。当我们意识到要幸福时,幸福已变成了不断退后的地平线,一个可望而不可即的、永远的明天。所以,我们有理由向诗人、哲学家、政治家们提出这样的要求:"您跟我们谈到了明天、后天,可是请跟我们谈谈今天。"

107

人生无非是两种选择,面子的生活和里子的生活。前者是,外面风光无限,内心风景黯淡;后者是,外面看不起眼,内心风光无限。要做到内外结合,恐怕有点难。

108

欲望没有对错之分,只有层次之别。用马斯洛的理论说,分别是生理、安全、感情、尊重、自我实现。《红与黑》中的于连,其可贵处在于能越过低层次的欲望满足,追求最高层次的自我实现。一个健全的社会体制应该为其成员提供自我实现的最大可能。

109

中国梦想秀、中国达人秀。平民借资本的力量圆自己的梦(成为达人、名人);资本借平民的力量圆自己的梦(广告效应和资本增值)。

110

把每一天都当作末日来过,末日就成了创世的首日,你也就拯救了自己。

111

19世纪末20世纪初,欧洲上层社会流行的风尚是将男孩当女孩来养。不少男性的现代主义作家小时候都曾被当作女孩打扮。王尔德有一张三岁时(1857年)穿天鹅绒的英式花卉镶边绣的裙装照;马赛尔·普鲁斯特五岁、罗贝尔·普鲁斯特三岁(1896年)时都神气地穿着双排扣的束腰外衣,还配着裙子。1874年,马拉美在他出版的时尚杂志上使用的七八岁以下的男孩女孩衣服图案和插图都是男女不分的。卡夫卡似乎是在五岁时才开始穿裤子。最著名的自然是里尔克,七岁之前他一直都穿女工罩衣和连衣裙。在1882年拍摄的一张照片背后,他母亲题字:"这是我的宝宝第一次穿裤子。"(朱迪思·瑞安《里尔克,现代主义与诗歌传统》)

112

名人写的励志书究竟是真正给人以启发,还是只是一种精神上的"洗钱"行为,即以事后的成功洗净先前不合理、不合法甚至肮脏的行为,进而以其蓄意炮制的神话欺骗下一代渴望成功的年轻人?名人的成功究竟能否被复制,还是只是一个不可企及的遥远的梦?于连要不是读拿破仑传,他可能会安静地生活在小城维璃叶尔,与德瑞那夫人的女仆爱莉莎结婚,靠后者提供的一小笔遗产过他的小日子;或者与富凯做做木材生意,当一个殷实的小业主,而不会最后落个血溅断头台的结局。但如果真是那样,他就体验不到生活向他展开的各种可能性,包括与贵族斗智、与贵妇缠绵、进入上流阶层与小姐调情、享受骑士待遇等各种乐趣。谁能说得清?

113

波兰诗人米沃什说,"哪里没有明天,哪里道德说教便登场"。退休的老人和苟延残喘的政权都喜欢向年轻人布道。

114

对文学创作来源的三种看法。古人认为灵感来自神启,现代人认为它来自外部现实的触发,后现代则把创作视为对前人文本的回应或戏仿。与此相应出现的三种研究模式:神启式(加上传记)的研究,模仿论的研究和互文性的研究。

115

好人比坏人更有负罪感。这就是好人越来越少,坏人越来越嚣张的原因。

116

康拉德在 1897 年的一篇文章中,把宇宙比喻成一部机器,"它从混沌中……演化而来……看!它在编织……它把我们编织来编织去。它编织时间、空间、痛苦、死亡、腐败、绝望,以及所有的幻觉——什么都不在乎"。这里的编织机,让人联想到《黑暗之心》中,主人公马洛在布鲁塞尔的公司办公室里遇见的织毛衣的两个黑衣妇女。她们担负的是门房、编织者和命运女神的角色,把从这里出去的航海者送给死神。

117

沃尔特·佩特说:"为知识界确立一个正确的有关美的抽象定义并不重要,重要的是批评家要有某种气质,具有被一个美的客体的出现而深深感动的能力。"我们有吗?

118

当陌生人问起:"这座城市的意义何在?
你们拥挤在一起,是否因为你们彼此相爱?"
你们将如何回答?"我们大家居住在一起
是为了相互从对方那里捞取钱财"?

——T. S. 艾略特:《岩石》"合唱第二部"

当异邦人问起:"春节的意义何在?
你们拥挤在一起,是否因为你们彼此相爱?"
你们将如何回答?"我们大家拥挤在一起
只是为了相互排遣寂寞,等待下一次寂寞的到来?"

119

英国文学中的性冷淡描写三例。

18世纪的笛福用浓墨重彩描绘了鲁滨孙在岛上孤独生活的经历。但从未写过他的性渴望和性幻想。小说最后写到他回国后娶妻生子时,只用了三句话就轻描淡写地打发了:"这个婚姻不算太美满,也不算不美满。我生了三个孩子:两个儿子和一个女儿。可是,不久我妻子就过世了。"

19世纪的柯南·道尔笔下的大侦探福尔摩斯对他的搭档华生说,"……爱情是一种情感的事情,和我认为是冷静的思考格格不入。我永远不会结婚,以免影响我的判断力"。

20世纪的T.S.艾略特在《普鲁弗洛克的情歌》中描绘了一个中年男子,他意志薄弱,看重艺术甚于生活,混迹于沙龙世界,在那里,女人们来回地走着,谈论着米开朗琪罗;他抵制着自己的性欲,不敢提出爱的问题,老是问自己:

当真会有时间
来怀疑:"我敢吗?""我敢吗?"
……等一等,有时间
作出决定,修改决定,一秒钟后又推翻决定。

120

午读木心得启示,半偷半凑成一联:身在江湖心由己,浑水游泳不摸鱼。

121

从前的那个我,如果来找现在的我,会不会还认得我?

122

精神王国也会有宫廷政变。

123

蝇搓手的时候,是它准备出击的时候。

124

要有多么好的功力才能将小人放出的冷箭微笑着收入自己的箭袋。

125

坐在精英的高处,拿着精英的收入,又声明自己不屑于精英,宁可做俗人的人,万勿与之接近。

126

样板戏《白毛女》我就欣赏一句——风打着门来门自开。

127

保持一种很好的坏习惯,去掉一些很坏的好习惯。

128

没有幽默感的人装幽默时最为可笑。

129

有些人永远不会堕落,因为他们自出生以来就一直处在精神阶梯的末端,且从未有过向上爬一级的念头。

130

有伪善而没有伪恶,所以恶有美感,而伪善只让人恶心。骗子比小偷恶心,小偷比强盗恶心。披着羊皮的狼比真狼恶心,狼外婆比披着羊皮的狼更恶心。

131

梅花、兰花的香是形而上的;桃花、荷花的香是形而下的。

132

世故不是成熟。圆滑不是智慧。能干不是有才。

133

饱经沧桑而依然童心未泯者才是得道之人。

134

蒙田强烈感到社会有一种魔法:在社会中,每个人拿出来的不是自己的思想,而是思想在别人的眼睛里和言谈里的反光。他说的是 17 世纪。如果他活在 21 世纪,会怎么说呢?每个人拿出来的不是自己的思想,而是自己拷贝的别人的思想在另一些别人的眼中的反光,以及反光的反光的反光……

135

蒙田说,我们接触的事物都有其神秘不可测的部分,尤其是人性中那种不露声色的、看不见的、连其所有者本人也不了解的东西,它们在突发的情况下显露、苏醒。

136

你想实实在在享受的东西,应该是你真心实意渴望的东西。蒙田如是说。但当下社会中有多少人是在实实在在地享受着他们并不真心实意渴望的东西啊?

137

万物都有耐心,静静地按照自然法则生长,唯独人没有,总想超越它。人的伟大和悲剧都由此而生。

138

以孤独为主题的现代诗,里尔克写得最为深刻。1903 年 4 月,他初到巴黎,感觉到一种已被"齐颈投入其中的/特大城市的深沉的恐惧"。他说"我穿过沉重的大山,走进坚硬的矿脉,像矿苗一样孤独";他感觉自己进得很深,深得看不见末端,看不见远方,一切近在眼前的物体都是石头。他被庞大的黑暗变小了。

139

始终保持儿童的感觉,又能将其提升到哲理性的高度,这是里尔克诗歌的动人之处。他写儿童的迷惘——"儿童们成长在窗台旁边(窗台永远是在同样阴影中)，/不知道外面有花朵在呼唤"；他写儿童的需要——"穷人的房屋像孩子的手。/它不拿成人所要的东西"；在成人眼中没有价值的东西，对一个孩子是如何的欣喜：一只长着螯的昆虫，一颗从小溪中冲上来的卵石，会发声的贝壳，会流动的沙……

140

现代教育最大的失误，是让儿童去追求成人想要而不是他们自己想要的东西，于是童心泯灭，童趣荡然无存，小小年纪就懂得了什么叫厌倦、应付和疲惫。

141

当你为之燃烧的一切都已不复存在，你如何才能找到内心激情的火柴，重新将它点燃？

142

生物学专家告诉我们，有机体具有三个特征：第一，结构复杂，各部分联系紧密；第二，具有与外界交换信息和能量的能力；第三，能够不断通过自我复制和生殖来繁衍自己。这三个特征与文学经典非常相似。所谓的经典，首先就是内部结构复杂，所以具有无限解读的可能性；其次，经典具有穿越时空与不同社会语境交换信息和能量的能力；最后，经典能够借助被改编、模仿或戏仿衍生出更多的文本，进而与别的文本构成互文性关系。

143

"仁"的含义有二解：一是指人与自然万物之间的互相交融，所谓"仁者物我无间之谓也"；二是指人与人，或自我与他者之间的互相交融,所谓"仁者二人也"。两种解释都涉及道德想象力:前者想象人之外有万物的存在,是生态伦理思想的萌芽;后者想象自我之外有他者的存在,是巴赫金"对话原则"的预演。

144

压抑与自律,需分辨之。有所敬畏必有所忌惮,有所忌惮必有所自律。在旁人看来是压抑,是自己看来是随心所欲不逾矩。而压抑则是无所敬畏而不得不服从外在的律条。一条河对于不会游泳而被迫下水的人来说,是可怕而压抑的,对于会游泳者则是可以自如优游的。

145

古人造字很有意思。"忙"就是心的死亡;"闲"的繁体字则是门里边一个月亮,多美的意境。忙里偷闲,就是心要死的时候,赶紧走到门口去看看月亮,心就活过来了。当下时代,人人被一双看不见的手拽着,一天到晚都很忙,忙得心都死了,所以才生出那么多在古人看来不可理喻的事来。

146

有人曾经问徐梵澄先生,说鲁迅为什么这么刻薄,这么好骂?徐梵澄先生说:"因为他厚道。厚道是正,一遇到邪,未免不能容,当然骂起来了。"

147

奥威尔说:"所谓自由就是可以说二加二等于四的自由。承认这一点,其他一切就迎刃而解。"(《一九八四》)

148

英国人最应感谢的是两位作家。狄更斯使他们避免了一场革命,奥威尔使他们避开了一种极权体制。

读《双城记》,觉得它仿佛就是为这个时代而写的。最好的与最糟的、革命与暴乱、断头台与十字架、天堂与地狱同时展现在世人面前。

读完《一九八四》,不寒而栗。小说中的场景,似乎就发生在我们周围,我们身边,我们的上一代、这一代,可能还有下一代。惊讶于奥威尔先知般的透视力。人性中的怯懦、贪婪与卑贱,权力欲望与现代科技的结合,无疑是"老大哥"能够维持其极权统治的基础。

149

小时候被教导说,一个人只有融入集体才不会消亡,就像一滴水只有融入大海才不会干。当时很纳闷,为什么一滴水融入大海就不会干呢?如果我这滴水不干,那么一定有另一滴水为了我而干掉了;但如果人人都希望自己这滴水不干,让别人那滴水为自己干,结果会怎样呢?

150

真正的伟人总是比他的秘书或司机更加平易近人。名著经典也往往比那些阐释它的专著和论文更加亲切动人。桑塔格提出"反对阐释"的口号,就是要我们直接从源头,而不是从水管中饮水。

151

西塞罗说:"人生一世有何可为,莫非记载事迹,将之织入古代先祖的生命中去。"编织是西方诗学之重要观念。大概有两层意思,一为复仇,二为叙述。古希腊神话中有两个故事:命运三女神编织着尘世间芸芸众生的寿命；费洛美拉被其姐夫强暴后割去舌头，将自己受辱的故事编织在布匹上，显示给她的姐姐以为复仇之证据。荷马史诗《奥德赛》中忠诚的帕涅罗佩以编织为借口，应付那些无耻的求婚者，等待她的丈夫回家。狄更斯《双城记》中德伐石太太是现代复仇女神的化身，她将贵族的暴行一一编织在那块永远织不完的围巾上，等待着平民暴动和复仇的机会来临。康拉德《黑暗的心》中，主人公马洛出发到非洲之前，在比利时贸易公司门口看到两位着黑衣的女性，编织着象征死亡的毛衣，将一个个殖民冒险家送上必死之途。复仇与叙述融为一体。当代叙事学将文本视为一个可以随意拆解的织物，无疑是沿袭了这种古老的传统。

152

西学古义中的 κριτικη 显然与今日的 criticism（单指文学批评）用法不同，κριτικη 最初之义是"区分"，用于学术分目上，多是指对各种文献的考据学，推断作品真伪和创作时代、作者身份，等等。然而由此种学问中又生发出对作家的品评，自然也有对文学作品的鉴赏功夫在。至于近代，才专指文学批评。(《西方古典学术史》)

153

据说知识分为三种：你知道的，你不知道的，以及你不知道自己不知道的。书也分为三种：你读过的，你没读过的，以及你不知道自己没读过的。

154

奥威尔在论狄更斯时说："任何作家凡是不完全没有生气的，都是按一种抛物线行动的,上升的曲线已经预示了下降的曲线。"其实不光是作家,一般人也是如此。

155

奥威尔说,值得一笑的笑话总是有个想法在背后,往往是一种离经叛道的想法。

156

奥威尔说,大多数革命家都是潜在的保守派,因为他们想象,只要改变社会形状,一切都会走上正轨;一旦实行了这种改变——有时就如此——他们就认为没有必要进行任何其他的改变了。狄更斯没有这种粗枝大叶的心态。他的不满的含糊性是它的永久性的标志。他所反对的,不是这种或那种制度,而是像切斯特顿所说,"人类脸上的一个表情"。

157

"狄更斯在对社会的每一次攻击中锋芒所向总是精神的改变而不是结构的改变。……不'改变心'而改变制度是没有用的——这基本上是他一直在说的话。"(《奥威尔文集》)

158

许多情况下,我们用词语表达感情时是日用而不知、习焉而不察的,比如,"感谢"或"谢谢"。在什么场合下我们用这些词?无疑,是在别人替你做了你力所不及的事,或送给你很想得到,但由于各种原因而一直没能得到的东西时。那么,花儿又感谢谁呢?为什么它凋落时会垂下美丽的头,仿佛是在感谢那给它带来阳光、雨露、营养,因而促成它生长和开放的大地天空呢？古人是否是带着感恩心理，代替花儿思维，发明出这个被称为"谢"或"凋谢"的词语的呢？用于人的感恩与用于花的感恩是否同出一源？哪个在先，哪个在后？是人先在社会交往中产生感恩之心、感谢之情，之后将其移情到花上；还是人先观察到自然万物之间的因果关系，进而将其移用到人与人的关系上？

159

很奇怪为什么毛姆总是被说成二流作家，其实他对人性的观察和思考一点都不比一流作家差。比如下面这段话，写得多深刻，多明白——"生命的尽头。就像人在黄昏时分读书，读啊读，没有察觉到光线渐暗；直到他停下来休息，才猛然发现白天已经过去，天已经很暗；再低头看书却什么都看不清了，书页已不再有意义。"

160

毛姆作品在当时的畅销，可能是造成他被精英文人视为二流作家的主要原因。不像当下，一个作品越畅销，其作者就越被人看重。维多利亚时代的英国文人耻于自己的作品畅销，耻于被大众接受。当时的作家似乎只有两种选择，或被同行认可，而失宠于大众；或被大众追捧，而失宠于精英。

161

"Orbis non sufficit"是拉丁语的"the world is not enough"，这句话是邦德家族的座右铭，007小说和1969年的《女皇密使》中都曾提及。

162

马英九在与星云大师的对话中，引用英语谚语："要聪明地人云亦云,不要人云亦云地聪明(Be wisely popular and not popularly wise.)"。眼下社会,大多数人则反其道而行之。他还说,"与外国人交往,要不卑不亢,将心比心"。前者是为了赢得自尊,后者是为了尊重他人。

163

诸子百家,各有其性,其情,其品,其格,融会贯通,臻于化境,斯为真人。怀孔子之性入世,偕庄子之闲出世,以老子之道观世,驾列子之风游世。

164

纪伯伦说:"除了黑暗之路,人不可能到达黎明。"我们是否能说,除了悔罪之路,人不可能到达天国?

165

所有的种子都想发芽,所有发芽的种子都想长大,所有发芽长大的种子都想开花,所有发芽长大开花的种子都想结果。但并不是所有发芽的种子都一定会长大,并不是所有长大的种子都一定会开花,并不是所有已开花的种子都一定会结果。除了它自身向上的渴望、意志和努力,还要看天空、土壤、阳光、雨露是否愿意配合,即使它们作为个体都愿意,还要看它们之间的配比是否恰好合理。这,就是种子的命运。也是人的命运。

166

自由自在。中国人爱这么说。其实,这两个字应该分开来讲。自由有边界,自在无底线。自由的边界是法律,越过这道底线就会犯法,就不自由;自在的底线是心灵,只要心无牵缠,胸无凡尘,就能解脱烦恼,获得大自在。自由是社会人追求的境界;自在是有信者渴望之境界。

167

史铁生说:人可以走向天堂,不可以走到天堂。走向,意味着彼岸的成立。走到,岂非彼岸的消失?彼岸的消失即信仰的终结、拯救的放弃。因而天堂不是一处空间,不是一种物质性存在,而是道路,是精神的恒途。(《病隙碎笔》二·3)

这是不是说天堂不能成立?是不是说"走向天堂"是一种欺骗?我想,物质性天堂注定难为,而精神的天堂恰于走向中成立,永远的限制是其永远成立的依据。形象地说:设若你果真到了天堂,然后呢?然后,无所眺望或另有眺望都证明到达之地并非圆满,而你若永远地走向它,你便随时都在它的光照之中。(《病隙碎笔》二·4)

168

福柯在《疯癫与文明》中,开宗明义引用了陀思妥耶夫斯基的一句话:"人们不能用禁闭自己的邻人来确认自己神志健全。"同样,我们也可以说,人们不能用压抑别人的才能来确认自己是天才,不能用给别人穿小鞋来确认自己穿的鞋合脚。

169

理想的男人应有的三个器官:宽阔的胸膛;担当的肩膀;挺直的脊梁。

理想的女人应有的三个器官:温暖的怀抱;灵巧的双手;柔和的噪音。

170

《黑镜》(英国电视剧),后现代社会启示录。第一季三个故事,从不同的角度展现了当下和未来人类社会的困境:第一个是关于媒体的;第二个是关于游戏的;第三个是关于电脑芯片植入人体的。第一个有黑色幽默色彩,但仔细想想,这不就是我们当下的生存状态吗?

人类的记忆具有创造性和概括性,这是上帝的伟大智慧的表现。他并不想让他的创造物拥有一成不变的、完整准确的记忆,而是让他持续不断地在记忆中遗忘,在遗忘中记忆。这样,人才能愉快地告别过去,充满信心和乐观地面对未来。现代高科技的发展把机械的芯片植入人体,使他永远保留了自己的过去。于是过去的每一瞬间,瞬间的每一细节,都成了永远抹不去的东西。结果,人类被植入人体的记忆芯片所支配,鲜活的现在完全听命于僵死的记忆。这样,他既无法面对自己的过去,也无法生活在当下。只有拔出他当初非常乐意植入的这个恶魔般的小芯片,他才能继续生活下去。

171

我的幸福观是尼采式的。即只有当你做了一些超越你原先的那个自我的事情,并被某种非你所能左右的力量所认可或赞同时,你才能感觉自己是幸福的。你所战胜的阻力与你得到的幸福感成正比,即你需要战胜的阻力越大,你最终得到的快感就越大。

172

卡尔维诺说,每一秒都是一个宇宙。我所生活的这一秒就是我所处的这一秒(The second I live is the second I live in.)。(《宇宙奇趣全集》)

173

文字写得平易而不平淡,深刻而不深奥,不仅是一种风格,更是一种人格的表现,文明的品质。因为它建立在放下身段,与人交往和分享的良好愿望上。

174

古人说"修辞立其诚"。修辞即"伪",人为的修饰。把话说得到位,说得动听、舒服,最终透入人心,由伪而得诚。这是说话的辩证法——"言之无文,行之不远"。但"文"(修饰)的程度不好把握。

175

初通文墨的人写的文字,就像刚学会说话的孩子说的话,虽然稚拙,却有一种天然之美,往往能直透事物本质。胡适夫人江冬秀一次给远在海外的丈夫写信说——"请你不要管我,我自己有主张。你大远的路,也管不来的"。胡适将此信念给两位朋友听,他们听了都说"这是很漂亮的白话信"。

176

江冬秀一次在美国街上独行碰到小偷,猛地发力,大吼一声——GO！吓得小偷转身就逃。

177

悟,就是心中有我。这个我,不是自私之我,自蔽之我。乃是自省之我,自警之我。是与天地一体,日月同辉,尚未被世俗污染的我。道德教育的本质,就是要唤醒这个我,找回这个我,复归这个我,不使其迷失于世途中。

178

悟性高的人,就是尚未迷失,或迷途不深的人。一经点拨,马上觉醒,回归自我,领悟到真理。悟性不高的人,就是心中的这个"我"陷得太深,无论怎样叫他,摇他,推他,也醒不过来。悟性高的人,心中的"我"通天地之气,因而聪明好学,任何事情一点拨就会。

179

"上帝说一次,两次,世人却不理会。人躺在床上沉睡的时候,上帝就用梦和夜间的异象,开通他们的耳朵,将当受的教训印在他们的心上。"(《旧约·约伯记》33:14—16)

180

"明白""晓得""知道"都与光有关。"明白",就是瞬间领悟了某个道理,犹如阳光照进黑暗的头脑,眼前忽然一片光明。"晓得",先"晓"后"得"。"知道"更加具体,面前出现了一条道路。方向、目标、途径全有了。孔子说,"朝闻道,夕死可矣"。基督说,"我就是道路,真理,生命"。均是此意。

181

"我想有两样东西是天路旅客所必不可缺的——那就是勇气和纯洁的生活。如果他们没有勇气,他们就绝不会坚持走到底;如果他们生活放荡,他们就会败坏天路客这称呼的名声。"(《天路历程》第二部)

182

"亚里士多德在《论动物》中强调,身体并非解剖学的重点。解剖学家并非想要看那令人作呕的体内部位,而是要思考(theoria)大自然目的导向的设计。……以解剖学的方式观察,就是表示不会被眼前可见的东西所蒙蔽。我们必须达到见山不是山的境地——看到形式,而非物质。看那内部所看不见的东西。"(梁山茂久《身体的语言》)

由此可见,任何科学的探究,必有终极关怀为其精神支撑,而并非单纯的技术或方法问题。没有终极关怀,对自然和人类自身之谜的探究,就不可能深入,当然更不可能持久。

183

周作人认为,文章要耐读,"必须有涩味与简单味",所以得讲究文词的变化。他主张现代白话文"以口语为基本,再加上欧化语,古文,方言等分子,杂揉调和,适宜地或吝啬地安排起来,有知识与趣味的两重的统制,才可以造成有雅致的俗语文来"。不过,他强调,这里说的"雅",只是说"自然,大方的风度,并不要禁忌什么字句,或者装出乡绅的样子"。(《燕知草》跋)

184

Christan(基督徒)这个词最初从"南蛮"(葡萄牙)语转译过来,日文译作"切支丹""吉利支丹""鬼里死丹""切死丹"等(据周作人《黑背心》)。虽然同是音译,"基督徒"的译法显然更加高明,其他几个都或多或少与"死"和"鬼"相关,容易使人产生负面的联想。这或许反映了当时的国人对来自西方的基督徒的成见。

185

江浙一带人都喜欢吃油条。油条一名油炸果或油炸鬼("鬼"系"果"的转音),古已有之。不知从何时起,附会到秦桧身上去了。因为秦桧主和卖国,所以民间要用面粉捏成秦桧夫妇形状,油炸之,吞食之。对此,周作人颇不以为然,他引经据典,尤其是引用宋代大文人朱熹的观点,认为在当时的情势下,讲和对宋朝来说,未必是坏事,至少保存了半壁江山。更重要的是,这种将怨恨转移到面团中以油炸之的做法,是野蛮人风俗的残留。他说,"小时候游西湖,至岳坟而索然兴尽"。坟前四铁人,"我觉得所表示的不是秦王四人而实是中国民族的丑恶,这种印象四十年来未曾改变"。铸铁人、炸油条之类的做法,"这种根性实在要不得,怯弱阴狠,不自知耻。如此国民何以自存,其屡遭权奸之害,岂非所谓物必自腐而后虫生者耶"。这篇文章写于民国二十五年,即1936年,其时日军尚未进入北平,周氏也尚未附逆,但其对中国国民性的绝望则表露无遗。四年后的"下水",似乎可从这篇文章中略见端倪。

186

许多大学者,在提到自己的治学经验时,首先说的就是自己天分甚低,资质不高,所取得的一些成就,都是从勤奋读书、刻苦钻研中来。

近如词学大师夏承焘先生。他在《我的学词经验》一文中自述:"如果说在学词方面还取得了某些成绩的话,那就是依靠一个'笨'字。我曾经告诉一位朋友:'笨字从本,笨是我治学的本钱。'因此,提起治学经历,还得从这个'笨'字说起。"在谈到如何做读书笔记时,先生将自己的体会概括成三个字:"小"——用小本子记;"少"——记笔记要勤且精简;"了"——要透彻理解。"如果不刻苦读书,就谈不上治学,谈不上什么科学研究。"先生正是以此为信念,在词学界取得了突出的

成就。(《浙江大学中文系系史》[教师卷])

稍远一点如被尊称为文正公的曾国藩——这可是毛蒋两个老对头都一致佩服的人——古人所言的人生三不朽(立德、立功、立言)他都兼而备之。曾氏谈到自己的治学经验时,也说自己天分不高,偶有所得,不过用功而已。在给弟弟和儿子的信中,一再提到读书一要勤奋,"看,读,写,作,四者每日不可缺一"(咸丰八年七月二十日谕纪泽书);二要有耐心,"读经有一耐字诀。一句不通,不看下句,今日不通,明日再读;今年不精,明年再读。此所谓耐也";三要专,"此一集未读完,断断不换他集,亦耐字诀也"(道光二十三年正月十七日致澄温沅季诸弟信)。

更远一点如曾国藩服膺的大学问家、宋代理学大师朱熹。他也一再强调:"凡人便是生知之资,也须下困学勉行的功夫,方得。盖道理缜密,却哪里捉摸!若不下功夫,如何会了得!""大抵为学虽有聪明之资,必须做迟钝功夫,始得。既是迟钝之质,却做聪明底样工夫,如何得!"(《朱子语类·卷八·学二·总论为学之方》)他教导自己的弟子说,"书须熟读"。"凡人若读十遍不会,则读二十遍,又不会,则读三十遍至五十遍,必有见到处。"这就是做"笨功夫"的功夫。

187

不动声色的低调,才是真正的谦虚和德性。在一次研究生毕业论文答辩会上,一老教授借提问之际,大谈特谈自己的学术成就,占用了大量宝贵的答辩时间。而在会后的谢师宴上又坚持不要坐饭桌中间,并大声说这会有损于他的低调形象。直到有人向他指出,圆桌没有中心、人人都是边缘才作罢。不知这种高调的低调是否就是孔子所说的"乡愿,德之贼也"。

耶稣曾如此告诫他的门徒:"你们要小心,不可将善事行在人的面前,故意叫他们看见;若是这样,就不能得你们天父的赏赐了。所以,你

施舍的时候,不可在你前面吹号,像那假冒为善的人在会堂里和街道上所行的,故意要得人的荣耀。"(《马太福音》6:1—4)

188

已故复旦历史系教授朱维铮说孔子是私生子,孔子家系自东汉孔融之后就已混乱,孔子后世七十多代,到底有多少是孔子的真血脉?早就断档了!这引起孔子后裔的不满,五十多人联名写信要告他侮辱先圣。(刘志琴《特立独行朱维铮》)

189

2010年2月7日报道,最新科学研究发现,当今中国实际上已不存在纯种的汉族人,在漫长的历史发展中,汉族人已与其他民族融合,经现代生物学的检测,汉族已不再具备专有的DNA。(刘志琴《特立独行朱维铮》)

190

我们还没有学会爱——对于父母,我们只有孝。对于子女,我们只有宠。对于配偶,我们只有亲。对于情人,我们只有欲。对于领导,我们只有畏。对于同事,我们只有妒。

孝,出于义务。宠,出于自私。亲,出于自利。欲,出于本能。畏,出于胆怯。妒,出于狭隘。这些通通不是爱。

191

无意中见到一段很有意思的广告影像。画面中,一只鸽子把自己在后视镜中的镜像,当作另一个与它争食的同类伙伴了。只见它一面紧紧盯着自己的镜像,一面不断扑打翅膀,疯狂地啄食着后视镜。莫非鸽子比大猩猩聪明？从常识说，黑猩猩的智力是最接近人类的。按拉康的观点，同样面对镜子，黑猩猩和婴儿的反应是不同的。黑猩猩开始会对自己在镜中的影像感兴趣，不久就全然弃之不顾。而婴儿则反之，起先对自己的镜中之像并不怎么理会，之后则会越来越感兴趣，最终完全与之认同，建构起自我形象。但上述影像资料告诉我们，鸽子显然也有这个能力。如果这段影像资料是真实的记录，那么拉康的镜像理论是否就整个破产了？

192

做学问，一要有好奇心，二要有敬畏感。有好奇心，就始终会对未知充满兴趣，不会满足于已知领域。有敬畏感，就不会以一得之见沾沾自喜，认识到人类不过是无限宇宙中一小小的果壳而已。

193

西文中科学一词的词根来自拉丁语 scio，意思是"我分开"（I separate）。科学就是对事物分门别类进行系统化和秩序化的过程。

194

奥威尔说，一个一丝不苟的作家，每写一句话就要问自己至少四个问题：我要说的是什么？用什么话来表达？用什么形象或成语使它更加明白？这个形象是否新鲜，足以产生效果？他还可能再问两个：能否写得更短一些？有没有可以避免的笨话蠢话？（《政治与英语》）

195

奥威尔说，在一个人的真正意图和公开宣称的意图之间有距离时，他就会出于本能求助于大话和空话，就像墨鱼放墨汁。（《政治与英语》）

196

奥威尔在《政治与英语》中提出六条写作原则,以去除一切陈腐或混杂的形象,一切预制构件式的短语、不必要的重复,以及总体上的空洞和含混。

一、决不使用你在书报中见惯了的隐喻、明喻或形象化比喻。

二、凡是可以用短词的地方决不用长词。

三、凡有可能删去一字,就尽量删去。

四、可以用主动语态的地方就决不用被动语态。

五、如果能想出对等的日常英语词汇就决不用外来短语、科学词汇或套话。

六、与其违反这些规则中的任何一条,不如干脆胡说八道。

197

奥威尔说,把正规的标准用在一般的流行小说上,就仿佛在磅秤上称跳蚤。在这样的磅秤上,跳蚤的重量是显示不出来的;于是,你不得不另外再造一个秤,能够显示出有大跳蚤也有小跳蚤。这大体上就是雇佣评论家在做的事。(《为小说辩护》)

198

汪曾祺说:"一个人不被人了解,未免寂寞。被人过于了解,则是可怕的事。"许多想出名的人,尤其是急于出名的人,不妨先读一下这段文字。

199

德文中,梦与创伤只有一个音节之差。前者是 Traum,后者是

Trauma。梦可以医治创伤,或创伤可以入梦得以宣泄或慰平。

200

格非论写作:"写作是秉烛夜游,在黑暗的丛林中开辟着道路。写作是在向着白昼的旅行,你只有写,天才会一点点亮起来。按照我的理解,你并不是完全知道要写什么,才开始动笔。通过写,我们最终发现了自己。"作家的乐趣就在于此。此话也可形容旅行。真正的旅行开始时,你也并不是完全知道会看到什么。虽然有个目的地,但过程完全是随机的——天气,心境,所遇之人,所见之物,都具有不确定性。旅行的魅力也正在于此。通过旅行,我们最终在发现风景的同时,也发现了自己。

201

T. S. 艾略特说,"当一件新的艺术品被创作出来时,一切早于它的艺术品都同时受到了某种影响"。博尔赫斯说,"每一位作家都创造了他的先驱者"。他们说的都有道理,那么,布鲁姆所说的"影响的焦虑"又从何而来?

202

成人不同于成年人。前者属于哲学范畴,后者属于生物学或生理学范畴。有些成年人不是成人。有些成人不是成年人。

203

赫拉克利特说,即使穿越每一条路,人也永远不能发现灵魂的边界——它拥有的范围如此之深广。(《残片45》)

204

亚里士多德说过,未经反思过的生活不值得过。但什么是生活,这首先需要定义一下。纳博科夫在一次接受 BBC—2 采访时被问到他的生活观,他说:"谁的生活?什么生活?没有一个所有格的形容词,生活就不存在。列宁的生活不同于詹姆斯·乔伊斯的生活,就像一把碎石不同于蓝宝石,虽然两个人都曾经流亡瑞士,都写下了大量的文字。"(《独抒己见》)

205

纳博科夫说,纳博科夫家族的远祖是成吉思汗。第一个纳博是 12 世纪的鞑靼小王子,在那个充满浓郁的俄国文化氛围的年代里,他娶了一个俄国女孩。他还开玩笑说,自己的名字 nabokov,很容易发成 Nobokov,意为"别弯腰咳嗽"(no bow cough)。

206

纳博科夫要求他的学生具有"科学的激情和诗歌的耐心"。粗看之下不合情理,似乎他把话说反了。其实不然,真正的科学是一种探索未知的激情,需要全身心的投入;真正的诗歌,不是情感的喷射器,而是需要对语言的精心琢磨和耐心打磨。

207

纳博科夫说,"事实上,一个人的科学感越强,他的神秘感越深"。此话在理。从牛顿、爱因斯坦到霍金,真正的大科学家最终都会认识到人类理性的界限,明白"知之为知之,不知为不知"的道理,进入宗教般的神秘境界。只有当下那些自封的所谓科学家(其实只是工具操作者),才一副真理尽在其手的模样,动不动就以所谓"科学的"数据唬人。

208

性解放与爱情诗的发展成反比。禁欲催生情诗。当性的洪流冲决一切人类道德理性的堤防时,情诗也就衰退,转化为赤裸裸的艳照了。人在接吻时不能歌唱,但可以看艳照。

209

鲍德利亚说,"女性总是在他处,这正是威力和秘密所在"(《论诱惑》)。

210

西文中"生产"(pro-duction)一词最初不是"制造"的意思,而是"使某物可见(visible)"的意思,即让某物显现(apparaitre)或出庭(comparaitre)。汉语中也是如此。"生产"就是"产生",使某物显现、现身、存在。

211

英国文学史上最受欢迎的两位作家都来自民间,出身卑微。莎士比亚当过跑龙套的演员,狄更斯在皮鞋油作坊工作过。两人最终都进入绅士阶层,死后尊荣有加,成为不列颠民族的骄傲和象征。同时代的中国有过这样的作家吗?

212

鲍德利亚说,后现代消费社会给你过多的东西。包括色彩、音响等。你没有任何可以添加的东西,也就是说没有任何可交换的东西。绝对的压制:多给你一点东西,人家就把你的一切摆平。(《论诱惑》)最终的结果是,象征交换也死了。

213

现代资本主义经历了两个阶段。最初是拒绝诱惑,一门心思从事生产和积累;之后是以诱惑促消费,放开禁欲主义大门,刺激生产和再生产。

214

罗伯-格利耶说:回忆属于想象的一部分。人类的回忆和单纯的记录事件的电脑不同,是想象过程的一部分,具备和创造发明同样的要素。换句话说,创造一个角色和回忆一段往事经历的是一段相同的过程。(《巴黎评论》)

215

里尔克的诗歌伦理:"我们悲哀时越沉静,越忍耐,越坦白,这新的事物也越深、越清晰地走进我们的生命,我们也就更好地保护它,它也就更多地成为我们自己的命运。"(《给一个青年诗人的十封信》)

216

日本作家三木清说,"对于死亡的准备,就是不断地创造自己所留恋的东西"。不过,这样做是否会带来一个问题?由于创造了太多的令自己留恋的东西,导致死去的时候无法割舍,更加痛苦。因此,世界上的三大宗教似乎都从相反的方面教导人们,不要留恋尘世,越早割断与尘世的牵缠,离开这个世界的时候就越不会感到痛苦。那么,这样做对吗？仅仅为了离世时少一点留恋和痛苦,而宁可放弃在世时创造的快乐？这恐怕是个无解的问题。

217

詹姆斯·里德说:"目的在于,使我们分散的生命力集中起来,这就像修建水库的工程师所做的工作一样,把广阔平原上无数条分散的河水集中起来,再灌入到狭窄的水渠中。这不是真正在限制河水的力量。……一个人,只有当他的生活凝聚为一个统一体时,他才能获得一种完满的人生。"尼采也说过类似的话——醉于某事:醉于道德、醉于宗教、醉于艺术……。总之,按照他们的说法,一生只做一件事,完全沉浸于这件事中,你就获得了完满的人生。那么醉鬼呢？赌徒呢？罪犯呢？他们的人生完满吗？

218

天下之书,从关乎人心的角度来看,大体可分为三类。一为养心之书,二为用心之书,三为散心之书。心需养,不养则死;亦需用,不用则废;还需散,不散则病。养心之书,关乎立身之本、修养之基,须熟读默诵,以心印之,化为自己血肉。每日量不在多,在于精;时不在长,在于有恒,犹如日日给心浇水施肥,使之生机盎然,活力充沛。用心之书,关乎人在俗世的生存与发展,须取宏用精,与时俱进,方能应用于实践,不致落伍掉队。散心之书,关乎心的放假与休闲,不妨随意泛读,不求甚解。养心之书最宜早上读,灵魂经一夜休息,此时平和宁静,正宜吸收能量,融入机体。用心之书宜白天读,可随时联系工作实际,应用之,切问之。散心之书宜晚上读,随意翻开,率性读之,欣然忘怀,一天疲劳与之俱散。如何选择这三类书,则视个人喜好及职业,不宜强求划一。大体说来,中西古籍经典,属于养心类;现代政经法理工农,属于用心类;

当下流行小品武打搞笑,属于散心类。三类书各有所长,各有所用,时间不宜混淆,读法不宜掺杂。

219

学术与学问很容易被混淆为一事之两名,其实不然。做学术的不一定有学问,有学问的不一定做学术。对此,董桥举过一个很生动的例子:交代《狮子楼》的故事,从西门庆串通王婆勾引潘金莲害死武大郎,一直讲到武松杀嫂杀奸夫,那是学术;只让潘金莲外穿孝服露出里面的红衣以点出奸情,那是学问。他说是的京剧对小说的改编,这里的学问大了去了。导演不仅要对原著有透彻的理解,对京剧艺术的程式烂熟于心,还必须对普遍人性有着深刻的洞察,对观众心理有着准确的把握,只有这一切均达到了炉火纯青的境地,才能化繁为简,抓住要点,稍作夸张,用"外白内红"的衣着来表现潘氏炽热的情欲,进而为武松识破奸情、展开复仇埋下了伏笔。小说中没有的,京剧中可以有;而且有得合情合理,令人拍案叫绝。这就是学问。

220

弗吉尼亚·伍尔夫曾经试图区分爱做学问的人和爱读书的人。她的结论是"这两种人之间没有任何联系"。

在她看来,"从事学问的人是全心全意、满腔热情从事案牍工作的孤独者,他搜遍群书去寻找他下决心追求的某个特定真理的微粒。如果读书的热情征服了他,他的收获就会缩小,从手指缝里溜走了。另一方面来说,爱好读书的人一开始就必须遏制自己对学问的欲望。如果知识偶然沾在他身上,那当然很好,但是要专心去追求学问,要系统地读书,要做一个专家或权威,那就难免扼杀了我们不妨称之为更富人情味的追求——纯粹的、无偏向的阅读热情"(阿尔贝托·曼古埃尔《夜晚的书塾》)。

221

郑板桥所说的"难得糊涂",其实是"难得清醒"。正因为对关涉身家性命的人生至理已达至一种非常透彻的理解,才对俗世的功名利禄、人事纠葛持一种"糊涂"的观望态度,达到了生命的大自在。但这种糊涂的清醒或清醒的糊涂,甚至对他来说也是非常难得的,所以才需要写下来,时时提醒自己,警省之,反思之。

222

古希腊语"名声""名气"(to kleos)与"传闻""谣言"是同一词。难怪里尔克要说,"名誉不过是一个新名字四周发生的误会的总和"。此话已经够达观的了。但还有比他更达观的。1973年诺贝尔医学—生物学奖获得者理查德·道金斯(Richard Dawkins)在接受记者采访时说,他获奖后首先想到的,是他的肖像上会溅满鸟粪。因为英国有三千万个养鸟人,他们喜欢用前一天的报纸垫鸟笼。明天一早他的肖像就会出现在报纸头版,后天这些报纸就会被塞入鸟笼垫底。一言以蔽之,在他眼中,名誉不过是一幅溅满了鸟粪的肖像。如此达观的名誉观,可能跟他的科研生涯不无关系,他是研究基因的,写过一本《自私的基因》,出版后非常畅销。

223

古人所说的"玩物丧志"其实有三种。第一为声色犬马,不足挂齿。更需留意的是第二和第三种——"记诵博识"和"作文"(古代指的是作美文),因为这两者都不是为了内心修养,而是为了向别人展示自己的博识,炫耀自己的才学,所以不是为己之学,而是为人之学。

224

朱光潜说,人生有两种态度,一种是日神式的投入,一种是酒神式的静观。前者犹如演员,上台演戏,忘乎所以,完全融入自己所扮演的角色中。后者则犹如观众,坐在场下静观台上的表演,玩味其一招一式、一颦一笑背后的动机、心思,写出至理妙文,也颇能自得其乐。吴宓(雨僧)说他两足分踏在两匹并驰的马背上,两手分握两匹马的缰绳,既想入世积极活动,以图事功;又想怀抱理想,怡然退隐,寄情于诗文,结果弄得自己心力不继,握缰不紧,二马分道而奔;他预言自己"将受车裂之刑",一语成谶——他在"文革"中被迫害致死,临死前要喝一口水都不可得。

225

歌德劝告年轻记者:Talent is built in the silence, character in the stream of the world(董桥译为"在默默中培养才华,在世界潮流中锻炼品格")。当代名人则多半反其道而行之:在喧哗中展示才艺,在浊世中消磨个性(Talent is showed in the sound and fury, character drifts along the current of the world.)。

226

Martin Farquhar 说, To be accurate, write; to remember, write; to know thine own mind, write。董桥译为:"下笔精确靠多写,前事不忘靠多写,明心见性靠多写。"译文比原文还棒。

227

T. S. 艾略特劝告学生说, whatever you think, be sure it is what you

think; whatever you want, be sure that it is what you want; whatever you feel, be sure that it is what you feel. It is bad enough to think and want the things that your elders want you to think and want, but it is still worse that you think and want just like all your contemporaries。董桥译为:"思想务求自己之所思所想;希望务求自己之所希所望;感觉务求自己之所感所觉。想长辈所要之思想,望长辈所希望,已然不妙;想同辈之所想,望同辈之所望,是则更差矣!"与原文相比,译文似乎太文绉绉了点,缺乏口语的那种直白性和简捷性。试译为:"无论你想什么,确保它就是你所想的;无论你要什么,确保它就是你想要的;无论你感觉什么,确保它就是你所感到的。糟糕的是,只想你长辈要你想、要你要的东西;更糟的是,你的所思所想与同辈人一模一样。"

228

董桥说,世上命好的人可以只顾读书,不必写书;只有命苦的人才要写文章讨生活。人在原稿纸的格子中沉浮,方知此中之难处。有人说钱锺书之文无情,巴金之文滥情,茅盾之文矫情,邓拓之文八股,他觉得似乎有道理。只是看看他们一生所写的字那么多,书那么厚,遭遇又不见得通畅,真的不忍心挑剔了。他接着说,文章能写得无情、滥情、矫情、八股,大概也不容易了。(《英华沉浮录·卷一》)这真是过来人才说得出的话。

229

《论语》金句:古之学者为己,今之学者为人。有人译为:Men of antiquity studied to improve themselves; men today study to impress others。译文比原文更清晰明了。孔老夫子如懂英语,看了也会称赞。

230

《英汉大词典》的主编陆谷孙说,教了三十多年的书,结论是作文这一科目最难教,认定"文不可以'教'而能"。他的理由是写作远不只是一个章法和技巧的问题,而是"气之所形","是皮相之下许多深沉主观因素的综合,是一个厚积薄发的养成过程"。所谓主观因素,他认为"包括独立的人格,善感的情绪,敏慧的资质,素心烂熟的积累,对清浊巧拙的判断,独特的手眼以及强烈的表达冲动和创作快感"。(董桥《英华沉浮录·卷二》)

231

关于物语与小说的差异,川端康成在《小说的构成》中解释得很精到。他说,物语的旨趣被配置在时间的继承中,而小说则必须在因果关系上构成。"国王死了,王妃也死了",这是物语;"国王死了。由于悲伤之故,王妃也死了",则是构成。川端康成又说,物语的听众会问:"然后呢?"小说的读者则会问:"为什么?"董桥称赞说,川端所下的这个定义非常生动好记。(《英华沉浮·卷二》)但川端没有细究的是,物语中的"也"和"然后",其实也表达了一种因果关系,古人相信凡在时间中接连出现或先后发生的,即自然构成一种因果之链,无需怀疑和深究,只需默认和承受。而现代读者要质疑和探究的,正是这种自然因果观的合理性。因此,小说是反思性和建构性的,而日本的物语和中国的话本则缺乏这种现代意识。

232

按照《牛津英语词典》提供的词源,再根据格林法则来推演,盎格鲁-撒克逊语的"女儿"一词可追溯到印欧语词根"dhugh",意思是"挤奶"。因此,……女儿并不仅仅是挤奶工,而是哺乳者,她受人养育又养育别人。因为,正如格林法则所解释以及圣父的词汇所强调的那样,女儿是流淌着牛奶与蜂蜜的应许之地,是上帝圣父给每一个人间父亲的财礼。(桑德拉 M. 吉尔伯特《生活的空袋子:略论文学女儿的命名》)

233

董桥在《爱闲说》中,引袁宏道语,说闲与趣相似,是水中之味,花中之光,女中之态,虽善说者不能下一语,唯会心者知之。现代人慕闲之名,求闲之似,于是品茶赌马以为怡情,逛街打牌以为减压,浪迹欢场以为悦性。那只是闲的皮毛,沾不到闲的神情。闲,得之内省者深,得之外骛者浅。内省是自家的事情,常常独处一室,或读书,或看画,或发呆,终于自成一统。外骛是应酬的勾当,迁就别人多过自得其乐,心既难静,身亦疲累,去闲愈远矣。(《英华沉浮录·卷二》)

234

谈到求知,孔子云:"知之者不如好之者,好之者不如乐之者",提出了求知的三种不同心态和境界。无独有偶,美国著名专栏作家威廉·萨菲尔(William Safire)提出知识三论,说明人生在世都会经历三种求知过程:knowledge for survival;knowledge for achievement;knowledge for pleasure(董桥分别翻译成"知以求存""知以求成""知以求趣"),暗合夫子之道。

235

汉语"一定要"三个字,很有哲理,须分开细说。无论做什么,先要"一"——一心一意、一门心思;"一"而后能"定";"定"而后能

"要"——产生欲望、意志和行动的决心。

"一定要",实际上是修身养性做事的三个步骤。三个步骤一个都不能少,三者的秩序一个都不能乱。现代人大多情况下只想"要",而没有"定",更没有"一",没有个主心骨。不知道自己究竟想要什么,三心二意,见异思迁,所以焦虑、纠结,乃至郁闷。

236

狄金森说,读一首好诗,有一种天灵盖被劈开的感觉。

卡夫卡说:"如果所读的书无法带来当头一棒的惊醒,我们读它干什么呢?一本书必须是一把能劈开内心坚冰的斧头。"

237

Russell Green 说,英国的天气引发出全世界力道最足的殖民冲动(The climate of England has been the world's most powerful colonizing impulse)。这似乎是我目前看到的对殖民主义作出的最有创意的辩护。

238

程颐说,凡一物上有一理,须是穷致其理。穷理亦多端,或读书讲明义理,或论古今人物,别其是非,或应接事物,而处其当,皆穷理也。(《二程遗书·卷十八》)上述三种穷理途径,亦可视为由浅入深,由易到难,由知到行的三个不同阶段。

相对而言,读书明理最易,只要静心思考,久之自可有得。论古今人物则难矣,需设身处地,发挥历史想象力和理性判断力,对其作出道德评价。更难的是第三个境界,由文本世界进入现实世界,把平时所学所得化为实践能力——"应接事物而处其当"。只有到了这一层次,学以致用,才可谓得道之人,亦即古人所谓的"世事洞明皆学问,人情练达是文章"。

239

海是女性的。《说文》有云,海,天池也,以纳百川者,从水从每声。"每"来自"母","母"来自"女",多了象征乳房的两个"点"。所以,"每"与生育相关。上古时,"每"是用来指称氏族社会中年龄最大、生儿育女最多、因而也最受尊敬的女性的。古人取"众水之母"的意思,创造了"海"这个字。

无独有偶,在西方许多国家的文字中,海也属于女性,使用时前面得加表阴性的定冠词。如法文的 maree,相关的派生词有 marin(航海者)、marine(航海术)、maritime(沿海的、海岸的、航海的)。沃尔科特在其名作《奥梅罗斯》(*Homeros*)中说,在我们安德列斯土语中,mer 既是母亲又是大海。

正因为海是女性的,所以出海捕鱼就天然成了属于男性应该做的大事。水手驯服海洋,犹如丈夫驯服妻子,农夫驯服耕地,骑手驯服烈马。从古到今,无论中外,女性都是不允许当水手的,因为据说不吉利。

240

歌德说,"所有事实本身已经是理论"。他的意思是,任何事实都是在一定的理论之光的观照下才可见的。这个观点已经被现代认知心理学所证实,我们所看到的,是我们的视野(包括生理的和心理的)允许我们看到的。没有进入心理视野的东西,无法进入我们的生理视野。不存在未经理论观照过的"赤裸裸的"事实。婴儿出生时,虽然有生理上的眼睛和耳朵,但若没有母亲的温柔的引导,他连乳房也发现不了。母亲不仅给了他生命,也教会他如何使用自己的感官去一步步认识、观察世界,建构事实,定位自我。

241

电影是人类发明的新的理论和观照方式,按照本雅明的说法,电影具有扩大经验的潜力,这是极有预见性的:"电影……以十分之一秒的爆炸力把(我们的)监狱式世界炸个稀巴烂,使我们可以穿过它那些分布广泛的废墟和瓦砾平静而惊险地旅行。"电影(包括摄像和录音)成百成千倍地扩展了我们的视野,使我们获得了比以往任何时代更多、更深、更广、更精细的经验和事实。而这一切进展均是在一定理论(包括哲学的、科学的、文学的和导演学等)的指导下取得的。

242

卡尔·克劳斯说:"一个整天花时间阅读的作家,就像一个整天花时间吃饭的侍应。"这话不够确切,不如说:"一个整天花时间阅读的作家,就像一个整天花时间吃饭的厨师。"

243

色诺芬在《回忆》中记述苏格拉底的话:"最优秀的为尽全力完善自身者,最幸福的乃最能感到自身正在完善者。"

所以,儿童是幸福的,因为他时时刻刻感到自己正在完善中,感觉变得更加敏锐,肢体变得更加灵活,大脑变得更加聪明,世界变得更大,事物变得更加丰富多彩……

孕妇是幸福的,因为她感到肚腹在隆起,子宫中的婴儿在生长、发育,成形,完善……

恋爱中的少男少女是幸福的,因为在彼此以爱给予对方的过程中,他或她感到自己在完善、在完美……

专注于自己的学习、工作和事业的人是幸福的,因为他时刻感到自己的知识在充实,事业在发达,生命在扩展,活力在增强……

244

夏天吃水果,冬天吃坚果。神的安排自有道理。他让水果在夏天丰满,让坚果在秋冬成熟。激情之夏需要水分的浇灌,冷静之秋则需油脂的润泽。咬开水果虽能满足一时快意,毕竟缺乏淳厚的滋味。咀嚼坚果虽然麻烦,需要闲暇和耐心,但毕竟回味无穷。

245

孩子总是极其严肃地做游戏,从不敷衍了事。而不少成人往往做正事也敷衍了事。所以耶稣说孩子能进天国,而成人要进却难。

246

在伦敦某处的公墓上,有一个墓碑上写着这样一段墓志铭:

这里躺着杰瑞米·布朗
他出生的时候是一个人
去世的时候是一个杂货铺老板。

想想看,你将怎样写自己的墓志铭?

247

有一幅漫画,画的是一个扫烟囱工从高楼的屋顶坠落的过程中,忽然注意到一块广告牌上有个单词拼错了。剩下的时间他都在思索,为什么没有人去更正错误呢?纳博科夫在一堂文学课上引用了这幅漫画中的情景,接着说,"从某种意义上说,我们都在坠落,从出生时所在的顶楼一头栽向教堂花园里的石板墓碑,并且在思索……沿途经过的墙壁图案。这种为琐事思考的能力——即使大难当头也无所谓——这种人生卷轴的注脚、离题万里的遐思正是意识的最高形式。这种与生活常识和逻辑背道而驰的,带着孩子气的思索和好奇,让我们得知这个世界是美好的"。

我想,正是这个动机,促使苏格拉底在临死前一晚还要学吹笛子,当有人问他这还有什么用时,他回答道,至少我知道了如何吹笛子。